l'anima del piccione

arnaldo erdassion

#readingwithlove

#readingwithlove

ISBN: 9791280555083

(Seconda Edizione)

Production

Alessandro Nodari

Grafica di copertina e illustrazione: Alessandro Nodari

© 2021 #readingwithlove

Seguici su Facebook (readingwithlove.official),
Instagram (readingwithlove_official) e sul nostro sito
www.readingwithlove.it

A Silvia.

A Mario.

Grazie per la libertà.

Conosciamo noi stessi solo fin dove

siamo stati messi alla prova.

Ve lo dico

dal mio cuore sconosciuto

Un minuto di silenzio per Ludwika Wawrzynska,
Wistawa Szymborska

1

"Certo questa è una bella opportunità per te."

La frase continua a rimbombarmi in testa. La ripeto, ancora e ancora, finché una ben nota vibrazione mi riporta brutalmente alla realtà.

È buio, fa un caldo soffocante.

Cerco con lo sguardo l'orologio sul mobile. Le nove e mezza. Sbadiglio, sono seduta sul divano, imbambolata come una scema. Mi capita sempre più spesso, ultimamente.

Quella voce stridula mi continua a torturare.

Mi costringo a guardare il cellulare. È Chiara, che con una profusione di *emoji* e punti esclamativi mi esorta a mettere un *like* a un suo post su *Instagram*. Stringo i denti. Faccio veramente fatica a sopportarla quando fa così. Un'altra notifica, una mail da Riccardo. Mi basta vedere il nome per farmi ribollire il sangue. Non riesco neanche a leggere cosa voglia, tanto lo detesto. Senza riuscire a contenermi, lancio il telefono lontano da me, ma riesco a frenare il gesto abbastanza da far sì che atterri sul morbido. Mi sono già sfogata una volta sul delicato aggeggio tecnologico, e mi è costato caro. Soprattutto, non sono riuscita a rivenderlo. Per fortuna il ricordo è più forte della rabbia, e constato con soddisfazione che questa volta non ho rotto niente. Lo giro e rigiro, controllando i riflessi della luce sullo schermo per verificare che non siano presenti segni. I miei telefoni devono essere sempre intonsi, come appena scartati, e passo una discreta parte del mio tempo a sincerarmi che non ci sia neanche un minuscolo graffio.

Perché non mi lasciano in pace?

Sono una donna con una vita banale, senza aspirazioni. O meglio, un tempo ne avevo, ma poi si sono appianate, come i rimbalzi di una pallina da tennis sul terreno. Come la pallina finalmente si ferma, le mie aspirazioni si sono pressoché azzerate nel corso degli anni. La mia mente si riempie di immagini di grafici di onde sinusoidali che descrivono questo comportamento su un piano a due dimensioni. Curve rosa, blu, arancione si affollano e prendono vita, attorcigliandosi come liane davanti ai miei occhi, poi a poco a poco perdono lo slancio, rallentano la loro corsa, si appiattiscono, assestandosi a diventare insulse linee rette che puntano inesorabili verso la vecchiaia. Scuoto la testa per cacciarle dalla mia testa, cerco freneticamente il telecomando e accendo la tv. Sul mio grembo giace una vaschetta di gelato, ormai ridotto a pappa semiliquida. Ne prendo controvoglia un paio di cucchiaiate, non ricordo neanche che gusto fosse. Fragola, limone, cioccolato, ormai è tutto un indistinguibile dolce omogeneizzato con un pungente gusto chimico che mi pizzica la lingua. Lo ingoio, un paio di lacrime mi rigano le guance. Che tristezza.

Perché è così difficile?

In tv, una giovane presentatrice richiama la mia attenzione. È carina, preparata. L'ho già vista e apprezzata mentre affrontava con i suoi coraggiosi occhi da cerbiatto orde di barbari in tenuta da soldato. Loro urlavano scomposti, sporchi e ignoranti, sventolando con denti marci i loro mitra per ostentare un ruolo nel mondo. Lei, armata di un microfono grande quanto un bazooka, li affrontava placida e serena, ma partecipe, nella sua compostezza, delle loro sfortune. Sembrava Biancaneve in mezzo ai selvaggi, ma non risultava fuori luogo, anzi. La sua professionalità, il suo modo di calpestare quella terra dimenticata e martoriata, donavano alla scena una sorta di sacra solennità. La sua figura si fondeva al paesaggio brullo, alla terra arsa dal sole e calpestata dalle bombe, al cielo bianco, e si specchiava negli occhi dilatati di quei forsennati, formando un ponte con noi, così lontani e indifferenti. Lo devo ammettere, per la prima volta mi sono resa conto che quelle non erano immagini al di là di uno schermo, ma persone vere, come me, con una vita diversa e assurda. Mi sono commossa, e ho affogato la mia vergogna donando una decina di euro a una qualche associazione medica che neanche ricordo, ma che da allora mi tempesta di mail, debitamente ignorate. Ora, in studio, vestita e truccata a dovere, elegante, decisa, con i suoi occhi da cerbiatto che mi scavano dentro il cranio, mi sta distraendo, e ingoio con gioia cucchiaiate di gelato sciolto mentre lei sciorina dati sull'economia, sugli incidenti stradali e sulle preferenze politiche degli italiani. Con calma, sorda alle notizie che mi vengono propinate, la soppeso attentamente. È meno appariscente di Chiara, anzi decisamente meno carina, ma ha un non so che, un qualcosa che la rende attraente. O forse sono io a essere in un periodo di forte carenza affettiva, e mi aggrappo a questo tipo di fantasie sessuali.

Il messaggio di Chiara mi suggerisce che sia andata a cena, magari con qualche amica, e ha scritto subito prima così da non venire disturbata in seguito. Ha amiche dappertutto, Chiara. Ora sarà in un bel ristorante, avrà scelto un tavolino all'aperto, con una bella vista del fiume, e si godrà il vino rosso facendo tintinnare i bicchieri con la sua commensale, fissandosi con intento. Poi, chissà, una passeggiata per i vicoli, con i passi che echeggiano tra i muri antichi, la luna in cielo e il profumo di inverno nell'aria.

"Certo questa è una bella opportunità per te."

Ancora quella frase, stavolta taglia come una lama le mie fantasie masochistiche, strappandomi all'autocommiserazione.

Sì, è una bella opportunità. Proprio una bella opportunità. Da qualche parte devo aver sbagliato. Devo aver fatto qualcosa di terribile, un atto contro la morale divina. Mi mordo le labbra, alla ricerca disperata di consolazione. Occhi-da-cerbiatto ha passato la linea a un arrembante giovanotto che cerca disperatamente di appassionarmi alle notizie dall'estero.

Disgustata, appoggio il gelato a terra e cambio canale. Odio questi tipi pieni di sé, che scandiscono ogni parola quasi gridandola e guardano fisso nella telecamera, certi di far colpo su donne come me. Eh no, caro. Con me non funziona. Solo perché qualcuno ti deve aver detto una decina di anni fa di essere gradevole, ti sei lanciato nel mondo con la chioma da levriero afgano e il sorriso splendente. Mi spiace, ma è proprio fatica sprecata. Se proprio devo ascoltare qualcuno che non sia occhi-da-cerbiatto, preferisco un uomo pacato, di quelli che dedicano il loro tempo ad ammuffire lentamente davanti a un libro, che parlano piano, a bassa voce, timorosi di non riuscire a finire un discorso perché troppo noioso. Questi giovani rampanti, meglio che vadano a fare le comparse nelle serie tv, come chiamano ora i telefilm.

Riccardo è uno del primo tipo di persone. In realtà adesso è un po' troppo avanti con l'età per poterselo permettere, ma gli piace comunque dare quell'impressione di giovane rampante pronto a divorare il mondo. È soprattutto per questo che lo detesto. Poi, certo, uscirne con una frase del tipo: "Questa è una bella opportunità", non aiuta a migliorare l'opinione che ho di lui. Torno al canale precedente, nella speranza di dare un ultimo saluto a occhi-da-cerbiatto, ma per oggi ha finito. Sarà anche lei andata da qualche parte a cena con una collega o, peggio ancora, un collega, per provare qualcosa di diverso. E poi perché devo dare per scontato che non sia etero? Sempre questa mia mania di pensare che tutti siano come me.

Una volta non ero così. Non ero gelosa o possessiva, non mi piaceva, anzi, non avevo tempo da dedicarmi alla pratica dell'autocommiserazione. Leggevo, studiavo, vivevo la vita come se avessi bevuto acqua pura e fresca da una fonte montana e me ne dissetavo, inebriata, senza quasi assaporarla perché ogni cosa era nuova, saporita da far male. Ora, invece, cerco disperatamente il gusto in ogni cosa, come un sommelier in una cantina di vini andati a male, con le papille gustative bruciate e la rassegnazione di non trovare più niente che abbia un senso.

Ricordo quando al liceo io e Martina avevamo partecipato a un concorso di matematica nazionale. Che faccia avevano fatto tutti quando eravamo arrivate prime! Quello è stato un momento che ho vissuto appieno. È stato lì, forse, che ho capito di essere quello che sono. Avevamo ricevuto il premio, io e Martina, poi all'uscita da scuola avevamo deciso di festeggiare, così eravamo andate a mangiare un panino, e avevamo camminato, e parlato, e ancora camminato. Che momento! Ero al settimo cielo, e stavamo condividendo un'emozione così intensa, così appagante, che senza quasi rendercene conto avevamo cercato le nostre mani, camminando per ore, così, mano nella mano, senza lasciarci mai. Alla sera, al momento di separarci, quasi non sapevamo come fare. Era come se le dita si fossero fuse e le avevamo guardate con incredulità, incapaci di comprendere come quella parte del nostro corpo, ormai insensibile, si rifiutasse di seguire i comandi dei nostri cervelli. Ci eravamo salutate, un po' impacciate, con gli occhi luminosi, senza riuscire a esprimere le nostre emozioni, le parole prosciugate dai discorsi che avevamo fatto per tutto il pomeriggio, ma il cuore gonfio di emozioni, traboccante di sensazioni.

Martina era la mia migliore amica. Era una ragazza dolce, bassina ma ben proporzionata, non molto pulita, a dire il vero, dall'intelligenza acuta e quasi rapace, pronta ad accogliere nuove nozioni. Era affamata di sapere, in tutte le sue forme e studiava in maniera metodica, determinata a ottenere i massimi voti in tutte le materie. E infatti era quella con la media più alta, in classe.

Io ero più disordinata. Non studiavo con regolarità, mi interessavano solo matematica e fisica. Il resto era come se non esistesse, tanto che alcune volte mi era capitato di dover sostenere esami di riparazione a settembre. Però in matematica, oh sì, lì andavo benone, forse meglio di Martina. E credo fosse questo che ci aveva fatto diventare amiche. Lei, attratta dalla mia facilità a studiare le materie scientifiche, mi aveva avvicinato chiedendomi un consulto – non certo un aiuto – per un compito a casa. Io l'avevo guardata con sospetto. Dopotutto, era la "secchiona", epiteto a cui io ero sfuggita a causa della (o forse grazie alla) mia incostanza, e per di più veniva presa in giro, neanche troppo velatamente, per il suo odore tutt'altro che gradevole. Ma in lei c'era molto di più. Avevo scoperto più tardi quanto interessante fosse quella ragazza, di famiglia poverissima, che studiava come un ossesso, senza ammetterlo ma chiaramente come via di fuga dalla sua situazione disagiata. E quel pensiero, che non mi aveva mai sfiorato fino ad allora, mi aveva messo a disagio. Non avevo mai pensato che la scuola potesse essere qualcosa di più rispetto al presente. Per me la scuola era la scuola, l'obbligo di andare ogni mattina in un posto, stare seduti in classe, ascoltare i professori, farsi interrogare. Era stata la mia vita per i dieci anni precedenti, non concepivo un altro modo di esistere, e non pensavo certo alle materie che cercavano di inculcarmi come a nozioni di una qualche utilità futura. Se mi interessava qualcosa, lo approfondivo per puro divertimento. Invece Martina prendeva ogni avvenimento della sua giornata, dalle lezioni a scuola alle chiacchiere con i compagni, come tanti mattoncini che, giorno dopo giorno, metteva nel suo zaino e raccoglieva, facendone tesoro, come se ognuno di essi potesse servire un domani a costruirle un futuro migliore. Glielo leggevo in faccia, così concentrata anche durante le chiacchiere più frivole. Credevo che questo suo atteggiamento fosse una stramberia, in fondo era la "secchiona", cosa si poteva pretendere, ma quando ero andata a trovarla a casa sua, invitata per il consulto, avevo compreso. O meglio, si era dischiuso uno spiraglio, mostrandomi il motivo che spingeva Martina a essere sempre così attenta a studiare il mondo che la circondava. Abitava in un condominio malmesso in periferia sud, con i balconi pericolanti e il portone sfondato. Appena entrata nel suo appartamento, un po' timorosa, ero stata aggredita dalla confusione. Gente che usciva e entrava da ogni porta urlando e che si fermava a salutarmi calorosamente o mi offriva polpette, un numero imprecisato di bambini che correvano schiamazzando in ogni direzione, e poi i forti odori di cucina, le pareti scrostate e il fumo di sigaretta. I miei occhi avevano vagato spaesati, abituata com'ero alla pulizia e all'ordine asettico del mio habitat, finché non avevo incrociato lo sguardo della mia compagna, che tradiva una leggera apprensione. Mi aveva condotto in camera sua, mentre la madre si lamentava perché lei, la sorella maggiore, non si prendeva cura dei marmocchi e invece perdeva tempo a studiare e a invitare amiche smorfiose che non accettavano il cibo offerto. Ero sconvolta, incapace di orientarmi in quel tipo di ambiente. Anche sedute al tavolo, con i libri aperti, Martina aveva continuato a fissarmi per captare ogni mia reazione, anche impercettibile. Infine mi aveva sorriso, come per spiegarmi con uno sguardo la sua vita e le sue ambizioni, e io avevo capito, adorandola per questo e commossa per quel momento di unione.

Questa era Martina. Osservava, interrogava il mondo, ed era pronta a imparare anche dal minimo cambio di espressione del suo interlocutore, con lo stesso impegno che metteva durante una lezione di fisica. Quelle che per tutte noi erano stramberie, per lei era un modo di accumulare esperienza, un qualcosa che, pensava, le sarebbe servito prima o poi. Studiava, imparava, ammassava nozioni e le classificava, in base alle situazioni che presumeva le si sarebbero presentate. A quindici anni, già pensava a colloqui di lavoro e a seminari davanti a platee sterminate, Martina. E questa sua sicurezza, questa sua concentrazione su un obiettivo ben determinato, le permetteva di ignorare le prese in giro dei suoi compagni di classe. Anch'io avevo partecipato con calore a questi sfottò, e quel pomeriggio me n'ero vergognata, profondamente. Da un giorno all'altro, unite da quello sguardo improvviso, eravamo diventate amiche. Io andavo a casa sua a studiare con regolarità e lei faceva lo stesso. Oppure, raramente, se avevamo finito i compiti in maniera che lei riteneva soddisfacente, o se non pensava di dover approfondire alcuni punti della lezione, andavamo assieme a guardare i negozi in centro, un paio di volte persino al cinema. In realtà io avrei potuto anche comprare qualcosa, in quei negozi, i miei genitori mi davano una paghetta più che generosa, ma non volevo mettere Martina in imbarazzo, quindi mi comportavo come se avessi avuto i suoi stessi problemi economici. E lei non aveva mai affrontato l'argomento, quindi in fondo andava bene così.

La nostra è sempre stata un'amicizia intensa, schietta. Non c'è mai stato niente altro. Per tutti eravamo "la secchiona e la lesbica". Sì, già allora passavo per una lesbica. Si vede che ce l'avevo scritto in faccia, anche se io non me n'ero ancora accorta. E comunque mi andava benissimo così, mi ci trovavo bene, in quella parte, con il vantaggio di evitare di venire importunata dai ragazzi. Perché sì è vero che a parole tutti si vantano di poter "convertire" una lesbica grazie alla propria trasbordante carica sessuale, ma è altresì vero che ne stanno bene alla larga o, nella peggiore delle ipotesi, la disprezzano. Sono stata insultata, una volta persino malmenata per quella che alla fine era solo una diceria non smentita. Non che sarebbe servito a molto smentire, comunque. Quelli che erano restati, guarda caso erano gli unici intellettualmente interessanti, quelli con cui valeva veramente la pena parlare. Poi alla fine, di questi pochi superstiti quasi tutti invariabilmente avevano una cotta per me, cosa che percepivo benissimo, ma erano troppo timidi, o depressi al pensiero di partire già sconfitti, per tentare di esprimere i propri sentimenti, quindi io potevo rilassarmi e godermi la loro compagnia senza rischiare di dover respingere ragazzi a cui ero profondamente legata. Forse, ripensandoci adesso, se avessero avuto il coraggio di baciarmi non li avrei neanche respinti, avrei accettato le loro *avances* per... non saprei neanche cosa. Compassione, dispiacere, forse anche curiosità.

Martina sopportava pazientemente queste intrusioni nel nostro rapporto. Non che lo considerasse qualcosa di esclusivo, per carità, ma non riteneva quei ragazzini privi di ambizioni che, superato l'ostacolo della sua igiene personale, ci ronzavano attorno, abbastanza interessanti da meritare le proprie attenzioni. Le bastava la mia amicizia, il resto era un contorno a tratti irritante, e solo in rare occasioni si concedeva una conversazione con loro. Devo dire che fino ad allora la mia adolescenza era trascorsa serena, senza esperienze o turbe sessuali, quindi certo non ne sentivo un gran bisogno. Quel giorno però, dopo aver ricevuto il risultato del concorso, quando ci eravamo prese per mano, mi erano esplose dentro una serie di sensazioni che non credevo esistessero, o che forse inconsciamente avevo solo trattenuto.

Forse avevo sempre intuito questa cosa, o meglio il mio corpo me lo aveva suggerito, ma chissà perché non ci avevo mai pensato. Insomma, crescere con l'immagine del principe azzurro e della principessa che devono vivere felici e contenti non aiuta certo a chiarirsi le idee su certi concetti, e io forse, così impegnata a osservare il mondo intorno a me, non avevo prestato sufficiente attenzione ai sussurri del mio cuore. Così era stata una sorpresa, bellissima e terribile, quel giorno, quando avevo preso nella mano Martina e avevo sentito una scintilla, una leggera scossa, crescere, attraversarmi il palmo e spingersi fino al petto, poi su fino alla gola, quasi facendomi mancare il fiato. Una sensazione di comunione e vicinanza. Ci eravamo guardate per un attimo, lei si era morsa il labbro e io mi ero leggermente avvicinata, per poi continuare la nostra passeggiata. La notte, a letto, avevo accarezzato per ore l'arto, inebriata dalle emozioni e incapace di staccarmene. Lì dove il palmo della mia amica era stato così a lungo a contatto con il mio, era rimasto quasi il segno, e bruciava dolorosamente.

Poi, tutto era tornato alla normalità. Il giorno seguente, quando avevo incontrato Martina, la magia era ormai scomparsa. Eravamo amiche, certo, e avevamo continuato a esserlo per gli anni a seguire. Ma quella sensazione non si era mai più ripresentata, né noi l'avevamo più cercata. Lei, immagino per paura di scavare più a fondo. Io, forse perché avevo assaporato per la prima volta la libertà di essere me stessa, e ne ero così stordita, anche riempita emotivamente, da non avere spazio per altro. Anni fa mia madre ha incontrato la sua, che le ha raccontato di Martina, del suo matrimonio e dei suoi due bambini. "Le mie delizie", li aveva chiamati. Sicuramente ha realizzato l'obbiettivo che si era prefissata.

Quella giornata mi aveva fatto comprendere anche un altro aspetto di me stessa: che ero brava con i numeri, e che avrei voluto fare quello nella mia vita. Ancora adesso, ricordo la gioia di quei momenti. La gioia di sentirmi realizzata fisicamente, emotivamente e intellettualmente. Mi sembrava che il mondo, fino a qualche giorno prima così ostile verso una ragazzina insicura, bruttina e senza una direzione nella sua esistenza, si fosse spalancato ai miei piedi, e che restasse solo a me decidere in che direzione incamminarmi per trovare possibilità infinite e porte spalancate.

"Certo, questa è una bella opportunità per te."

Forse vent'anni fa. Anzi, anche di più. Ma lo sa cos'ho fatto prima di venire in questo posto merdoso? No, certo, se no non mi avrebbe fatto un'offerta del genere, l'idiota.

Guardo in basso. Senza rendermene conto, ho finito il gelato, e ora sento un blocco ghiacciato nello stomaco. Rabbrividisco e cingo le gambe con le braccia, rannicchiandomi sul divano. Ho smesso di fumare da tempo, ma non riesco a impedirmi di accendere una sigaretta nella speranza di scaldarmi. Chissà da quanto tempo sono qui. Le ha portate Chiara da uno dei suoi viaggi. Guardo il pacchetto, colorato e dai colori insoliti. Il sapore è terribile, sembra di fumare carta di giornale. Spengo la sigaretta e la butto nella vaschetta del gelato. Terribile.

C'è una cosa che proprio non mi va giù. Che Riccardo mi prenda per il culo. Lo sa bene che non potrei mai accettare una situazione del genere, o meglio che potrei accettarla solo per mortificarmi ulteriormente. Esattamente quello che farò. Lo insulterò, gli dirò che lo disprezzo, come uomo e come capo, ma poi alla fine accetterò questa proposta irricevibile. Per il quieto vivere, e poi perché sento che non merito di meglio. Com'è distante la ragazzina di quella sera!

Occhi-da-cerbiatto sarà già con un bicchiere di vino in mano. Spengo la tv. Martina, i suoi bambini, suo marito. Sicuramente lei non ha più provato qualcosa di così forte. Io, l'ho di certo superato, quello era stato un inizio. Allora il desiderio fisico si era concentrato in quel contatto che era bastato a riempire il mio essere, ma poi avevo avuto bisogno di più. Successivamente, quando non sono più riuscita a conciliare curiosità, desiderio, vergogna e imbarazzo, ho dovuto esplorare, comprendere e vivere.

Appoggio la schiena al divano, alzo il viso e seguo le luci che si riflettono sul soffitto. È strano come sia riuscita a contenere quella parte di me, così forte e maestosa, e non perdere la concentrazione su quello che volevo fare. Gli anni dell'università mi sono scorsi sotto i piedi in un baleno, forse perché ero così giovane. Tutti parlano di quel periodo come se fosse il migliore della loro vita. Per me, non saprei. Forse il liceo, con la sua purezza, innocenza, tranquillità e aspettative. L'università è stata le scoperte, il non dormire mai, l'essere buttata allo sbaraglio.

Guardo l'orologio. Quasi le dieci e mezza. Un'altra ora persa nei miei pensieri. Mi sembra che restando qui potrei morire senza neanche accorgermene. Forse non sarebbe una cattiva morte, e ne sono in qualche modo sollevata, ma poi inizio a pensare al nulla, a quello che resterà di me dopo. Il mio corpo, le cellule che smettono di lavorare, il sangue che si ferma, la necrosi cellulare, le mosche che depositano le uova, le larve che si nutrono del mio corpo. Inizia a salirmi l'ansia. E di me, cosa resterà? Vorrei credere che andrò in un mondo pieno di luce e felicità, dove verrò accolta da mia nonna sorridente. Ma perché mia nonna dovrebbe essere vecchia e non giovane? Cioè, perché dovrebbe essere come la ricordo io e non come desidera lei? Forse potrebbe essere un posto dove ognuno vede gli altri come si ricorda o desidera che siano, una sorta di mondo multidimensionale con diverse realtà. E tutti gli altri? Tralasciando la questione sovraffollamento, sarebbero una quantità di realtà virtualmente infinite. Già solo a pensare a come mia nonna verrebbe vista diversamente da me, da mia madre o da mio padre, senza contare mio nonno, le sue amiche, o anche i suoi passati amori, chi sa, persino quelli dell'adolescenza. Cerco di calcolare a mente il numero di possibilità, ma sale così vertiginosamente che lascio perdere. No, questo sarebbe difficile da credere. Ok, magari sarebbe un'unica realtà, ognuno è come è realmente, una proiezione della propria anima e gli altri lo vedono come tale, ma riuscirei a riconoscerla? Certo, la vista avrebbe un ruolo marginale, se mai ne dovesse avere uno, d'altronde sarebbe una realtà ultraterrena, dove non varrebbero le leggi della fisica che noi crediamo tanto infallibili, quindi perché mai dovrei ricevere dei segnali luminosi, dal momento che non avrei neanche organi di senso? Lasciamo perdere, facciamo finta che saremo tutti anime, delle nuvolette, ecco questa immagine mi calma. Sarei in mezzo a una valanga di nuvolette, perennemente felici e beate, magari anche da altri pianeti. Perché l'aldilà dovrebbe essere un'esclusiva umana? Ci troveremo tutti insieme in questo mondo iperreale, conosceremo finalmente tutte le leggi della fisica e in qualche modo le anime che si conoscevano in vita riusciranno a ritrovarsi in questo marasma. Ecco questo non sarebbe male. Però c'è qualcosa che non mi soddisfa. Non è detto che la realtà sia quello che desidero. In realtà non è mai così, neanche per le motivazioni più stupide, quindi perché dovrebbe esserlo in questa occasione così importante? No, mi piacerebbe pensarlo, ma mi sembra poco probabile. In certi momenti di grande frustrazione, mi piacerebbe anche sperare che l'aldilà sia un mondo lesbo, ma non è certamente verosimile. È più probabile che, volendo veramente credere a una vita ultraterrena, ci si ritrovi in una specie di grande oceano di anime, fuse in un'unica entità, come certe religioni professano. Questo, sì, mi sembra concettualmente più accettabile, tralasciando le questioni sulla reincarnazione. Però qui vedo qualche problema, e sento le mie pulsazioni salire di conseguenza. Cosa significa esattamente la parola "fuse"? Vorrebbe dire perdere la propria identità, per definizione. E perdere la propria identità cosa significa? Già arrivare a uno stato di anima mi porta a una serie di considerazioni su cui ho preferito sorvolare, ma ora non posso proprio evitarmi di affrontarle. Anima vorrebbe dire una parte di me molto interna, molto importante. Qualcosa che mi identifica, ma non è detto che sia io. Potrebbe essere un "io" che io in realtà non conosco. Io alla fine sono questo "io" sommato alle mie esperienze e memorie, ma questo "io" non è detto che resti collegato a loro anche dopo la morte. In fondo, se dovessi prendere una botta in testa, potrei perdere la memoria ma sarei sempre io, e l'"io" ci sarebbe sempre. Quindi questo "io" sarebbe fondamentalmente lo stesso "io" che a un certo punto è entrato nell'embrione, a tre mesi per legge, sembra, che poi è diventato il mio corpo sgraziato negli anni, ma non sarebbe quello che vorrei. Sarebbe un qualcosa che tornerebbe da dove è venuto, per poi magari chissà ridiscendere in un qualche punto futuro nel tempo. Ecco, anche questo non mi piace. Io non ho ricordi di quando sono entrata nell'embrione, figurarsi prima. I miei ricordi risalgono a qualcosa che mi è successo durante l'infanzia, diversi anni dopo la nascita, certo non meno di tre o quattro. Quindi la mia anima, quella che tornerebbe da dove è venuta, non sarei io come mi identifico in questo momento, ma un qualcosa che mi permette di manifestarmi in questo mondo e con cui non ho rapporti di tipo cognitivo. Quindi perché prendersi tutta la briga di crearsi un mondo che descriverebbe il destino e l'origine delle anime, se poi al momento della mia morte ai fini pratici non cambierebbe nulla rispetto al fatto che l'anima non esista e che tutto finisca in niente? A me che mi frega che l'anima esista o meno se poi la mia identità com'è ora cesserebbe di esistere? Adesso sì che inizia a salirmi l'ansia. Sì certo, posso raccontarmi che sarebbe come dormire ma questo non mi fa certo stare meglio. Ritorno al mondo reale, sono le undici passate, sono in un bagno di sudore, ho le palpitazioni e la gola secca. Perché poi devo perdere tempo a pensare a queste cose? Dovrei sentire cosa ne pensa Adam, ma non voglio disturbarlo, stasera. Magari lo chiamo domani.

Tranguggio un bicchiere d'acqua, ignorando il blocco gelido nello stomaco, mi vesto al volo e esco. I rumori e le luci della città, ma più che altro la puzza di asfalto umido e gas di scarico, hanno un effetto corroborante. Molto meglio del divano, almeno non devo confrontarmi con me stessa. Vago per qualche minuto, osservo le coppie che camminano abbracciate, i vestiti delle donne troppo leggeri per la temperatura, la gente in coda davanti ai ristoranti. Se non sentissi questo macigno all'altezza dell'addome, sarei quasi tentata di prendermi un altro gelato, giusto per premiarmi di essere uscita da quella crisi di panico. Magari buono, però, pistacchio e crema, non quella merda acida che ho ingerito fino a poco fa. Chissà cosa sta facendo Chiara. È un po' che non mi scrive messaggi, e a quest'ora dovrebbe essere già tornata a casa. Non promette nulla di buono.

Sento che mi sta risalendo l'ansia, passo davanti al solito cinema e senza pensarci troppo entro. I miei piedi mi ci hanno portato autonomamente, d'altronde vengo qui almeno un paio di sere alla settimana. È un cinema piccolo, con tre sale e una programmazione variegata che va da film commerciali a rassegne d'essai. Si danno da fare, organizzano incontri con registi stranieri, hanno convenzioni con la Settimana del Cinema. Sopravvivono grazie alla passione, nonostante sia uno dei pochi rimasti a conduzione familiare.

"Non si può entrare a spettacolo iniziato."

Certo al martedì sera è dura. La biglietteria è deserta e la donna dietro al bancone sembrava si aspettasse il mio ingresso, perché appena varcata la soglia mi ha investito con il suo freddo benvenuto. Ci fissiamo per un istante, sospiro e avanzo verso di lei.

"Dai, Marisa. Entro e mi siedo in fondo come al solito, senza dare fastidio a nessuno."

Ci conosciamo da anni, io e Marisa, addirittura frequentiamo gli stessi forum sul cinema e altre stupidate. Io come *StarLuc* e lei *35MMarisa*. Che tristezza. *StarLuc*, intendo. Non so come mi sia potuto venire in mente un *nickname* del genere. Anche la foto che ho messo come *avatar*, un primo piano con una mascherina a forma di farfalla, rosa e con i brillantini, è altrettanto improbabile. Anzi, terribile. È una foto che mi hanno scattato un paio di anni fa, durante una festa. Una serata surreale, una cena per Natale con quelli dell'ufficio, a casa di Riccardo. Era la prima volta che andavo a uno di questi ritrovi informali che avevo sempre evitato come la peste, soprattutto per timidezza, e mi ero vestita e truccata per cercare di dare una bella impressione con tutti. Avevo perso ore a scegliere il vestito adatto, poi al culmine della disperazione ero andata in un grande negozio in centro per comprarne uno. Mi ero fatta consigliare da un'odiosa commessa, anoressica, come se non bastasse, che voleva evidentemente sbolognarmi un avanzo di magazzino. Quando mi aveva tirato fuori questo capo, avevo provato una sorta di ribrezzo, poi, provandolo, mi era sembrato ancora peggio. Nella migliore delle ipotesi poco adatto all'occasione e alle mie forme. Nero, con ricami svolazzanti da tutte le parti, trasparenze ambigue e fatto di un tessuto sintetico che nei dieci secondi in cui l'avevo tenuto addosso mi aveva riempito di eritemi. L'avevo preso comunque, stordita dalla musica a volume assordante e dalle insistenze della ragazza, ma a casa mi ci ero sentita realmente ridicola. Davanti ad uno specchio non deformato e quindi che non smagriva, con luci non da palcoscenico e senza una giovane che continuava ad urlarmi nelle orecchie quanto mi donasse, riuscivo solo a scorgere una sgraziata donna di mezza età con rigonfiamenti al posto sbagliato, impacchettata in un orrido capo di infima qualità, dalla linea che anche trent'anni prima sarebbe stata etichettata come rètro. Ormai avevo quello e me lo dovevo tenere, con le braccia in bella vista, per lo più. Per rimediare alla pessima scelta e nella speranza che avrebbe sviato l'attenzione dalla mia figura, avevo anche preso un costosissimo cesto di cibi da *Peck*, che ogni tanto adocchiavo per confortarmi.

Insomma, mi ero impegnata.

Appena arrivata, mi avevano costretto ad indossare una di quelle ridicole mascherine. Rosa per il gentil sesso, azzurre per gli uomini. Sorvolando sulla questione estetica, già questa distinzione mi aveva indignato. Avrei volentieri girato i tacchi e me ne sarei andata, ma le indossavano tutti, e sembravano a proprio agio pure, perciò mi ero obbligata a sorridere per fondermi all'atmosfera rilassata che mi circondava. Guardandomi attorno, avevo l'impressione di essere in un ritrovo di scambisti. Non che avessi mai partecipato a questo genere di riunioni, ma me le immaginavo proprio così. Gente che frequentavo quotidianamente, che magari mi urlava dietro spazientita perché non seguivo alla lettera delle indicazioni, tipo Riccardo o che dovevano scattare quando io impartivo degli ordini, uno dei miei pochi subordinati, grazie ad una parvenza di anonimia sembravano improvvisamente aver guadagnato uno status paritario, e tutti insieme sorridevano felici. Esattamente come mi immaginavo in un club di scambisti idraulici o avvocati si scambiassero sorridendo le mogli. L'altra sorpresa era che la cena fosse una sorta di buffet. Gli invitati si servivano al tavolo in centro alla stanza e poi si raccoglievano a gruppetti sparsi in soggiorno, sul balcone o in cucina. Ho sempre odiato questo genere di situazioni, ma ci tenevo veramente a dare il meglio di me, quindi svolazzavo da un capannello all'altro, ridendo e cercando di dire cose intelligenti, raccontando aneddoti sulle mie esperienze di lavoro passate, ma badando bene a non dare l'impressione di volermi vantare. È vero, avevo bevuto, forse un po' troppo, ma ero lungi dall'essere a mio agio e volevo proprio evitare di deprimermi e finire su una poltrona per tutta la sera, con il risultato magari di attirare ancora di più l'attenzione su di me. Già bastava il vestito ridicolo che indossavo e che aveva provocato più di un sorriso e un pettegolezzo, come avevo notato osservando con la coda dell'occhio la gente attorno a me. Comunque, dopo un po' la cosa era degenerata. Senza rendermene conto, ero diventata la principale attrazione della serata, avevo ballato, mi ero persino esibita in un "limbo", andandomi a schiantare con la schiena contro il pavimento e causando risate generali. Mentre mi abbassavo sgraziatamente sotto il palo, le gambe larghe, il vestito orrendamente scompigliato, la bocca aperta e gli occhi stralunati, vedevo la gente intorno a me ridere e commentare, come se stessero assistendo all'accoppiamento di due macachi. Sapevo che stavo facendo qualcosa di profondamente sbagliato, ma ero come un surfista sulla cresta di un'onda gigantesca, e non riuscivo più a fermarmi. Lo stesso, poco più tardi, quando, con un bicchiere in mano, avevo abbracciato Riccardo, padrone di casa e mio capo, e avevo iniziato a ridicolizzarlo, un po' come faceva quotidianamente lui, in maniera molto meno delicata, con tutti noi, soprattutto con le donne. Infine lo avevo sfidato a chi beveva di più, incrinando così la sua autorità e l'immagine di maschio dominante.

Il giorno dopo, appena entrata in ufficio avevo trovato i miei colleghi raccolti attorno a Stefano, che rideva e urlava oscenità, al suo solito. Non era raro arrivare al mattino e trovare una situazione del genere. Stefano era un giovane collega, un astro nascente arrembante e affamato, una sorta di Riccardo in fasce, il quale infatti lo trattava come se fosse il suo pupillo. Tremendamente intelligente e spiritoso, ispirava naturalmente rispetto, quasi timore reverenziale, nel proprio interlocutore, e lui lo sapeva, ci sguazzava in quella situazione, amplificandola grazie al bell'aspetto e a una arroganza fuori misura. Era uno di quelli che si pongono sempre al centro dell'attenzione, che fanno e dicono la cosa giusta al momento giusto, e anche se vanno fuori misura glielo si perdona. Tutti sapevano che aveva assicurata una brillante carriera e lo consideravano perciò un possibile loro futuro datore di lavoro, per cui lo trattavano con deferenza, cercando di non inimicarselo neanche di fronte alle più feroci prese in giro. Perché alla fine non si sa mai.

Io sapevo di aver dato spettacolo la sera prima, e un minimo me ne vergognavo. Ma una festa è fatta per divertirsi, lasciarsi un po' andare, quindi non pensavo di essermi comportata in maniera particolarmente sbagliata. Sinceramente, non mi aspettavo niente di più che qualche sorriso cameratesco. Invece quando alcuni colleghi, vedendomi arrivare, si erano dati di gomito scoppiando a ridere e Serena e Wen si erano addirittura allontanate, dedicandomi al contempo uno stretto sorriso e guardandomi brevemente con gli occhi spalancati, avevo capito che le cose non stavano proprio come avevo immaginato. Mi sentivo come se stessi camminando sull'estremo margine di una scogliera a picco sul mare, bene attenta a dove mettevo i piedi, e quando Stefano, con un sorriso strafottente e gli occhi splendenti, mi aveva passato il suo cellulare, era stato come se fosse all'improvviso calato il buio, lasciandomi in balìa del precipizio. La stessa sensazione, di impotenza e disastro imminente.

"Guarda come sei venuta bene, Anita!"

I presenti avevano riso, qualcuno se n'era andato coprendosi la faccia con le mani, come se non avesse voluto assistere alla scena. Avevo adocchiato lo schermo del telefono, ignara, ma appesantita da un fosco presentimento. E eccomi lì, in tutto il mio splendore, abbracciata a Riccardo, con la mia mascherina rosa, le paillettes, la bocca aperta atteggiata in un riso deforme, con tanto di lingua violacea e denti macchiati in bella vista, il vestito oscenamente scomposto. All'inizio, la cosa che mi aveva maggiormente sconfortato era stato notare Il colore di lingua e denti. E sì che mi ero ripetutamente raccomandata di non bere vino rosso a feste o cene. O quantomeno di non berne tanto da non ricordarmi poi di dovermi coprire la bocca con una mano in caso di risata. E dire che non mi piace neanche il vino rosso. Sì certo, probabilmente mi stavo attaccando ad un particolare insulso per non dover affrontare la ben più pressante verità, si potrebbe pensare che ci fosse qualcosa di ben più grave che quel particolare, ma in quel momento riuscivo a pensare solo a quello. Stefano rideva compiaciuto, e gli sghignazzi intorno a noi sembravano infondergli coraggio.

"Forse ti sei un pochino lasciata andare, però. Eh, che ne dite ragazzi?"

Ancora risate, questa volta neanche trattenute. Stefano aveva aperto i rubinetti e ormai nessuno si preoccupava più di urtare la mia sensibilità. Avevo strappato il telefono dalla sua mano per osservare meglio. Come un dolore che inizia piano, sordo, per poi aumentare e occupare tutti i pensieri, così avevo iniziato a osservare quella foto in tutte le sue parti, comprendendone la portata. La luce violenta del flash aveva congelato l'istante, rendendolo ancora più sgradevole e riuscendo persino a restituire l'imbarazzo degli astanti, che osservavano il mio agghiacciante comportamento in silenzio. Chiunque avesse osservato quella foto, da quel momento in poi, sarebbe rimasto ammutolito di fronte a tale sconveniente mostruosità, senza entrare nel merito del basso valore estetico.

Serena mi si era avvicinata appoggiandomi con delicatezza una mano sulla spalla.

"Riccardo è nero. È arrivato stamattina e si è subito chiuso nel suo ufficio. Forse dovresti andare a dirgli qualcosa prima che sia troppo tardi."

Avevo restituito il telefono a un sollevato Stefano, che aveva iniziato a temere per il suo prezioso giocattolo elettronico. Come in *trance*, ero andata alla mia postazione, avevo sistemato le mie cose e, sentendo su di me gli occhi di tutti, e mi ero lentamente incamminata verso la porta chiusa dell'ufficio del capo.

Era stata dura scusarmi. All'apice dell'imbarazzo, avevo iniziato a inventare delle storie su un medicinale che doveva avere interagito con l'alcol, poi avevo virato su certi miei problemi familiari che avevano minato la mia stabilità emotiva. Cose così. Riccardo era rimasto in silenzio, continuando a fissarmi con sempre maggiore astio e quando infine lo avevo assicurato che non avrei mai più fatto qualcosa del genere, mi aveva cacciato fuori augurandosi di non vedermi per almeno una settimana. Non l'aveva presa bene. Era lui il maschio alfa, decideva lui chi potesse essere beta – Stefano – e in che condizioni gli altri si potessero prendere libertà con lui, e quanto. E lui solo, o chi da lui stesso veniva nominato, poteva prendere in giro e ridicolizzare altri senza timore di venire redarguito. Avevo intuito la situazione, mentirei se dicessi che era cascata dalle nuvole come un'oca, ma non me n'ero mai resa effettivamente conto. Come quando si studia con superficialità una materia e si pensa di saperla, sfogliando il libro di testo, ma poi se si cerca di ripetere qualche passaggio ci si rende conto che è il buio totale. Stessa cosa. Avevo commesso un grosso sbaglio, ma a volerci trovare un lato positivo, da quel giorno non ho mai più messo in discussione le mie sensazioni. Ai fini pratici, potrei dire che io e Riccardo già non avevamo una grande intesa, ma da quel momento il nostro rapporto si è definitivamente rovinato. Da parte mia, non ho mai più partecipato a simili eventi, inventandomi ogni volta scuse, non necessarie peraltro, visto che quasi tutti erano sollevati dal fatto che non mi sarei presentata. Per quanto riguarda la foto, sapevo che circolava e che lo sarebbe stata negli anni a venire, così mi ero fatta mandare una copia, e l'avevo usata come immagine nelle mie reti sociali per ricordarmi sempre quanto potessi rendermi ridicola.

35MMarisa mi guarda con occhi languidi. La tentazione di far valere il proprio potere dall'alto della sua posizione di bigliettaia è veramente ghiotta.

Lo so, glielo leggo dentro. Sbuffa, si guarda intorno, sospira e si prende qualche secondo per farmi pesare il favore che sta per farmi. Infine, mi fa segno di avvicinarmi. C'è solo lei, non deve dare spiegazioni a nessuno e in ogni caso rischierebbe al massimo un'occhiata da suo zio, il proprietario della baracca e l'unico che, a quasi ottant'anni, ha ancora la voglia e l'ottimismo di inventarsi qualcosa per non far fallire l'azienda.

"Questa è l'ultima volta, chiaro?"

Mi capita spesso di entrare a spettacolo iniziato, perché spesso mi trovo in giro senza sapere che fare e vengo qui per passare del tempo senza pensare a niente. E non è che pretenda di scegliere il film o addirittura di non pagare il biglietto. Chiedo solo di entrare anche se lo spettacolo è iniziato. Ma Marisa puntualmente me lo fa pesare come se mi stesse regalando qualcosa. Senza considerare il fatto che, a parte rare occasioni, o il sabato e la domenica, giorni in cui mi guardo bene dal presentarmi qui, questo cinema è sempre semivuoto.

Abbasso lo sguardo e accenno un inchino, prostrata davanti a tanta gentilezza.

"Certo, grazie infinite."

Marisa getta il biglietto con disprezzo, passa la carta e fa un mezzo sorriso che sa sia di trionfo che di complicità.

"Sala tre."

È diventato un rituale, ormai e chissà perché ci tengo tanto ad umiliarmi in questo modo. Come al solito, non so neanche che film sto andando a vedere, ma già solo il fatto di camminare lungo il breve corridoio che mi conduce alla sala mi distende e cancella dalla mente ogni pensiero che fino a poco prima mi angosciava. Come prevedevo, la stanza è semi deserta, riesco a contare una decina di teste, ma io mi siedo comunque in ultima fila, in un angolo. Il buio, gli scomodi seggiolini imbottiti con lo schienale duro e l'improponibile distanza dalla fila davanti, la moquette, la sporcizia e l'odore di chiuso, un po' umido, il caldo soffocante come in un ufficio comunale. Sono travolta da questo ambiente familiare che mi regala gioia e pace. Mi tolgo il cappotto e mi accascio, rilassandomi. Il film in se stesso, alla fine, è solo un orpello, mi basta essere qui. Che poi quello di stasera non è neanche brutto. Una specie di storia ambientata nell'ottocento, con un gran via vai di carrozze, donne che piangono e uomini che si scannano per qualche tipo di insulto che credono di aver ricevuto ma che poi non si rivela neanche tale. Le donne sono carine, magre, con la pelle bianchissima e gli occhi enormi, umidi. Ma sono veramente tristi e continuano a lamentarsi di qualcosa che non riesco a capire. Bella mia, continuare a lamentarsi non serve a niente, su con la vita. Un paio di sparatorie con vecchi archibugi, uno svolazzare di penne per scrivere qualche lettera, qualche pianto patetico e decido che ne ho abbastanza. Ammetto di non essere una grande estimatrice dei film in costume, soprattutto se ambientati in quest'epoca. Mi restituiscono una sensazione di tristezza. Questo, comunque, ha un certo spessore, si vede che è ad alto budget. Dev'essere uno di quegli spettacoli da botteghino che lo zio di Marisa prende per far quadrare i conti. Le attrici principali sono abbastanza famose, e anche il protagonista è uno che si vede spesso nei film. I nomi, quelli, non li ricordo, non so perché, ma proprio non mi restano mai in mente. Adocchio l'orologio del cellulare. Non sono qui dentro da neanche un'ora ma ho già trovato quello che cercavo. Ma sì, l'ho guardato volentieri, però dopo un po' stufa, ho capito dove andrà a parare già da una decina di minuti, e non faccio altro che chiedermi quando finirà, continuando a sbirciare l'ora. In preda all'inquietudine, mi alzo ed esco, faccio un cenno a Marisa, che solleva lo sguardo dal suo cellulare, per nulla sorpresa di vedermi uscire anzitempo, e mi incammino senza meta nella notte.

È buio, fa freddo, non c'è molta gente in giro, però sono affascinata dalle ombre che gli sparuti alberi cittadini gettano sui marciapiedi luridi. I miei mi dicono sempre di non camminare di notte per le vie della città, da sola. "È pericoloso, stai attenta!", si raccomandano. Hanno ragione, ovviamente, ma non riesco a farne a meno. Forse perché non mi è mai successo niente, a parte una volta in cui mi hanno strattonata, probabilmente nella speranza di trovare una borsetta che non possiedo. L'eco dei miei passi è coperto dal ruggito di potenti auto lanciate a folle velocità sulla circonvallazione, intervallato a sirene di ambulanze. Respiro un po' affannosamente. L'aria è cattiva, sa di plastica bruciata e gas, ma non è quello. Così come quando mi capita di andare in vacanza da sola, anche a camminare per le strade dopo un po' mi viene l'ansia. La partenza è piena di aspettative, speranze, curiosità. "Adesso arrivo al Castello, magari a Sant'Ambrogio", mi dico, carica e ottimista. Dopo un po', inizio a provare rimorso, persino paura. Dell'ignoto, dell'infinito, del buio, delle ombre, dei palazzi troppo alti. Alla fine, il giro che faccio è sempre quello. Svolto al solito angolo e ritorno sulla via di casa. Poi, una volta che sono nella mia strada, confortata dalle luci e da interni di appartamenti che riesco a vedere da dove mi trovo, scorci di vita che mi riscaldano, inizio a rilassarmi e a pentirmi di non aver avuto il coraggio di andare oltre. Così faccio il giro dell'isolato, giusto per dimostrare a me stessa di non essere uscita per niente. Ripenso a Marisa. Chissà perché, quando ci incontriamo nella realtà virtuale dei *forum* andiamo d'amore e d'accordo, con una gran profusione di faccine, come se fossimo migliori amiche. Ci facciamo gli auguri, ci raccontiamo persino i nostri segreti e le nostre delusioni amorose attraverso messaggi privati. Poi quando ci incontriamo nel mondo vero, che vuol dire al cinema, tutto si risolve in una situazione che mi vede pregarla di vendermi un biglietto e lei concedermelo, sprezzante e compiaciuta. Nel tempo, ho provato a invitarla fuori per un aperitivo, a cena, o persino al cinema, un altro cinema, uno con le poltrone comode e la possibilità di comprare popcorn e gelati *Bon Bon*, ma la risposta è sempre stata negativa o, più di frequente, sono stata ignorata.

Sono tornata al punto di partenza, il portone del mio condominio. Lo osservo per qualche istante. C'è una profonda incisione proprio all'altezza della serratura, qualcuno deve averlo forzato, e in diversi punti è scheggiato e graffiato. Ormai quell'orribile vernice marrone è quasi completamente scrostata, in alcuni punti persino arricciata, come capita in quelle case al mare. Solo che qua non c'è salsedine per spiegare tale decadimento. Non che mi importi chissà che di questo portone, sono in affitto, e di certo non ho voce in capitolo, ma da spettatrice ho notato come rappresenti degnamente le dinamiche degli inquilini di questo condominio. Subito dietro questa porta, a lato del corridoio che conduce alle scale, c'è una stanzina, inutilizzata, forse in gloriosi tempi passati predisposta per un qualche portinaio. Oggigiorno, nonostante le sue ridicole dimensioni, viene utilizzata per l'annuale riunione, e i diversi condomini ci si infilano dentro, carichi d'astio e di questioni irrisolte, represse e montate a puntino per 12 lunghi mesi. La scelta del luogo non è casuale. Chiunque entri nel palazzo deve per forza passare di fronte allo stanzino, e i solerti partecipanti sono praticamente tutti rivolti da quella parte per non farsi sfuggire gli sventurati che abbiano avuto l'ardire di non presentarsi all'incontro. Purtroppo organizzano sempre la stupida riunione esattamente all'ora in cui torno da casa, e puntualmente mi fermano per chiedermi come mai la proprietaria del mio appartamento non si presenti mai. Non posso dirlo, ma lei si guarda bene dal farlo, e quando un paio di mesi fa ho deciso di partecipare, contro il parere dei presenti, tra l'altro, ho avuto la conferma di quanto facesse bene.

Era stata una giornata positiva al lavoro, nel senso che avevo fatto quello che dovevo, non avevo interagito con Riccardo e nessuno mi aveva disturbato. Ero di buonumore, avevo mandato un paio di messaggi, addirittura con tanto di *emoji*, a Chiara, nonostante avesse disdetto l'appuntamento all'aperitivo. Al rientro, vedendo la luce nello stanzino e i soliti sguardi carichi d'odio, mi ero detta, "perché no? Invece di andare al cinema passo un'ora qui e magari ne viene fuori qualcosa di buono". Avevo ignorato con un sorriso elegante le richieste di spiegazioni e le rimostranze in quanto non avevo diritto a essere lì e mi ero messa in un angolo. Dopo un po' si erano tutti dimenticati della mia presenza, così avevo potuto osservarli meglio.

C'erano una quindicina di persone assiepate nella stanza, tutti avvolti in un caldo torrido, e l'ossigeno necessario al sostentamento delle nostre funzioni vitali sembrava essere stato intenzionalmente ridotto di un buon trenta percento. Certo non erano le condizioni climatiche ideali per contribuire a rasserenare gli animi. Avevo scorto alcuni visi noti, la coppia di anziani del secondo piano, e il signore del piano terra, una specie di capoccia molesto. In generale c'erano soprattutto uomini di mezza età dal cipiglio aggressivo, poche donne e un paio di ragazzi sui trent'anni. Dalla disposizione e dal comportamento, si potevano già delineare le fazioni in campo, e avevo notato che una buona parte dei presenti trattava quasi con deferenza uno dei due trentenni, un bellimbusto vestito elegantemente, con la schiena dritta e i capelli biondi cotonati come George Michael in "Last Christmas". Si sarebbe trovato degnamente nel mio ufficio, rischiando persino di rimpiazzare Stefano come delfino di Riccardo. Dopo un inizio piuttosto morbido, erano iniziati i battibecchi. Quello stufo perché un altro buttava giù dal balcone le briciole, un terzo arrabbiato per le lampadine che saltavano sempre, colpa, a suo dire, di un quarto che accendeva sempre la luce delle scale a sproposito. E così via. A poco a poco, si era passati più sul personale, con vicende risalenti, a quanto ero riuscita a capire tra il coro confuso di urla e minacce, anche a vent'anni prima. L'amministratore, un ometto grigio e imperturbabile, giochicchiava con la penna, pensando probabilmente al piatto di pasta alla carbonara che lo stava attendendo a casa. Dopo un buon tre quarti d'ora di preoccupante crescendo, quando ormai ero giunta alla conclusione che alcuni sarebbero passati all'aggressione fisica, George Michael si era alzato in piedi e aveva battuto le mani per zittire tutti e richiamare l'attenzione sulla sua figura. Io avevo adocchiato il cellulare, nella speranza di scorgervi una risposta di Chiara che non arrivava, mentre il ragazzo si era lanciato in un seminario su non so cosa, stabilendo alcuni punti fissi e facendo valere la sua superiore competenza in qualità di brillante avvocato. Mentre facevo vagare lo sguardo sulle facce dei presenti, avevo provato un conato di vomito. Erano tutti incantati e lo fissavano a bocca aperta. Anche i più riottosi avevano deposto la loro rabbiosa sicurezza e ascoltavano incerti. Sarà invidia, ma non sopporto questi figuri che fanno valere la propria superiorità di fronte ad un gruppo di vecchi ignoranti.

Senza concludere niente, giusto per stare in mezzo alla scena e farsi adorare. L'amministratore lo fissava con occhi vacui, sbirciando di quando in quando l'orologio. Evidentemente questa era una consuetudine ben rodata. Alla fine del discorso, accompagnato persino da un accenno di applauso, mi ero raddrizzata e me l'ero svignata, sorridendo debolmente alla coppia di anziani. L'ultima immagine che mi era rimasta di quella serata erano i loro occhi devastati dall'impotenza e dalla cataratta, certi che le loro armi sdentate nulla avrebbero potuto contro la sinuosa lingua di quel giovane. Qualche giorno dopo mi era arrivato, chissà perché, un resoconto della riunione. L'avevo aperto, quasi speranzosa di trovarvi un riassunto del tanto apprezzato discorso del ragazzo cotonato, ma l'amministratore aveva appuntato alcune discussioni tecniche palesemente inventate, concludendo con un laconico "vista la mancanza di ulteriori argomenti, la riunione viene conclusa di comune accordo alle ore 21".

Mentre passo davanti allo stanzino buio e deserto, ripenso a quanto abbiamo in comune, queste persone e io. Senza una vera vita sociale, proiettiamo i nostri fallimenti personali in patetiche ripicche contro il vicino di casa, o il collega, soprattutto se sottoposto. Siamo come quel grande portone malconcio, con le sue crepe, i suoi tentativi di scasso, le schegge e il suo pomello dorato, ben lucido e direi quasi cotonato, mal abbinato ma indispensabile. Per uno strano gioco di associazioni, mi torna in mente Marisa e mi chiedo che vita sessuale possa avere. Una come lei, che prova piacere nella prevaricazione del prossimo. Quando mi confida i suoi pensieri, parla di grandi amori, di passioni cerebrali e nottate passate a bere caffè e guardare vecchi film. Sarà, io me la immagino a tirare gran frustate a un poveraccio bendato sdraiato sotto il tavolo della cucina. Sospiro e entro nel mio appartamento freddo e buio.

2

Un'altra notte in bianco trascorsa a pensare, osservare il soffitto, accendere e spegnere la tv, provare a concludere un progetto per il lavoro, aprire e chiudere il frigorifero, vagare per la casa con addosso una coperta neanche fossi un santone nel deserto. Soprattutto, ad aspettare una risposta da Chiara. Alle tre passate, dopo aver ingurgitato uno yogurt e qualche biscotto, con lo stomaco di nuovo sottosopra, mi arriva un messaggio.

"Tesoro mio, mi manchi così tanto che non so come dirtelo."

A seguire, una serie scomposta di *emoji* con abbondanza di cuori.

Mi verrebbe voglia di scaraventare il telefono contro il muro, ma il mio istinto di autoconservazione economica mi salva nuovamente. In preda a una rabbia impotente, cerco disperatamente un *emoji* con la mano che mostra il dito medio, ma sul punto di premere il tasto "invia" lo cancello e rispondo con un laconico "Buona notte" per poi accasciarmi sul letto con il braccio sul viso. A parte la frase da ragazzina delle superiori, dietro quelle parole così mielosamente false leggo tanto alcol, una serata in compagnia di una o più ragazze, giovani e brillanti, sguardi carichi di passione, conversazioni che io non sono in grado di tenere, un saluto sotto l'albergo, poi perché no, un invito a bere un ultimo bicchiere in stanza. Nascondo la testa sotto il cuscino. Così imparo a innamorarmi di un'anima così irrequieta. Chiara assapora, gusta, gioisce, vive. Dipinge qualche giorno, poi si stufa, decide che ha bisogno di ispirazione, prende il treno o l'aereo e va. Dove, non si sa quasi mai. Io e Stefania, la sua manager, come sceme le corriamo dietro, una disperata per gli impegni da rispettare, l'altra con il cuore infranto in cerca di conforto. Forse, ripensandoci meglio, l'unica scema sono io. Almeno quella si fa pagare. Chiara comunque non si sente in dovere di dare spiegazioni, e io ho troppa paura per chiedergliele. Quando decide di chiamare, chiama, quando decide di tornare, torna. E poi, a causa della sua tendenza all'autodistruzione, una volta qui con me, quando finalmente penso che abbiamo raggiunto un equilibrio e che forse potremmo essere felici assieme, cade in depressione, urla che non mi vuole più vedere, spacca i piatti, va dall'analista, ci dorme sopra e il giorno seguente ricomincia la sua vita come se niente fosse, mentre io devo raccogliere i cocci della mia. Ogni volta che penso a lei, devo prendere in mano uno dei libri di Anaïs Nin che mi ha regalato, forse con acuto sadismo. Consolarmi facendomi sentire peggio. Sì, perché Anaïs mi fa sentire peggio, è come continuare a tirare e mordicchiare una pellicina dolorante e sanguinante sul dito, ma senza staccarla del tutto. Con uno sforzo, riprendo il cellulare e apro la sua pagina *Instagram*. Vedo tavolini di bar su piazze italiane, con due tazzine da caffè, istantanee di lei che mostra le gambe, con un bel pezzo di coscia in vista, foto di luoghi esotici con lei che scruta il tramonto o il mare. E di chi è l'altra tazzina? Chi le ha scattato quelle foto? Sotto, i soliti commenti, irritanti. Una, soprattutto, tale *elleLove* (che razza di nome), che le scrive sempre quanto la ama, con tanto di cuoricini, di mollare la sua compagna, che sarei io (ma quella come fa a sapere che Chiara è lesbica? Quindi si conoscono), o di andare a trovarla che l'aspetta a braccia aperte. E Chiara, la scema, le risponde pure, flirtando senza ritegno. A volte le ho scritto per le rime, subito sotto questi dialoghi, facendo valere la mia posizione, per subire violenti risposte da parte sua e un elegante silenzio da parte di Chiara. Stavolta soprassiedo, mi sento insicura e triste, quasi senza diritti di fronte a questa persona che occupa impunemente il mio cuore. Riesco solo a sognare, a desiderare di fare un viaggio insieme, di vivere queste situazioni che vedo così ben riportate dalla donna che amo. Ma Chiara non ne vuole sapere. Il viaggio, per lei, è avventura, esplorazione, ignoto. Andando con me, dice, perderebbe la magia che va cercando e le resterebbe una sensazione spiacevole, la stessa che prova quando vede un gruppo di anziani in un viaggio organizzato. Sarà, ma io non la vedo così. Scorro le pagine, fremendo di rabbia e gelosia. Però con altre ci va, eccome.

"Eh, ma con persone conosciute in viaggio è un'altra cosa", mi dice ogni volta. Appunto, per una come lei, incapace di stare da sola, parte fondamentale di un viaggio è conoscere gente. E infatti ha amici, soprattutto amiche a dire il vero, un po' ovunque nel mondo. La cosa che mi mette più in ansia della sua smania di viaggiare è proprio il fatto di saperla sempre in giro alla ricerca, mi viene da dire quasi disperata, di compagnia. Che si trovi in treno, in aereo, in una piazza, in albergo o a un bar, inizia a scrutare lo spazio circostante in cerca di qualcuno, preferibilmente donna, con cui attaccare bottone. "Per puro stimolo intellettuale, dice". Certo, ma io ho l'impressione che abbia più piacere a conoscere ragazze carine, dalle foto che posta senza vergogna. L'ha persino fatto insieme a me, in occasione dell'unico viaggio che abbiamo fatto, a Venezia. Avevo insistito per mesi perché partissimo e lei mi aveva concesso due giorni e una notte. Adam mi aveva detto di non farlo, di lasciarla perdere che mi avrebbe solo fatto star male, ma io niente. Lui è fatto così, vede le cose in maniera più chiara di me, e mi vuole bene, nonostante tutto. Ma io non sono come lui, vedo il mondo a modo mio, e ci devo sbattere la faccia. Se contro una superficie di cemento grezzo, meglio.

Avevo organizzato tutto, l'albergo, bellissimo (e carissimo), il percorso con i musei da vedere, il ristorante per la cena e quando finalmente siamo partite, ero pazza di felicità. Lei, invece, aveva accettato più per sfinimento che per altro, o anche solo perché non era stata abbastanza lesta a trovare una scusa per quella data. Già in treno era un continuo alzarsi e sedersi, senza darsi pace, controllare il cellulare, mordersi le unghie e lamentarsi di quanto fosse lento, caldo e scomodo viaggiare con quel mezzo di trasporto (che lei prendeva regolarmente, da sola). Anche in traghetto, mentre io ammiravo le calli e gli antichi palazzi scorrere sotto il mio sguardo, cercando la sua mano per condividere anche fisicamente quel momento, lei si guardava intorno come in gabbia, disperata e infelice, tanto che ad un certo punto avevo temuto che volesse tornarsene a casa e lasciarmi lì come una scema.

Magari l'avesse fatto.

Anche a costo di correre a testa bassa verso il disastro, non ero disposta a farmi rovinare quel fine settimana. Volevo viverlo, tutto e con gioia, lo desideravo da troppo tempo. Ma Chiara era di tutt'altro avviso. Continuava imperterrita la sua missione distruttiva, diceva che non sapeva spiegarsene il motivo, ma Venezia aveva un'aria assolutamente diversa da come la ricordava. Era afosa, piena di turisti, forse non era il periodo giusto, in quanto andava gustata e vissuta da soli, magari con un freddo umido, bisognava perdersi e poi ritrovarsi. Chissà cosa voleva dire, senza considerare il fatto che era stata a Venezia diverse volte, in qualsiasi periodo dell'anno e non si era mai lamentata della ressa, del caldo o della mancanza di nebbia. "Perdersi e poi ritrovarsi"? Ancora adesso quella frase mi colpisce come un calcio in faccia. Parole sentite in qualche *talk show* o lette su chissà che rivista per donne, dove veniamo considerate cerebrolese i cui obbiettivi nella vita sono vestirsi come una modella con dieci taglie in meno e trovare un compagno (perché noi lesbiche non esistiamo, per loro) con l'aspetto e il conto in banca di Brad Pitt. Ci vedono sceme e etero. Ma io non sono cerebrolesa, e soprattutto non sono etero. Forse avrò fatto degli sbagli e, ok, qualcuno potrebbe dire che sono stata scema a comportarmi in un certo modo in alcune occasioni, tra cui per l'appunto questa a Venezia, ma non mi sento certo rappresentata da questo stereotipo femminile. E mi chiedo come possa sentirsi rappresentata Chiara, che è l'emancipazione fatta persona.

Comunque, quella frase mi aveva dato un brutto colpo, più dell'atteggiamento da lei tenuto fino a quel momento, addirittura più delle parole che mi aveva sputato addosso di fronte all'albergo. Io, contenta e un po' fiera, neanche fosse casa mia, le avevo mostrato con un ampio gesto del braccio cosa avevo prenotato per noi. Lei aveva alzato gli occhi, si era guardata intorno, come se si fosse vergognata di trovarsi in quella situazione, e aveva affermato con rabbia che l'avevo spinta a odiare quella città che invece tanto amava, e che non me l'avrebbe mai perdonato. Persino l'albergo, che avevo scelto con tanta cura, non andava bene. "Troppo vecchio", "per turisti stranieri" e "in una zona malfamata". Dorsoduro, malfamata e piena di turisti, un albergo di lusso costosissimo, trattato alla stregua di una bettola. Mah. Io pensavo ancora al suo "perdersi e poi ritrovarsi", avevo ignorato l'ennesimo insulto, forse sì, forse un pochino ad essere sinceri ci ero rimasta male, ed ero scattata verso la reception sorridente e felice. Da lì in poi era stato un crescendo. Chiara, evidentemente insoddisfatta dalla mia reazione, voleva proprio affondare i denti nella carne e sentire il sangue zampillare sulla lingua, così ci si era messa d'impegno. In camera si era sdraiata sul letto, mi aveva ordinato un Dry Martini e aveva dichiarato di essere stravolta e di voler dormire per due giorni. Dopo averle portato il drink però non avevo mollato l'osso, determinata alla lotta. Lei continuava a ripetermi di andare a fare un giro da sola, di non preoccuparsi ma io no, non era certo quello che volevo, non ero venuta lì per starmene da sola, avevo un bel progetto e quando mi intestardisco ho una discreta razione di energie, così l'avevo portata sull'orlo dell'esasperazione, l'avevo fisicamente buttata giù dal letto e l'avevo trascinata fuori.

Avevo già organizzato tutto, visita alla collezione Peggy Guggenheim, Gallerie dell'Accademia, la Biennale, e così via. Avevo tirato fuori, cercando di passare inosservata, il foglio con tutte le destinazioni per arrivare nel più breve tempo possibile, i tragitti a piedi o traghetto, i tempi massimi di visita per rispettare il programma. Avevo esagerato, certo, ma desideravo così tanto rendere memorabile quel viaggio che non ero riuscita a controllarmi. Durante i mesi precedenti, avevo contato i giorni che mi separavano da quel sabato e nell'attesa, insopportabile, avevo guardato migliaia di pagine su internet, recensioni, ponderato ristoranti e tragitti. Era stata una follia, certo, ma avevo delle buone scusanti. Chiara, invece, no. Appena adocchiato il mio programma, me l'aveva strappato di mano, si era esibita in una smorfia di disgusto e l'aveva gettato in un cestino, con perfidia, dichiarando di aver già visto tutto e di non aver proprio voglia di infilarsi in qualche museo con quel sole magnifico. Poi si era incamminata, gli occhi fissi sul cellulare. Anche quello non mi era bastato, l'avevo seguita e dopo un'ora di vagabondaggio, ancora sull'onda dell'ottimismo, sorda a tutto tranne quella frase che continuava a ronzarmi nelle orecchie, ero riuscita a convincerla a bere un caffè al bar.

Qui Chiara si era alzata con la scusa di dover andare in bagno, e aveva "fortuitamente" iniziato a parlare con una giovane turista olandese, conosciuta proprio all'entrata. E io, che la vedevo dal tavolo, a rodermi il fegato, senza il coraggio di dire niente, nella speranza che quei due giorni andassero come avevo sperato, senza litigi o neanche la minima tensione, senza comprendere che nulla, ma proprio nulla, stesse andando come avevo desiderato. Così avevo fatto finta di niente, anzi avevo sorriso quando aveva portato la nuova amica al tavolo. Janine, o Jessica, oppure Jane, sa il cielo come si chiamava. Era senza un euro, si era attaccata a noi come una patella e avevamo dovuto persino ospitarla nella nostra camera. A mie spese, ovviamente. Da quel momento, Chiara si era trasformata. Felice, loquace e propositiva, ci aveva portato a vedere mostre, a bere aperitivi, al ristorante, continuava a raccontare aneddoti di quella città che conosceva così bene. Il problema, quello grosso, era stato che contemporaneamente io ero come scomparsa. Mi portavano con loro, quasi con rassegnazione, ma non mi coinvolgevano nei loro discorsi, anzi si scambiavano occhiate e facevano l'occhiolino alle mie spalle. Mi rivolgevano la parola solo quando bisognava tirare fuori i soldi. L'apoteosi si era raggiunta alla domenica, in stazione, al momento di salutare la nostra nuova compagna di viaggio. Chiara si era messa a piangere, si erano baciate, davanti a me, e si erano promesse di rivedersi. Lì avevo recuperato tutto quello che avevo perso, la mia dignità, il mio essere, la memoria delle angherie che avevo dovuto subire. Me n'ero andata, decisa a non rivederla mai più.

Avevo preso il treno ed ero tornata a casa, con entrambi i biglietti per Milano. Quella sera avevo pianto a lungo, disperata, avevo stracciato un paio di foto nostre che tenevo sul comodino, per poi rimetterle assieme con lo scotch e riporle in fondo a un cassetto in armadio, e il mattino successivo ero andata in ufficio sorridente. Erano state due settimane di rinascita, in cui credevo di poter diventare qualcosa di diverso. Non avevo mangiato nessun gelato, avevo persino letto un libro e al culmine dell'ottimismo avevo trovato il coraggio di scrivere a Kevin. Poi, una sera, era suonato il citofono. Era Chiara. Sorridente e sicura di sé, mi aveva chiesto come mai non mi fossi fatta più viva. Io me l'aspettavo, così le avevo risposto che credevo fosse finito tutto tra di noi, e lei, come da copione, aveva ribattuto che ero stata io a spingerla a comportarsi così, lei mi amava, ma non dovevo forzarla a fare cose che lei non sentiva, e così via. Quello che mi aveva sorpreso, era stata la mia reazione. Credevo di aver chiuso quel capitolo della mia vita, di riuscire a resistere al richiamo della sirena. E invece mi ero rimangiata tutto. Buone intenzioni, frasi fatte, Jane, Jessica e Janine varie.

Eccomi qui, circondata dal buio, gli occhi cerchiati di nero e il cellulare in mano a leggere avidamente le stronzate di *elleLove* e Chiara. Scorro indietro nei post. A parte poche allusioni a me, c'è tutta la sua vita, lì. Cosa gliene fregherà poi di fare queste cose. Ho capito che gliel'ha consigliato l'analista di scrivere un diario della sua vita, ma lui ha parlato di "diario" – almeno Chiara ha riportato questa parola, ne sono sicura – e io al momento ho pensato a un diario in carta, di quelli veri insomma. Mi immaginavo qualcosa di intellettualmente profondo, quasi rivelatore, visto il personaggio. Chiunque avrebbe pensato a quello. Ora, io non so se l'analista intendesse invece "diario" in senso lato, come a un modo in cui raccogliere gli avvenimenti e i pensieri della giornata, indipendentemente dalla piattaforma su cui fissarli, non c'ero e non mi esprimo a riguardo, ma quando ha aperto il profilo su *Instagram* certo è stato un bel colpo. Ancora più grande la sorpresa è stata quando ho iniziato a vedere ogni minuzioso frammento della sua vita messo in mostra, alla mercé di qualunque depravato impiccione. È diventato una sorta di video porno in presa diretta, tanto più quando Chiara si è accorta che visualizzazioni e consensi aumentavano proporzionalmente ai centimetri di pelle scoperta. Per un po' ho pensato lo facesse come esperimento, una sorta di opera d'arte virtuale, un tipo di arte *post-performance*. Poi, con il passare degli anni, ho capito che non c'era niente di artistico. Nessuna ricerca, profondità o osservazione. Lei pubblicava la sua vita per un pubblico sempre più ampio. Ne ho avuto la conferma quando un programma televisivo molto seguito le ha proposto un'intervista. A lei, che si vanta di non averla neanche, la televisione. Figurarsi. Invece era entusiasta. Più che entusiasta, era fuori di sé dall'agitazione, continuava a ripetere che finalmente veniva notata e che sarebbe diventata qualcuno. Aveva passato ore a scegliere l'abbigliamento adatto, snervandomi con la sua continua ricerca di un capo casual ma non tanto da risultare ricercatamente tale, provando allo specchio le sue espressioni, adattandole e modificandole, neanche fosse stata un mimo. In studio, aveva tenuto per tutto il tempo un atteggiamento annoiato, rispondendo a malapena alle domande e ribattendo con sarcasmo alle richieste più invadenti. Invece, io lo sapevo, lo vedevo dai suoi occhi lucidi, dal modo in cui teneva le gambe, dentro di sé fremeva, cercava con tutto il suo essere di far arrivare al di là dello schermo quell'immagine di sé che tanto si sforzava di proiettare. Aveva poi pubblicato la registrazione del programma e aveva aumentato a dismisura il numero di *follower*, come mi aveva rivelato compiaciuta. È divorata dalla smania di successo, e questo nonostante si atteggi sempre come una persona a cui la cosa non interessa per niente. Questa esperienza, nonostante il fastidio e il disprezzo, sì, un vero e proprio disprezzo, che avevo provato nei suoi confronti, le critiche che le avevo rivolto, anche rabbiosamente, invece di farmela detestare, me l'ha fatta amare ancora di più, come se non dovessi mai finire di scoprire qualcosa in una persona tanto profonda e complicata, così diversa da me da apparirmi abbagliante nelle sue splendenti contraddizioni.

Guardo l'orologio. Le cinque e mezza. Sbuffo. Contraddizioni un cazzo. Il fatto è che, gira e rigira non riesco a uscirne, penso sempre a lei. L'unico modo che ho per togliermela dalla testa, almeno momentaneamente, è concentrarmi sul lavoro. Ma anche lì, non è che sia messa proprio bene. Oggi devo dare una risposta a Riccardo su quella famosa opportunità che mi vuole concedere, ma tanto ho già deciso. C'è poco da fare gli schizzinosi qui, non è più come una volta.

Dicevano tutti che ero un prodigio, più di Martina, e ancora prima di finire il liceo, diverse università mi avevano contattata perché mi iscrivessi da loro. Io ne ero deliziata, ma anche spaventata, incapace di quantificare le aspettative che all'improvviso mi avevano travolto. Martina l'aveva presa male. Si era impegnata per anni così tanto, che si aspettava di ricevere inviti, vincere premi, laurearsi a tempo di record e diventare famosa. Invece, a parte un trafiletto di giornale che aveva riportato il nostro risultato, poi i riflettori si erano concentrati soltanto su di me. Per qualche motivo che ancora faccio fatica a comprendere, certi "esperti" avevano visto in quei fogli qualcosa di eccezionale. Una serie incredibile di combinazioni, forse del tutto casuali, dei miei risultati al test, avevano dato l'impressione che fossi un prodigio mai visto, che neanche Évariste Galois in persona sarebbe stato in grado di allacciarmi le stringhe delle scarpe.

Questo era almeno quello che avevano detto in tv e sui giornali. Più o meno. In realtà le foto che avevano pubblicato su di me contenevano sempre al centro il preside della mia scuola, in molte il mio volto era persino tagliato a metà dall'inquadratura. E le interviste che trasmettevano al telegiornale regionale erano state tagliate in modo da far sentire solo l'onnipresente preside con me di fianco, zitta che sorridevo come una scema, nonostante ne avessero fatte diverse anche a me. Come se fosse stato merito suo. La mia professoressa di matematica, invece, non era mai stata neanche interpellata. E si può tranquillamente dire che se mi trovavo in quella situazione era per merito suo. Perché donna, ovviamente, mentre lui, il preside, uomo, si era sempre messo davanti a tutti, come quei bambini molesti e arroganti che alle foto di classe si mettono in mezzo a gambe e braccia larghe, con il testone che copre almeno tre compagni. Io, essendo adolescente, valevo persino meno di una donna, figuriamoci. Società maschilista. Di merda. Allora mi limitavo a commentare tra me e me, con qualche amica, neanche con Martina perché da quando erano apparsi i giornalisti non mi aveva rivolto più la parola. Come se fosse stata colpa mia.

A dire il vero, c'è stato un periodo che mi ci sono incaponita, con certe amiche. Ho addirittura pensato di poter cambiare la situazione. Abbiamo manifestato, e ci siamo pure pigliate delle belle bastonate nei denti. A una, la cara Vittoria, un tipino, è andata pure peggio, a Genova. Sta ancora lì a leccarsi le ferite e quando vede una divisa le vengono i sudori freddi e scappa, tanto che si è fatta una decina d'anni di psicanalisi, da cui, da quanto ne so io, ha rimediato solo un bel *transfert* coi fiocchi. Ma io, m'è bastato un manganello sul cranio e 5 punti di sutura per capire l'andazzo. Poi, certo, nei locali, di sera, o a casa di amiche, si faceva le gradasse. Ma ho deciso che è molto meglio rodersi il fegato. Vedo un politico, impreco e cambio canale. Leggo un commento su un giornale online, impreco e chiudo la finestra del *browser*. Facile e molto più salutare. Tanto, le cose non le cambio certo io. Il mio capo è un uomo e lo stesso lo sono stati tutti i capi che ho avuto. Uomini,

uomini, uomini. E nei corridoi, sedute ai tavoli degli *open space*, alla sera nei locali, a fumare, bere e parlare, una fiumana di donne, insoddisfatte, ambiziose, represse e incazzate. Roba che neanche Huxley.

Mi alzo, inutile stare a letto, metto su un caffè e apro il computer. Senza pensarci, appoggio una mano sulla pancia. In genere, tastare quella parte morbida e liscia mi rilassa come se strizzassi una pallina antistress. Lo facevo anche con le braccia di mia nonna, da piccola, mentre giocavamo a carte e lei si arrabbiava moltissimo. Se ci ripenso, la comprendo e provo un acuto senso di colpa. Adesso, invece, per qualche motivo quel generoso lembo di carne mi pare un corpo estraneo. Osservo con attenzione lo schermo del computer, afferro con indice e pollice la carne e tiro, ripetutamente. Alzo la maglia e mi guardo, con disgusto. Ci credo che Chiara cerchi la compagnia di altre donne, magre e carine. Come posso darle soddisfazione così come sono? L'insicurezza mi assale e prendo una decisione. Basta, da oggi solo caffè al mattino, una barretta a pranzo e insalata o minestra di verdure a cena. Per un mese, almeno. Poi forse avrò il coraggio di guardarmi allo specchio.

Rassicurata da questo progetto di vita, finalmente libera dal pensiero di Chiara, mi concentro sul lavoro.

Mi piace, il mio lavoro. Non sarò forse il genio che avevo sperato di essere, e soprattutto che tanti si aspettavano che fossi, ma il linguaggio informatico, particolarmente la programmazione orientata agli oggetti[1], è il mio elemento. Mi piace perdermi in queste righe, definire funzioni e metodi, e raggrupparli in un insieme organico e preciso. Come una musica, una sinfonia. Soprattutto, mi piace testarli. Anzi, direi che la creazione di test per i miei programmi, anche i più semplici, è una delle cose che mi appassionano maggiormente. Vedere errori, risalire alle cause, inventarmi o cercare su internet possibili soluzioni, assistere all'esecuzione corretta. Mi sembra quasi di essere un detective che cerca di risolvere un crimine efferato. Per non parlare poi quando devo lavorare sull'apprendimento automatico e sull'ottimizzazione di algoritmi. Passerei ore a manipolare parametri, ritoccare architetture e osservare affascinata la diminuzione della funzione di perdita. In questi momenti, mi scordo completamente delle mie fissazioni. Senza quasi accorgermene, completo un paio di *commit*[2] del progetto, infine alzo gli occhi e mi accorgo che la stanza è inondata di luce. Ora di andare al lavoro, purtroppo. Più per abitudine che per reale interesse, accendo lo schermo del telefono e noto che c'è un messaggio di Chiara. Ho un sussulto al cuore. Rieccoci. Finita la grazia della concentrazione, sono di nuovo preda dei miei sentimenti. Il mio stato d'animo è meno cinico di qualche ora fa, e mi dovesse scrivere ancora una frase appassionata come prima, la accoglierei con gratitudine e amore. Con il cuore in gola, leggo avidamente.

"Amore! Stanotte ho dormito poco o niente, *elleLove* sta continuando a tempestarmi di messaggi in preda a una crisi di gelosia! Aiuto, cosa faccio?"

Osservo lo schermo per qualche istante, fremendo di rabbia, poi sposto lo sguardo sulla tazza di caffè piena. È ghiacciato, ma lo trangugio, grata di avere qualcosa da fare.

Chiede a me come si deve comportare? Fa la smorfiosa, flirta con una sconosciuta e poi se la prende se quella pazza fa la prepotente.

Evito accuratamente lo specchio, mi do una sciacquata veloce, metto su due stracci al volo e esco.

Sul tram, schiacciata nella ressa, mi accorgo di essermi scordata il portatile. Sono accecata dalla gelosia. Ma possibile che quella *elleLove* debba farle pure le scenate? Lei, non io. E figurati poi quante volte sarà successo senza che Chiara venisse a dirmelo. Mi viene il dubbio di non aver chiuso la porta. Quella donna mi manda fuori di testa. Il telefono continua a emettere suoni di notifica, sarà lei in piena crisi esistenziale, nella fase in cui vuole tornare da me per farsi tirare su. Così pressata non riesco neanche a raggiungere la tasca, e tutto sommato la cosa mi fa stare bene. Intorno a me la gente accetta placidamente il proprio destino. Mi domando come vivano.

Certo meglio di me.

La ragazza al mio fianco, a una ventina di centimetri dalla mia guancia destra, ha le cuffie nelle orecchie e tiene lo sguardo fisso davanti a sé. Sembra concentrata su qualcosa che riesce a vedere solo lei, con gli occhi della mente. Avrà un quattro-cinque anni meno di me, è serena, forse persino appagata. Non è una bellezza, ma non è neanche brutta, ordinata nel vestire e ha persino un buon odore, pur senza sapere di profumo. È proprio la sua pelle ad essere così. Nell'insieme, trasmette una certa semplicità che la rende fresca e autentica. Provo una leggera invidia, subito attenuata dal senso di colpa. Mia nonna mi diceva sempre di non provare invidia, uno dei più brutti sentimenti che una persona possa sentire. Capirai. Avrò avuto sì e no otto anni. Non ricordo bene quale fosse l'oggetto della discussione, ma che invidia avrà mai potuto provare una bambina di otto anni? Per la bambola di un amica? L'astuccio di un compagno di scuola? Allora ne ero rimasta profondamente turbata, tanto da andarmi a confessare, la domenica successiva, con un prete annoiato e distratto, intento soprattutto a scrutare croste giallognole estratte dalle sue enormi orecchie. Ma mia nonna faceva sul serio. Mi aveva guardato con i suoi occhi neri, profondi e terribili, e quando faceva così non ammetteva repliche. Se ci ripenso, provo un rigurgito di indignazione, ma l'automatica repressione mi è rimasta, neanche avessi subito una forma di imprinting. Riporto la mia attenzione sulla ragazza. Gli occhi sono limpidi e muove leggermente le labbra, probabilmente sta canticchiando la canzone che le risuona nelle orecchie. Chissà, avrà un fidanzato che le dice "Ti amo" e le porta dei fiori, ogni tanto, un lavoro che la gratifica, amiche che le vogliono bene e le stanno vicino nei rari momenti di difficoltà.

Mi volto, sospirando. Alla mia sinistra, un gruppetto di studenti stanno chiacchierando rumorosamente. Sono preoccupati per un compito in classe e allo stesso tempo eccitati all'idea di ritrovarsi dopo la fine della scuola per andare a mangiare un hamburger. Carpisco gli sguardi di un paio di loro, un ragazzo e una ragazza, di nascosto agli altri due, che sono maschi. In un attimo percepisco la dinamica dei loro rapporti. Quattro amici che si vedono spesso anche dopo la scuola, al pomeriggio. I tre maschietti sono innamorati della ragazza, la loro amica, che però è attratta da solo uno di loro. E allora si lanciano sguardi di nascosto agli altri, nulla più, vivendo segretamente la loro relazione, fatta di sospiri e occhiate d'intesa, timorosi di non venire ricambiati, speranzosi e trepidanti nell'accogliere una risposta alla loro muta richiesta. Nulla più, non riescono a uscire da questa strada senza sbocco. Ma i giorni passano, e si arriverà a un momento in cui queste speranze, questi messaggi scritti e mai spediti, questa sofferenza mai esternata, si affievoliranno a poco a poco e una grande storia d'amore, così pura e viva, non sboccerà, perdendosi nella tempesta di emozioni che è la vita di un adolescente. Ora, però, sembrano felici e complici, mentre gli altri ridono ignari. Magari mi sbaglio, e uno di questi giorni, con il cuore gonfio da far male e le mani tremanti, lui la prenderà da parte e le darà un bacio, leggero e asciutto, sulle labbra, e lei sentirà il cuore scoppiarle in petto, lo stomaco contrarsi e le gote accendersi. Che invidia riuscire a vivere così tanti sentimenti come solo un giovane! Io, a malapena riesco a gestire la mia sofferenza, a volte il mio amore. Per la gioia, ho bisogno di dormire almeno dieci ore, cosa che non mi capita mai. Il più delle volte, mi macero nell'autocommiserazione. Ancora invidia, stavolta non sono riuscita neanche a contenerla. Mia nonna mi direbbe che una persona così cattiva e stupida non può essere sua nipote. Me lo diceva davvero, a volte. Non per farmi star male, per carità, ma semplicemente per mettermi al corrente di un pensiero che in quel momento credeva davvero.

Davanti a me, una serie di persone più o meno della mia età. Tra loro, un uomo attira la mia attenzione. Schivo, abbigliato in modo banale, quasi meticoloso nella propria mediocrità, è assorbito dal cellulare. Cerco di allungare lo sguardo ma non riesco a capire se stia consultando qualche rete sociale, vedendo un video su *Youtube* o leggendo un ebook. Anche lui ha lo sguardo pacato, come la ragazza alla mia destra. È un tipo preciso, metodico, appassionato di tecnologia. Ha un cellulare ultimo modello, costosissimo e un orologio abbinato, della stessa marca e dello stesso colore. Lo soppeso con uno sguardo professionale, chiedendomi se abbia posseduto o meno quel colore. Quel modello, neanche da chiederlo, l'ho comprato almeno tre volte, ma non sono sicura del colore. Chissà, magari conosco questa persona, in modo virtuale, sul forum di telefonia che frequento abitualmente. Perché no. Forse è uno con cui condivido notizie, scambiandoci impressioni su presentazioni di prodotti, uno come me, che si sorbisce ore di video su *Youtube* di prove e anteprime, sbavando e arricchendo improbabili *youtuber* e incompetenti *blogger*. Lo so che è ridicolo, alla mia età, poi, perdermi in questo mondo, ma non riesco a farne a meno. Entro e esco da negozi di elettronica, anche solo per passarci un quarto d'ora, attratta dalle luci, da schermi luminosi che promettono felicità e distraggono dalla solitudine, da tecnologie che mi incantano con promesse di una vita migliore. E così continuo a comprare telefoni, di tutte le marche, in ogni tipo di negozio, online, fisico, anche attraverso venditori di altri paesi dove ci sono modelli non distribuiti qui da noi. Lo faccio per passione, ma anche solo per il gusto di ricevere un pacco che mi distragga dalle mie angosce.

Faccio in modo di ricevere sempre qualcosa, almeno una volta alla settimana, che sia anche solo una *cover* da un euro spedita dalla Cina. A volte mi arriva anche più di un pacco nello stesso giorno, ma in ogni caso mi prendo il mio tempo a osservare le buste sulla scrivania, con gioia. Le metto nella borsa, che di tanto in tanto schiudo per spiarle durante la giornata e poi, una volta a casa, sul divano, le scarto, appagata come da bambina il giorno di Natale. Apro le confezioni e estraggo i prodotti, qualunque cosa siano li giro e rigiro, controllando che siano perfetti, se sono oggetti elettronici li accendo e mi assicuro che tutto funzioni come dovrebbe. La gioia che provo in quel momento è acuta e totale, rovinata solo dalla presenza di anche solo un minimo difetto. Mi è capitato di rimandare indietro anche quattro volte lo stesso telefono per la presenza di un alone minuscolo sullo schermo, o un altoparlante che secondo me gracchiava, o uno sportellino che non si chiudeva perfettamente a filo. Tutto questo per cosa, poi? Per rivenderli dopo pochi giorni. A volte non arrivo neanche ad aprire le confezioni. Per una strana reazione fisica, una volta estratta con gioia dall'imballaggio della spedizione, mi capita di restare a fissare la scatola sigillata e provare una sensazione. Noia, delusione, persino rabbia, come se mi fossi aspettata di vedere uscire un unicorno alato. So benissimo cosa aspettarmi, ma nondimeno quando sono così non posso fare a meno di riporre l'oggetto, ancora sigillato, e rimetterlo in vendita, così com'è, subito. Con tutti questi oggetti costosissimi in casa, praticamente inutilizzati, devo per forza rivenderli, non fosse altro per riprendere almeno una parte del mio stipendio dilapidato, e trovo immorale restituire oggetti acquistati e testati di proposito per pochi giorni, come purtroppo fanno molte mie conoscenze. Piuttosto preferisco perderci dei soldi. Inoltre mettere inserzioni, relazionarmi con possibili compratori, preparare accuratamente i pacchi, organizzare le spedizioni, è tutto un rito che mi regala una soddisfazione non molto inferiore a quella che provo nel ricevere l'oggetto.

Avevo preso l'abitudine a Londra, più che altro per gioco, e qui ci ho messo un po' a prendere il ritmo visto che gli acquisti online ai tempi non erano così diffusi e i forum molto meno frequentati. Poi però, è diventata una vera e propria malattia. Controllerò il forum almeno ogni cinque minuti, per rispondere a post, leggere commenti, barattare sui prezzi, persino discutere con foga. In questo ambiente ho un ruolo, sono riconosciuta come esperta, addirittura come autorità. Quando voglio zittire una diatriba a proposito di un certo modello di telefono, mi basta affermare che ne ho posseduti quattro o cinque, e tutti sanno che è vero, azzittendosi. Purtroppo. Il mio sogno nel cassetto, in realtà, sarebbe quello di fare il moderatore, elevarmi a giudice di questo mondo. Forse un giorno me lo concederanno, giusto premio per la mia costanza e fedeltà, ma per il momento mi devo accontentare del rispetto dato al mio ridicolo nome, come sempre *StarLuc*, al numero di *like* e messaggi, e della sicurezza che questo mi infonde. Sono riconosciuta e apprezzata, invidiata (io, invidiata!) e forse un po' temuta. Qui l'essere sola e il poter gestire del mio stipendio senza dover rendere conto a nessuno, ha i suoi vantaggi. Non è come nei forum di cinefili, dove sono una delle tante. Lì la mia competenza è messa spesso in discussione e la cultura generale, soprattutto in campo umanistico, ha un peso troppo grande per permettermi di distinguermi. Ognuno pensa di saperne più dell'altro, facendo a gara a chi fa la citazione più dotta o originale, e non ho neanche l'ambizione di diventare moderatore, anzi mi dico spesso che dovrei mollare tutto e cancellare l'account, cosa che non faccio solo per rispetto verso Marisa. Nel forum di telefonia, non c'è bisogno di aver letto Camus per poter parlare di un film di Amelio, e il frequentatore tipo, nonostante abbia la mia età, uno stipendio rilevante e una posizione sociale rispettata, con figli all'università, non sa cosa sia un interferometro e pensa che Virgo sia un personaggio dei cartoni animati. Ci sguazzo, divertendomi e lasciandomi cullare da quest'atmosfera inutile e ignorante. Soprattutto, qui non ci sono '3MMarise', persone reali che si confondono con alter ego virtuali, che controllano quello che scrivo e mi scrutano da una biglietteria di cinema per giudicarmi. Non mi conosce nessuno e posso essere chiunque, posso parlare agli altri dall'alto al basso, posso fare quella che ne sa di più e non sentirmi ridicola. Ma nella mia magnanimità, non approfitto mai della mia superiorità, cerco sempre di essere comprensiva con i nuovi venuti, e alle provocazioni rispondo con gentilezza.

Certo, non va sempre tutto come vorrei. Innanzitutto, la stragrande maggioranza dei frequentatori di questi forum sono uomini. Saremo due, al massimo tre donne su un migliaio abbondante di visitatori. Questo ovviamente la dice lunga sul tipo di discorsi o battute che a volte si debbono leggere. E ovviamente, alcuni personaggi, purtroppo persino moderatori, non fanno altro che fomentare questa situazione. Sono come me, fissati con l'acquisto compulsivo di telefoni, probabilmente senza una vita sociale e con un vuoto agghiacciante da dover riempire. Postano le foto delle loro famiglie, a cui immagino quanto poco tempo dedichino, o delle loro conquiste, più o meno svestite, che temo paghino per la loro compagnia. E poi foto di auto costosissime, orologi, case di lusso. In questo certo non ci assomigliamo. Osservo con rabbia, a volte invidia (ancora l'invidia che mi perseguita) per la loro semplicità nel vivere , a volte mi urtano la loro arroganza e cattivo gusto, ma alla fine quello che mi fa veramente arrabbiare è l'ingiustizia. Vorrei che almeno nel mondo virtuale, almeno lì, in quella realtà così frivola che sembra uscita da un film di Fellini, la società non fosse come quella in cui viviamo. Vorrei che le regole fossero semplici, che tutti potessimo essere uguali, senza differenze sociali o economiche. Io cerco di far valere una mia superiorità in quel mondo, certo, ma solo in campo tecnico, e comunque la pago a caro prezzo. Una solitudine esistenziale che mi accompagna, se mi volto, una scia di fallimenti e in banca un conto pressoché azzerato. Sono allo stesso livello di chiunque, ho solo una vita più triste che cerco di riempire in questo modo. Qualcuno invece, che siede su un gradino più alto della scala sociale, non si nega il piacere di farlo pesare. Senza contare il bieco maschilismo che fomenta ogni discussione.

Ho pensato di abbandonare questi mondi, e l'ho anche fatto, per certi periodi, ma poi mi sono ritrovata sola con me stessa, con un vuoto che il cinema di Marisa e le telefonate a Adam non riuscivano affatto a colmare, che le assenze di Chiara ampliavano, perseguitandomi, e così ogni volta ho ripreso a usare il mio alter ego virtuale, con rabbia, frustrazione, impotenza ma soprattutto sollievo.

Certo, a volte mi sento un po' in colpa a gettare tutti questi soldi nel nulla, e devo dire che a lungo andare, l'avere a che fare con così tanti prodotti ha creato in me una sorta di anestesia nei loro confronti, ma non riesco a farne a meno. Per consolarmi, mi dico che è il mio unico vizio. C'è gente che spende un patrimonio in sigarette, al bar, o dal parrucchiere. Io dilapido il mio magro stipendio comprando telefoni e cerco di tamponare le perdite rivendendoli. Ho pensato di farne recensioni, come fanno tanti ragazzini su *Youtube*, ma non ho la presenza scenica, la costanza e l'ambizione. In fondo, a me piace scartare i pacchi, molto meno assaporare quello che c'è dentro. Chi guarderebbe una donna fuori forma parlare senza entusiasmo di queste cose? Vogliono vedere giovani spigliati dalle pettinature stravaganti, cosa che odio con tutte le mie forze.

Forse è per questo che Chiara non mi prende sul serio. Lei chiama stupida malattia di un'idiota qualcosa che io definisco passione di una persona sola. Che lei nutre con fervore, peraltro. Un altro messaggio, poi la suoneria inizia la sua cantilena. Irritata dal fatto di non riuscire a trovarmi, Chiara dev'essere passata alle maniere forti. Non riesco proprio a immaginare di rispondere in questo momento, circondata da sconosciuti, e lascio correre, felice di avere una scusa.

Decido che l'uomo al cellulare non è uno di quei prepotenti del forum, al limite un frequentatore. Però chissà, messo in una posizione di potere, anche lui potrebbe compiere le sue malefatte. D'altronde anche John mi sembrava una persona affidabile, e poi guarda cosa si è rivelato. Sono arrivata alla mia fermata. Mi faccio spazio per scendere, ma prima voglio soddisfare la mia curiosità e vedere cosa stava osservando con tanta attenzione. Riesco a voltare la testa all'ultimo prima di passare oltre la porta a vetri e vedo un volto di bambina sorridente, che fa "ciao" con la mano. Resto di stucco, rallento il passo, poi di nuovo il telefono riprende a squillare.

"Ciao."

"Ma cosa combini? È un'ora che cerco di contattarti e non mi rispondi!"

"Scusa, il tram era così pieno che non riuscivo neanche a prendere la mia borsa."

La menzogna mi dà una sferzata di coraggio. La visione della bambina di poco prima è ancora luminosa nella mia mente, ma il fatto di mentire a Chiara mi riporta alla realtà. Non era mai successo che le raccontassi una bugia, così come non era mai successo che non rispondessi a una sua telefonata. In genere mi precipito, anche nel bel mezzo di una riunione. Lei lo sa, e sento la sua voce tentennare.

"Ah, beh. Comunque volevo dirti che qua è una noia mortale, non riesco a combinare niente. L'impegno di domani mi è saltato e pensavo di tornare a Milano."

"Bene."

Non so perché, ma la prospettiva non mi emoziona come mi succede di solito. A parte il fatto che Chiara non mi avverte mai di quello che sta per fare, men che meno se si tratta di tornare, quindi questo suo comportamento già di per sé puzza. In genere quando torna si presenta a casa mia, il giorno stesso se ha qualcosa da farsi perdonare, sapendo di trovarmi lì a sua disposizione, felice di poterla abbracciare, prepararle una cena o organizzarle una serata.

"Come bene? Non sei contenta di sapere che torno? Magari stasera ci vediamo e andiamo fuori a cena, poi dormo da te, che ne dici?"

"Sì, certo. Va benissimo."

Tace. Non è abituata a queste reazioni, ma non è disposta a mollare lo scettro del potere sul nostro rapporto, almeno senza lottare. Neanche per un momento.

"Bene, allora dove mi porti?"

"Sì, non so. Dopo vedo. Ti faccio una sorpresa, eh?"

"Certo... sai quella che mi segue su *Instagram*, quella *elleLove*?"

Ecco, ora è passata ai carichi pesanti. Non le va di farsi snobbare e punta sulla gelosia. In effetti, provo una leggera fitta, ma non così profonda come al solito. Ha già usato la carta di *elleLove* in passato, e devo ammettere che la prima volta è stato devastante per la mia sanità mentale. Poi, a poco a poco, ci ho fatto l'abitudine. Ma non l'aveva mai tirata fuori in un momento di difficoltà. Forse anche perché non ci si era mai trovata.

"Vagamente, dimmi."

"Maddai! Non fare la finta tonta. Beh, continua a scrivermi. E devi vedere con che tono. Fa la gelosa, vuole sapere chi sono le altre persone che mi scrivono, le insulta se mi mandano i cuoricini. Oggi non ti dico che cosa mi ha scritto privatamente dopo che una mi ha mandato un emoji con il bacio."

Sì, forse adesso inizio a provare un po' di gelosia. Non tanta, un pochino, ma riesco a tenere duro e a non darle soddisfazione.

"Te l'avevo detto di non darle corda."

"Ma cosa ci posso fare! È da una vita che mi segue. Poi è simpatica, mi fa praticamente da *PR*, gratis."

"Allora non lamentarti."

Ci siamo salutate frettolosamente, e mentre cammino verso l'ufficio, ho negli occhi sempre l'immagine di quella bambina. Quanto mi sono sbagliata su quel tipo! Magari non è neanche italiano, vive qui da solo e la sua famiglia è lontana, può giusto salutare sua figlia con una videochiamata veloce prima che vada a scuola. E io cosa faccio? Mangio schifezze per dimenticare che frequento forum di disperati neanche fosse l'anonima alcolisti. Mi struggo giorno e notte per le attenzioni di una pittrice che mi disprezza e si concede solo quando non ha niente da fare. Compro telefoni che non mi interessano per poi rivenderli senza neanche averli utilizzati. Lavoro giorno e notte per uno stipendio da fame, senza prospettive. Anzi, con la prospettiva imminente di un ridimensionamento delle mie mansioni, nonostante il mio capo la descriva come una grande opportunità.

Mi fermo davanti alla porta dell'ufficio, ne osservo per qualche istante l'ingresso. La targa della società per cui lavoro è moderna, colorata in rosso e nero, molto aggressiva, "moderna e vincente", come la descrive Riccardo, incisa su un pannello rettangolare di alluminio. Sotto, altre due targhette, egualmente curate e moderne, ma meno arroganti, a indicare altre due società, anche se tutti insistono perché le chiamino *startup*. Ci tengono proprio, anzi, se ti beccano a chiamarle società, e non *startup*, ti sgridano. In questo palazzo, modernissimo, appena ristrutturato, siamo entrati tutti insieme sei anni fa. Io lavoravo già con Riccardo, in una azienda molto grande. Mi avevano assunto solo perché venivo da una società molto nota, forse come mossa di marketing per far vedere che assumevano donne di ritorno dall'estero, ma nonostante la mia baldanza iniziale, le mie mansioni si erano rivelate poco più che basilari. Riccardo era il mio diretto superiore e un giorno mi aveva preso da parte. Mi aveva detto che lui credeva fortemente nel mio talento, che avevo fatto delle cose incredibili ma ero stata sfortunata e che lì mi sfruttavano senza darmi possibilità di emergere. Lui sì, invece, che aveva capito quanto valessi. Così mi aveva proposto di lasciare tutto e unirmi a lui in un'avventura ambiziosa e pazza. A dispetto di tutto quello che mi era successo, allora ero ancora piena di fiducia nel futuro e nelle persone, anche come Riccardo. Non avevo ancora conosciuto Chiara e speravo di poter risistemare in qualche modo la mia vita, soprattutto lavorativa. Riccardo mi aveva avvicinato nel momento di maggior debolezza. Il lavoro non era come mi avevano prospettato e dal punto di vista umano mi era sembrato di tornare indietro di venti anni. Addirittura ero stata insultata sull'autobus perché secondo il bifolco avevo un aspetto "da lesbica di merda". Insomma, non ero certo nelle condizioni mentali migliori per ponderare una scelta di questo tipo, ma poi non è che abbia mai ponderato alcunché, nelle mie scelte, quindi gli avevo detto che l'avrei seguito. Di certo non avrei potuto immaginare che il fallimento si sarebbe ripetuto.

Così io e Riccardo avevamo sbattuto la porta ai nostri datori di lavoro, noi due soli perché tutti gli altri che Riccardo aveva cercato di contagiare con il suo anelito di libertà si erano guardati bene dal mollare un lavoro ben retribuito per qualcosa di non ben definito, agli ordini di uno sbruffone, per di più. Qualcosa che avrebbe dovuto allertare anche me quando al momento di firmare il contratto Riccardo se n'era uscito con un offeso "ma ti avevo detto che avresti dovuto aprire una partita iva, se no come faccio a pagarti?". Anzi, mi aveva pure rimproverata per la mia mancanza di intraprendenza. "Ora siamo da soli, devi darti da fare, sveglia!". Io avevo pensato di essermi scordata l'appunto, e comunque avevo già lasciato il lavoro, quindi non avevo potuto certo far valere i miei diritti, sanciti in un accordo siglato con un sorriso tirato davanti alla macchinetta del caffè. In un crescendo di fretta e operosità, Riccardo mi aveva portato davanti a questo palazzo, un residuato dell'edilizia anni settanta, e mi aveva presentato gli altri imprenditori (ma loro volevano farsi chiamare CEO) che avrebbero partecipato alle ristrutturazioni e che sarebbero stati i nostri vicini. Davanti a una birra, avevamo prospettato collaborazioni, progetti di espansione e conquista del mondo. Giovani, innovativi, decisi ad addentare, anzi divorare la grande mela che era il futuro, sembrava solo l'inizio di qualcosa di grandioso. Io, nonostante per l'anagrafe non fossi più una ragazzina, mi sentivo gratificata di venire accolta in quel modo da tutti quei maschi arroganti e pieni di sé. Credevo che avrei avuto un ruolo determinante nella creazione della nostra azienda, e che tutto non potesse andare che per il meglio. D'altronde all'inizio eravamo solo io e Riccardo. E io, a suon di urla, telefonate nel cuore della notte e stipendi arretrati, avevo, praticamente da sola, completato i nostri primi lavori, selezionato i nostri dipendenti (ehm, collaboratori), creato tutta l'infrastruttura informatica, con Riccardo chiuso nel suo ufficio a lanciare direttive o in giro per aperitivi e pranzi a cercare clienti, e ragazze da rimorchiare. Poi era venuto fuori che, al momento di andarsene, lui aveva trafugato qualche software, e che non era la prima volta che era stato coinvolto in questo tipo di traffici. Ci erano stati diversi strascichi giudiziari, che a quanto so vanno avanti anche oggi, ma in qualche modo sembra se la sia cavata, o comunque la lentezza dei processi gli garantisce di fregarsene. Stranamente, non gli era venuto in mente di tirare in mezzo me, quindi ero riuscita a osservare la situazione con un certo distacco, godendomi la vista del grand'uomo in preda all'ansia, con le occhiaie e la sua corazza di sicurezza gravemente incrinata, senza domandarmi però cosa ne sarebbe stato di me in caso l'avessero condannato.

Mi faccio schermo con la mano e guardo oltre le grandi vetrate. L'ingresso è luminoso, gradevole ma non accogliente, freddo. Sulla sinistra, la scala di metallo e vetro, sulla destra un ascensore con i meccanismi a vista, una specie di futuristico montacarichi, e al centro un enorme ulivo trattato alla stregua di un bonsai, e che non ho mai capito come facesse a vivere lì dentro. La nostra sede è nel mezzanino, e vi si accede con la corta scala in metallo. La società sotto di noi, di un certo Ivan, nonostante le grandi prospettive, affitta spazi per *coworking*. So che c'è gente che fa un sacco di soldi con questo genere di attività, e passano pure per guru di internet, ma questo non è lontanamente paragonabile a qualcosa di quel tipo. Nessuna tecnologia, design, men che meno innovazione. Ivan è un tipo pragmatico. Ha preso il piano interrato, lo ha fatto imbiancare, ha fatto installare lunghe file di luci al neon e lo ha riempito di tavoli in laminato. Poi ha fatto mettere tante più prese elettriche e attacchi internet possibile, installato una macchina del caffè, due bagni striminziti e una sala riunioni. Ed ecco una *startup* di spazi per *coworking*, pompata con un bel sito accattivante, ma con lo stesso tasso di innovazione del mio proprietario di casa, un tipo grasso in canotta che ha ereditato un grosso appartamento a Milano Est e l'ha frazionato in due bilocali che affitta attraverso internet. Uno, il mio, in nero, a lunga durata per garantirsi un reddito e l'altro con *Airbnb* per guadagnarci. E come gli sciagurati che arrivano dall'estero aspettandosi un appartamento pulito e di lusso vicino al centro, attratti dalle splendide immagini del sito, così mi riesco a figurare la faccia di quelli che arrivano qui sotto, con sottobraccio i loro portatili da tremila euro e la prospettiva di fare qualcosa di *cool*, quando si ritrovano in uno scantinato riempito di tavoli e sedie provenienti da un'asta fallimentare. In effetti, i due luoghi sono accomunati dalle stesse pessime recensioni, arricchite dalle medesime, colorite espressioni di disgusto. La *startup* sopra di noi, invece, era nata con la nobile idea di sviluppare applicazioni a pagamento per le imprese. La loro *mission*, dicevano, era creare prodotti di grandissimo livello grafico a prezzi così concorrenziali da sbaragliare completamente il mercato. Il tutto grazie a un programma sviluppato dai due soci. Dopo qualche mese a base di rumorose riunioni sedie lanciate contro il muro e un gran via vai di costosi macchinari, per sopravvivere si sono dovuti reindirizzare su pubblicità all'interno di applicazioni e attivazione di servizi per società di dubbia liceità.

Faccio qualche passo, cercando di vedere attraverso le finestre, poco sopra la mia testa, se sia già entrato qualcuno. In genere sono la prima ad arrivare al lavoro. Mi piace sistemare le mie cose con calma, senza sentire la voce irritante di Riccardo o Stefano, controllare le pagine dei siti di informazione senza dovermi preoccupare che qualcuno mi piombi alle spalle per dirmi che non devo perdere tempo in ufficio.

Tutto il palazzo è di vetro e alluminio, non è granché, ma Riccardo voleva la sede in un luogo che trasmettesse dinamismo e orientamento al futuro. Proprio così. Bah, forse era l'unico a poco prezzo, non lontano dal centro e con costi di ristrutturazione irrisori. Pareti colorate, pouf, una vasca idromassaggio riempita di palloncini, biliardini e flipper fanno tanto azienda tecnologica e costano meno che rifare servizi e impianto di riscaldamento. Fuffa appariscente, copiata da siti di settore per gli allocchi di provincia. Arrivo all'altezza della sala riunioni. "Brainstorming room", come Riccardo vuole che la chiamiamo. Come tutto lì, quando avevamo arredato avevo cercato di mettere un po' di raziocinio. Io avevo lavorato in un'azienda seria, con biliardini e piscine di palloncini certo, ma non a discapito della sostanza. Tutto era impeccabile. Riccardo invece voleva solo le stupidate da copertina, e grazie a questo si era guadagnato diverse interviste su riviste femminili. Il Steve Jobs milanese, l'avevano chiamato. E il nostro palazzo di *startup* era stato nominato la *Cupertino* italiana. Anche la sala riunioni è deserta. Mi viene in mente l'ultimo *meeting*, come vuole vengano chiamati, giovedì scorso. Riccardo ci tiene che queste riunioni avvengano il giovedì sera, dopo l'orario di lavoro. Ordina salatini, birre, vino e cocktail per fare un aperitivo produttivo. In queste riunioni bisogna urlare, dare spettacolo, infoiarsi. Uno alla volta ci alziamo e posizioniamo davanti alla lavagna, spieghiamo brevemente il nostro lavoro, per chiosare con prospettive fantascientifiche, citando Elon Musk, Tim Cook, Sundar Pichai Satya Nadella e Jeff Bezos. Gli idoli di Riccardo, dopo il lutto mai del tutto superato della morte di Steve Jobs, che non però si può nominare in sua presenza. Ogni volta che il relatore cita uno di questi nomi, gli astanti devono rigorosamente applaudire e gridare il proprio entusiasmo, come in una sorta di messa pagana, nella speranza che il dio della tecnologia o uno dei suoi emissari ci donino qualche idea brillante o non propriamente idiota per poter diventare ricchi e potenti.

Giovedì scorso non ci ho messo molto entusiasmo, né nell'applaudire, né nel gridare i vari nomi. È vero, un po' è stata colpa mia. Avevo litigato con Chiara, cioè avevo rinfacciato a Chiara il suo scarso impegno nel nostro rapporto e lei mi aveva detto che se non mi andava bene così potevamo lasciarci. Inoltre avevo tardivamente iniziato a rendermi conto che al lavoro ero messa un po' in disparte, e che tutto quello che avevo fatto fin'ora per la società veniva considerato come opera di Riccardo, e non mia. Ed era lui il primo a credere questo, prima ancora che i miei colleghi.

Ci ero rimasta male.

Insomma, ero poco entusiasta e alla fine, prima di concedere a tutti il privilegio di tornare a casa, Riccardo ha affermato che se non mi trovavo bene in quella famiglia che era la sua società, potevo benissimo andarmene, ingrata che non ero altro. Tornata a casa, ho pianto, poi per risollevarmi il morale ho scartato un telefono abbastanza costoso che avevo fatto arrivare dal Vietnam e ho avuto la fortissima tentazione di infilarlo nel frullatore. Mentre fisso le luci spente della sala riunioni, ripenso a quel momento e alla lucidità che sono riuscita a impormi. Da quel giorno al lavoro mi guardano tutti un po' di traverso, tenendosi a debita distanza. Poi ieri Riccardo se n'è venuto fuori con quel "Certo questa è una bella opportunità per te.".

Schiocco la lingua. Mi manca del buon sesso. Mi guardo intorno, alla fine decido che oggi non ho voglia di lavorare, così mi giro e mi incammino.

3

Il vetro della vetrina dev'essere deformato, o inizio ad avere anche le visioni, perché per qualche motivo l'immagine fugace che scorgo riflessa è quella di una ragazza sui trent'anni con grandi occhiali scuri dalla spessa montatura. Ho un colpo al cuore e tiro dritto, ma l'immagine mi è rimasta come stampata sulle retine. Sembra più giovane della sua età, gli occhi sono luminosi, limpidi, i capelli, lunghi alle spalle, sono poco curati, persino un po' unti, trattenuti dietro orecchie un po' a sventola e non ha un filo di trucco. L'unico vezzo, una camicia dal taglio serio, con puntini bianchi regolarmente distribuiti su un fondo marrone chiaro, che sembra uscita da un negozio di articoli *vintage* a basso costo. A completare il quadro, pantaloni neri, larghi e senza forma, e un paio di *sneaker* bianche e blu ai piedi. Il classico aspetto da ragazza *nerd*, insicura nel mondo ma a suo agio davanti a uno schermo. Questa ragazza ha viaggiato, vissuto esperienze, conosciuto gente, ma non ha ancora capito come funziona il mondo.

Accelero il passo, dopo una cinquantina di metri ho finalmente il coraggio di tornare a guardare il mio riflesso. Lo faccio di corsa, con la coda dell'occhio, timorosa di tornare a fissare quella ragazza, ma per fortuna vedo solo una donna di mezza età sovrappeso. Lo sguardo è triste e cupo, i capelli sono un po' più corti e arruffati, ma almeno puliti. Manca sempre il trucco, e l'abbigliamento non è molto evoluto, sempre povero e desueto. Non voglio rivedere quella ragazza, le avevo promesso un futuro radioso e l'ho portata qui. Intorno a me lavoratori corrono in ufficio, mamme e padri accompagnano figli a scuola, amanti organizzano la serata. Sbircio il telefono, nessuna notifica, do un'occhiata veloce al forum sul cinema. Sempre le solite discussioni, ora più accese sui nuovi film degli Avengers, sul potere della Disney e sulle nuove produzioni cinesi. Ma dove sono finiti tutti quegli intellettuali? Qualcuno mi urta, sgridandomi perché cammino guardando il cellulare. Torno al forum di telefonia per controllare come vanno alcune mie inserzioni di vendita. Più che altro spilorci che vogliono trattare sul prezzo. Novelli. Non sanno che non tratto mai, sono forse la più affidabile venditrice che c'è, spedisco a mie spese, con corriere espresso, inscatolo con *Pluriball* e i miei prodotti sono sempre come nuovi. Non perdo neanche tempo a rispondere e metto via il cellulare. Che senso di libertà! Non mi sono mai presa una giornata in questo modo. Corro sempre al lavoro, a finire arretrati, preparare nuovi progetti, organizzarmi con i miei colleghi, sistemare pratiche dell'ufficio.

Un raggio di sole mi illumina. Immagino sia per questo che Riccardo non abbia mai sentito la necessità di assumere una segretaria. Perché pagare qualcuno quando ci sono io, con contratto di collaborazione, che faccio tutto? Forse la nuova proposta è quella di rendermi una segretaria in tutto e per tutto. All'inizio gli servivo per i progetti, facevo praticamente tutto il lavoro di programmazione e affinamento degli algoritmi per i vari clienti. Poi, da quando gli ho messo a punto l'infrastruttura e tutti i test per definire la bontà del nostro lavoro, ha iniziato ad affidarsi a stagisti e borsisti in cerca di arrotondare il loro stipendio. Così l'ufficio si è riempito di gente, anche da varie parti del mondo, lui ha iniziato a fare il grande imprenditore di successo e a poco a poco sono stata messa in disparte. Non escludo che in questo possa incidere anche l'antipatia che nutre per me, indipendentemente dal fattaccio della festa. Ma se gli stavo così antipatica, perché mi ha proposto di andare a lavorare con lui? Io non è che pretendo chissà che. Faccio il mio lavoro con passione, magari mi piacerebbe uno stipendio un po' più alto per permettermi qualche telefono in più, ecco, ma non è che pretenda la proprietà intellettuale.

Che bella giornata! Vago a caso per un'ora, godendomi la libertà inattesa, arrivo in una piazzetta con alcuni alberi e mi siedo su una panchina. Vorrei andare in un bar, ma l'atmosfera che mi circonda è così piacevole che preferisco lasciarmi andare. Mi appoggio allo schienale, osservando i raggi di sole che tra le foglie, lasciandomi cullare dal gioco di ombre. Fa freddo, oggi, ma questo sole appena accennato mi tempra come se fossi abbracciata a Chiara davanti a un camino. Mi manca giusto un po' di sesso. Un po' di sano sesso, intendo, non un bacio veloce nel corridoio di un locale dalle luci soffuse o di una carezza davanti alla televisione. Mi sono accorta negli ultimi mesi di quanto sia fondamentale per me. Come ho bisogno di sentirmi amata, così ho bisogno di sentirmi desiderata. Me l'aveva detto mia mamma, una volta, quando aveva deciso fosse arrivato il momento propizio per farmi un discorso. Di fidanzati (non che m'interessassero), neanche l'ombra, ma doveva farmelo.

"Non fare sesso con un ragazzo, se non sei sicura. Altrimenti poi non smetti più."

Io avevo fatto di sì con la testa, poi, ripensandoci, avevo pensato che avesse fatto confusione con il discorso sulle droghe. Secondo me aveva mischiato i concetti, e ne era venuto fuori qualcosa di incomprensibile, in entrambi i casi. Comunque, il discorso sulle droghe non me l'ha mai fatto, quindi immagino si ritenesse al sicuro con quella frase onnicomprensiva. A ripensarci, ora, forse non aveva tutti i torti. Riguardo al sesso, intendo.

Ho iniziato, e poi ne sono rimasta così attratta da non poterne più fare a meno. Questo non vuol dire che mi scaraventi come un germano reale contro ogni essere umano in odore di intimità. Semplicemente, in una relazione per me è molto importante. Il problema, è che non sono particolarmente brava, qualunque cosa voglia dire. Una questione di movimenti, vocalizzazione, mi hanno sempre detto che sono troppo maldestra, non mi lascio andare e non riesco a creare una bella atmosfera. Ho sempre preso questi commenti come un modo per imparare, però per qualche motivo non ho mai capito come si facesse. Quale fosse il modo giusto. Persino Kevin si è lamentato, ed è tutto detto, perché nonostante l'aspetto fisico, non è che sia stato granché neanche lui.

Mi ricordo come ci sono rimasta male la prima volta che me l'hanno fatto notare. E che imbarazzo, ero crollata dalla felicità che mi circondava e che credevo non mi avrebbe mai abbandonata, disintegrata in uno sguardo vacuo allo specchio del bagno, in penombra, con il viso rigato di lacrime. Era l'estate di quell'anno scolastico in cui avevo ricevuto il premio con Martina. Mi avevano invitato a questo corso estivo di matematica, alla *Freie Universität* di Berlino, e io mi ci ero fiondata. Anche i miei erano d'accordo, anzi, non vedevano l'ora che me andassi. Quella notorietà li aveva destabilizzati, temevano cambiassi e diventassi, che so, una velina o qualcosa del genere.

Oggi leggo di madri che portano in giro i figli dotati a conferenze *Ted*, convegni, scuole o organizzazioni. Li guardo con un misto di invidia, sempre lei, tristezza e disgusto. Allora non c'erano queste cose, ma anche ne avessero avuto la possibilità, i miei avrebbero comunque tentato di farmi vivere un'adolescenza normale. Cercavano in tutti i modi di proteggermi, di mantenermi con i piedi per terra e di farmi fare un passo alla volta, senza strafare, e, soprattutto, senza cercare un loro tornaconto. Mio padre, che mi aveva sempre considerato la sua "piccola", era quello più preoccupato. Temeva che questa situazione in cui ero stata catapultata potesse nuocermi, e ogni tanto mi dava un buffetto, senza dire niente, osservandomi con occhi tristi come se mi compatisse ma non potesse fare niente per me. Anche mia madre si fermava ogni sera nella mia camera da letto, mi accarezzava i capelli, con calma, e poi mi chiedeva come stessi, che non dovevo sentirmi obbligata a fare qualcosa o andare da nessuna parte e che l'unica cosa che contava realmente era che io fossi me stessa. Certo, lei mi avrebbe appoggiata, ma non voleva che venissi sfruttata.

Ma io ero felice. Felice di aver trovato la mia strada, felice di ricevere riconoscimenti per qualcosa, anche se questo qualcosa non mi era del tutto chiaro. In fondo io avevo solo completato dei quiz, avevo giocato e si era rivelata magicamente una grande impresa.

Così ero approdata in questa città immensa, dalla lingua misteriosa. Già eccitata per il viaggio in aereo, che mi era sembrato come entrare in un film di fantascienza, ero arrivata in aeroporto e mi ero sentita sperduta e sopraffatta. Per fortuna, quando avevo trovato l'uscita, c'era ad attendermi un cartello con il mio nome scritto in grande, a pennarello. L'università che mi ospitava mi aveva affidato a una ragazza, una specie di tutore. Si chiamava Bertha. Mora, leggermente più alta di me e piuttosto formosa, mi aveva accolto con un sorriso e mi aveva preso sottobraccio. Mi aveva subito portato all'università, fatto conoscere professori e studenti, firmare carte e poi mi aveva mostrato il dormitorio attiguo in cui avrei dovuto pernottare, presentandomi alla mia compagna di stanza, tale Annemarie.

Bertha era graziosa e cortese, forse un po' distaccata, ma soprattutto non riusciva a capacitarsi cosa avessi fatto di così grandioso da meritare tutte quelle attenzioni. Era una *postdoc* di matematica, molto sicura di sé e invadente. Continuava a chiedermi cosa avrei voluto fare in futuro, come avrei sfruttato il mio talento, in che campo mi sarei cimentata, che le possibilità erano infinite, solo a volersi impegnare. Io sinceramente non sapevo cosa risponderle, un po' perché non avevo realmente idea di cosa avrei fatto, ma soprattutto per una barriera linguistica. Non conoscevo il tedesco e non parlavo così bene l'inglese da potermi avventurare in discorsi elaborati. La mia fresca ingenuità non le era piaciuta molto, e ogni volta che la guardavo con occhi vacui o replicavo in un inglese appena accennato, sul suo viso comparivano smorfie di disappunto. Doveva considerarmi una mezza scema, e i primi giorni di lezioni avevo iniziato anch'io ad averne il sospetto. In aula non capivo niente, in dormitorio mi guardavano come se fossi stato un oggetto piombato da un altro pianeta, tanto che Annemarie aveva pubblicizzato la cosa e mi mostrava fiera neanche fossi stata la donna scimmia in un circo. Ricordo quanto fossi giù di morale, piangevo in bagno, seduta sul water, e continuavo a chiamare casa, supplicando di venire a prendermi. Ero così disperata che credo mio padre fosse già pronto con l'auto accesa per arrivare a salvarmi.

Poi, all'improvviso, tutto era cambiato.

Bertha era passata una sera al dormitorio e mi aveva proposto di andare con alcune sue amiche a cena. Io ero ancora minorenne, in teoria non potevo stare fuori dopo le dieci, ma non avevamo preso minimamente in considerazione il divieto. Dopotutto, lei era il mio tutore. Che serata incredibile era stata! Gli amici di Bertha mi avevano accolto con affetto e calore, coccolandomi e facendomi sentire a mio agio. Eravamo otto donne e tre o quattro ragazzi, di cui uno incredibilmente brillante. Dopo cena mi avevano portato in un locale e io avevo creduto di vivere una scena da film. Seduti su vecchi divani, a fumare e bere birra, parlavamo e ascoltavamo questa musica mai sentita, che mi entrava nelle orecchie scardinandomi cervello e cuore. A ogni nuova canzone, interrompevo la conversazione per farmi dire gruppo e titolo. Al solo pensiero di quanto apparissi (e realmente fossi) provinciale e ignorante, arrossisco ancora di vergogna, ma allora per me esistevano solo Baglioni e i Duran Duran, magari qualche canzone dei Queen. Di quella sera, mi ricordo un brano di David Bowie che tutti si erano messi a cantare, abbandonando per un attimo il loro aplomb da intellettuali. E poi i New Order, i Kraftwerk, gli Smashing Pumpkins. Complice l'entusiasmo e la birra, il mio inglese si era magicamente destato e avevo legato con uno dei ragazzi, Reiner, il tipo intelligente, e Sabine, una più grande, che vestiva in maniera incredibilmente originale. Reiner era l'unico che non apprezzava la musica del locale, continuava a dire che quella era spazzatura, e che avrebbe dovuto farmi ascoltare Glenn Gould per farmi capire quanto mi stessi eccitando per niente. Mi affascinava, era colto, spiritoso, una specie di genio dell'informatica, ma sapeva anche di filosofia, letteratura e politica. Tutti lo trattavano con deferenza. La sua curiosità sembrava non avere limiti. E il fatto che fosse gay mi aveva permesso di abbassare ogni difesa nei suoi confronti, portandomi a pensare che il suo interesse per me, così spontaneo, fosse dettato dal fatto di vedere in quella ragazzina italiana qualcosa di speciale, quasi come se avessi potuto diventare una sua pari. Sabine, invece mi aveva raccontato del suo lavoro, e mi ero sentita ancora più in soggezione che nei confronti di Reiner. Lavorava per le Nazioni Unite e nel tempo libero si dedicava a non so che organizzazione umanitaria. Era sempre in viaggio, per cercare di evitare o tamponare crisi umanitarie o politiche. Nella mia immaginazione, lei, sola e irresistibile, si precipitava in qualunque parte del mondo con un aereo dalla rassicurante scritta ONU sulle fiancate, al minimo accenno di massacro, golpe o epidemia, a trattare con dittatori e capi di stato, con i suoi abiti incredibili e un elmetto blu in testa. Sabine mi aveva raccontato di paesi lontani e sconosciuti, di situazioni pericolosissime e incontri affascinanti, di fughe nel deserto e colloqui con pericolosi guerriglieri. Fino a quel momento, non mi ero mai interessata ai problemi del mondo, ma quei racconti mi avevano illuminato.

Un suono fastidioso mi sottrae ai miei ricordi. Guardo il telefono con insofferenza, è Riccardo.

"Cosa stai combinando?"

Ignoro la maleducazione, oggi è la mia giornata di libertà e ho deciso che sarò superiore a queste provocazioni.

"Buongiorno a te, Riccardo."

Lo sento fremere di rabbia.

"Allora?"

"Allora cosa, di grazia?"

"Cosa fai, perché non sei al lavoro?"

Mentre osservo un corvo appollaiato sopra di me, atteggio la voce come se fossi affranta dal dispiacere.

"Non sai quanto mi dispiace, ma oggi non ricsco proprio a venire! Mi sono alzata con un mal di testa tremendo e una spossatezza che non ti dico. Credo di avere la febbre ma il mio termometro è rotto"

La furia del mio capo esplode in tutta la sua potenza, cogliendomi un po' di sorpresa.

"Non raccontarmi balleeeh! Ti ho vista, davanti all'ufficio, neanche un'ora fa. Avevo intenzione di invitarti a bere un caffè per parlarti di quella cosa, poi ho visto che proseguivi e ho pensato dovessi fare una commissione prima di venire al lavoro”

Ansima, tanto che inizio a preoccuparmi per la sua salute. Non c'è l'ho con lui. Cioè, Adam dice che mi sfrutta, ma io non lo credo. È solo che non siamo compatibili come carattere, ecco tutto. Davanti a me, a una decina di metri, noto un'ombra scura. Guardo meglio, è un volatile, un piccione con le penne arruffate e un'ala mezza aperta sul terreno, come il lembo di una gonna lunga. Mi fa un po' schifo, ma il fatto di essere stata osservata da Riccardo, mentre pensavo ai fatti miei, mi dà più fastidio. Mi sento violata nella mia intimità. Pensavo di essere gentile, ma questa non gliela faccio passare.

“Beh, allora vuol dire che mi è venuto mal di testa in quel momento, qualche problema?”

Smette di ansimare, ho il sospetto che gli sia venuto un colpo, invece la voce assume un tono normale ma minaccioso, nella sua freddezza.

“Ti sei ammattita?”

“No, semplicemente oggi non mi sento bene e mi prendo un giorno di malattia. Ho finito il lavoro stamattina presto e l'ho già caricato sul *master branch*, come avrai visto.”

“Ma cosa stai...”

Non gli lascio terminare la frase. Il volume è aumentato improvvisamente di diversi decibel, e ho dovuto allontanare il telefono dall'orecchio dal fastidio. Chiudo velocemente la comunicazione e blocco il suo numero. Oggi non ho proprio voglia di sentirlo. Poi si vedrà.

All'improvviso, noto che il piccione è in piedi, a pochi passi da me. Traballante, con passo malfermo ma lo sguardo fisso sull'obbiettivo che si è prefissato, si sta avvicinando. Lo osservo come inebetita finché non arriva alla panchina, dove si accascia esausto, o almeno così mi sembra. Schifata, resisto alla tentazione di mollargli un calcio, mi alzo velocemente e mi dirigo verso la stazione centrale. Quel volatile sporco ha già rovinato il mio umore, e sì che mi ero appena esaltata nel liquidare Riccardo in quel modo. Chissà, magari vedere tutte quelle destinazioni mi farà venir voglia di partire, e chi mi impedisce di prendere un treno e andarmene da qualche parte? Non ho telefoni da spedire al momento, mi sono presa un giorno di libertà, quindi posso benissimo prendermene un altro, in caso. Senza rendere conto a nessuno. Chiara? Figuriamoci se torna veramente, e comunque mi ha fatto ben di peggio in passato. Il tram per la stazione non è molto affollato, ormai i pendolari sono già con le ginocchia sotto alla scrivania o alla macchinetta del caffè a tirare tardi. Mi manca, Berlino, e quella libertà, pur illusoria, che avevo assaporato per così poco tempo.

Dopo quella sera, ero sempre uscita con Bertha e i suoi amici. Erano sorti dei problemi con l'università perché Annemarie aveva fatto la spia, così la mia tutor era venuta da me e mi aveva detto, quasi come un dato di fatto, di andare a stare da lei, al diavolo gli orari del dormitorio e tutte quelle galline che ci dormivano. Avevo accettato con gioia, liquidando gli sguardi carichi di riprovazione della mia compagna di stanza, con cui non avevo mai scambiato più di due parole, e delle sue amiche, con un'aria di superiorità e sdegno. Mi sentivo parte di un gruppo bohémien, quasi io stessa lo fossi diventata, e il fatto di abitare in una vera casa berlinese lo avrebbe sancito definitivamente. Bohémien, intelligente e libera.

La casa di Bertha era in un condominio vecchio e seducente, nella parte della vecchia Berlino Est. Guardarlo dalla strada induceva un naturale rispetto, come un'attrice dal passato glorioso che aveva rinunciato a recitare per il grande pubblico, ma si dedicava con gioia al teatro per pochi fedeli appassionati. L'ingresso, un portone coperto di graffiti e disegni, dava su un buio corridoio che sbucava in un piccolo cortile pieno di biciclette. Da lì, si saliva all'appartamento attraverso strette scale con un corrimano in ferro battuto. Era al terzo piano e vi si accedeva per una porta rossa di legno, una cosa incredibile, per me che ero abituata a porte blindate e inferriate. La casa aveva soffitti alti, numerose stanze dalla forma irregolare, disposte un po' a casaccio, collegate da lunghi corridoi che mi divertivo a percorrere al buio, di notte, cercando di indovinare dove fossi sbucata. Bertha mi aveva destinato una stanza piena di libri, una sorta di biblioteca della casa, in cui c'era un divano enorme in velluto. Era fantastica, e mi ci ero trovata subito a mio agio, ma la mia stanza preferita era il bagno, luminosissimo, piastrellato di bianco, con un'incredibile vasca al centro e un'ampia finestra che dava sul cortile. Ogni mattina facevamo colazione sul balcone, minuscolo e a mio avviso mezzo pericolante, che si affacciava sulla strada, di fronte a un parchetto pubblico verdissimo e frequentato da bambini tutto il giorno. Bertha aveva messo un paio di sedie e ci arrangiavamo con la tazza di caffè in una mano, la sigaretta nell'altra e un piattino con toast sbruciacchiati coperti di marmellata sul grembo. A volte, quando capitava che rincasavamo, lo usavamo per il pranzo, mangiando in piedi con un bicchiere di vino bianco asprissimo e ballando musiche dei Depeche Mode.

Non dormivo quasi mai. Le amiche di Bertha si fermavano da noi anche tutta la notte, a parlare, presentare loro progetti, anche usando una grande lavagna appesa in soggiorno, o a guardare vecchi film sul piccolo televisore che posizionavamo per l'occasione in cima a una scala da imbianchino. Quando arrivavano anche Reiner e dei suoi amici, invariabilmente spegnevano la tv e prendevano possesso dello stereo, facendo risuonare a volume altissimo Bach o Beethoven per tutta la casa. Poi Reiner si metteva a disegnare grafici sulla lavagna, dopo aver cancellato senza pietà qualunque scritta vi fosse in precedenza, dicendo che lui e i suoi amici avevano ideato algoritmi rivoluzionari che avrebbero permesso loro di diventare milionari. Io non ci capivo niente, ma ero affascinata da questi linguaggi così lineari e precisi, che sembravano aprire le porte su un mondo diverso da quello in cui vivevo, ma non per questo meno reale. Anche Bertha ne era entusiasta, e collaborava con calcoli e osservazioni.

Continuavano a chiedere la mia opinione, su tutto, perdendo ore a spiegarmi i loro ragionamenti e le basi dei linguaggi che usavano. Credo di avere imparato più durante quelle notti piene di fumo e musica che in anni di università.

Poi, sfiniti, affrontavano questioni di politica, religione e etica, spesso litigando e facendosi insultare da una spazientita Sabine, che arrivava anche nel bel mezzo della notte, direttamente di ritorno da uno dei suoi incredibili viaggi-lampo. È stato lì che ho scoperto quanto profondamente queste persone fossero state influenzate dal muro, soprattutto dalla sua caduta, che li aveva portati a credere di poter cambiare realmente il mondo, di poter abbattere barriere e costruire nuove società, di poter fare cose a prima vista irrealizzabili. Io non avevo che una vaga idea di quegli eventi, ma al mio ritorno in Italia, quasi tre mesi dopo, con la testa farcita di racconti, pensavo quasi di averli vissuti in prima persona.

Su una cosa bisognava stare attenti, gli argomenti riguardanti nazismo e seconda guerra mondiale. Per qualche motivo noto solo a loro, se facevo domande in tal senso, mi guardavano scioccati e cambiavano discorso. Avevo chiesto lumi a Bertha, che se l'era cavata con frasi incomprensibili alludendo al fatto che fossero eventi troppo lontani nel tempo. L'unica disposta ad affrontarli era Sabine, le poche volte che c'era, ma diceva che per rispetto agli altri avrei fatto meglio a informarmi in prima persona, studiando e andando nei diversi musei della città.

A volte, prendevamo la S-Bahn e scendevamo in centro. Da lì, camminavamo nel buio, scherzando e cantando, come se non fossimo stati in una delle città più grandi e vive d'Europa, ma nel mezzo del nulla. La prima volta mi ero preoccupata, ma poi eravamo sbucati di fronte a un vecchio palazzo illuminato, enorme e decadente, che mi aveva ricordato la mia scuola elementare. Era pieno di gente che usciva e entrava da ogni parte, tutti vestiti in maniera che non avevo mai visto, e con capigliature che a Milano avrebbero fatto sollevare più di un sopracciglio. Andavamo sempre prima nel cortile, occupato da enormi installazioni di metallo, prendevamo una birra, ascoltavamo qualcuno suonare, poi salivamo le scale, esploravamo le stanze, da quelle più piccole agli enormi spazi illuminati dove artisti da ogni parte del mondo creavano le cose più strane e incredibili. C'erano anche italiani, ma non riuscivo mai a parlare con nessuno, perché Bertha continuava a trascinarmi in giro, per presentarmi a tutti, con una sorta di frenesia incontentabile. Il giro si concludeva all'ultimo piano, con il soffitto mezzo sfondato, dove qualcuno un po' più intraprendente aveva creato un vero e proprio bar, sordo a ogni regola e ragionevole precauzione, che dava sul baratro del cortile, a un'altezza di almeno sei piani. Era un ambiente scuro e incredibilmente fumoso, nonostante mancasse la parete che dava sul cortile interno, e lungo le pareti si avvicendavano le ombre degli avventori, appena delineate da catene di luminarie appese lungo i soffitti. Di sottofondo, in genere c'era una musica elettronica dal ritmo lento ma coinvolgente. Prendevamo da bere, poi andavamo verso la parte che dava sul vuoto e ci sedevamo lì, a piedi penzoloni sullo strapiombo a parlare e fumare, guardando vecchi film che venivano proiettati sul retro del palazzo di fronte. In quei momenti, Bertha, in genere sempre frenetica e insofferente alle smancerie, mi si sedeva di fianco e mi abbracciava teneramente.

Dopo un mese di questa vita, una notte che eravamo tornati piuttosto presto da un locale, Bertha si era infilata nel mio letto. Era la prima volta che andavo a letto con una donna, anzi con chiunque. In vacanza con i miei sulla costa romagnola, a quattordici anni, avevo baciato un certo Tommaso, un ragazzino carino, un po' femmineo, dai capelli biondi lunghi e la faccia furba, ma dalla sgradevolissima lingua ruvida. Era stato un bacio infinito e viscido, a cui mi ero sottoposta per curiosità, ma che non vedevo l'ora finisse. Poi, in gita scolastica a Firenze, avevo conosciuto in discoteca un certo tipo, spagnolo mi sembra, che mi aveva spinto contro una colonna neanche due minuti dopo essersi presentato. Un'avventura per niente piacevole. Mi aveva colto di sorpresa, era forte, e non riuscivo a divincolarmi dalla sua presa. Mi schiacciava contro il cemento, facendomi male, e le sue mani, simili a tentacoli, cercavano di raggiungere ogni parte del mio corpo. Per qualche incredibile fenomeno fisico sembravano in rapporto numerico tre a uno rispetto alle mie, e stavo quasi per soffocare quando per fortuna uno dei ragazzi del mio gruppetto di amici ci aveva separati e aveva affrontato a muso duro il molestatore. Non era certo il tipo da rissa, così si era preso un pugno sul naso e ne era scoppiata una baraonda infernale. Ma questa esperienza con Bertha, il suo corpo, la situazione, era stato ben altro, incomparabilmente più piacevole. Ero minorenne, all'epoca, e immaginavo si trattasse di un reato, ma quello che stavamo vivendo era assolutamente fuori dal tempo e dalle nozioni umane, così come quella città incredibile e carica di energia vitale. Per me, era stata un'esperienza rivelatrice, e da quel giorno non ero riuscita mai a saziarmi del corpo pieno della mia tutrice.

Una sera a cena insieme agli altri, Bertha se n'era uscita con delle storie sulla nostra relazione. Nessuno si era scandalizzato, risultava lampante a tutti che fossi lesbica e che stessimo vivendo un rapporto. Io ero arrossita ferocemente, ma quello che mi aveva turbato maggiormente era stato il fatto che Bertha mi avesse descritto come un gatto di marmo, assolutamente incapace di lasciarsi andare e di procurare piacere alla sua partner. Gli altri avevano riso, soprattutto Reiner, che era arrivato a piangere da tanto si stava sbellicando, mentre Bertha continuava a spiegare come avesse cercato di farmi capire cosa fare e come comportarmi, ma che ero di legno e non ci arrivavo, neanche avesse cercato di illustrarmi l'ultimo teorema di Fermat. E poi, come se non bastasse, avevo un pessimo odore. Aveva accentuato il disgusto stringendosi con due dita il naso e strizzando gli occhi. Questo aveva scatenato ancora più ilarità e io, nonostante ne fossi rimasta profondamente offesa, avevo sorriso come una scema, alzando le spalle come se non ci potessi fare niente.

Non riuscivo a comprendere quelle accuse. A me sembrava di comportarmi come Bertha, anzi ero sempre io a cercarla ormai. Facevo la doccia quasi tutti i giorni, più spesso di lei, comunque, e mi sembrava avessimo condiviso dei bei momenti. Quella sera, Bertha mi aveva ignorato e si era messa a parlare fitta con una bellissima ragazza alta e magra. A un certo punto, mi si era avvicinata e mi aveva dato le chiavi dell'appartamento, dicendomi di andarmene con gli altri e filarmene a casa, che lei avrebbe fatto tardi. Ore dopo, a notte fonda, era rientrata, non da sola, e aveva fatto l'amore con quella tipa alta per un tempo lunghissimo. Io avevo pianto, rannicchiata sul divano, incapace di comprendere quella crudeltà. Nei giorni seguenti avevo cercato di comportarmi come al solito, ma Bertha aveva iniziato a dare segni di fastidio, dicendo che dovevo smetterla di seguirla e comportarmi come una bambina, che non mi sopportava più. Nel giro di una settimana, mi aveva rispedito da Annemarie, che mi attendeva sull'uscio con un ghigno soddisfatto. Non avevo più visto Reiner, né gli altri, anche Bertha, nonostante fosse il mio tutor, si era volatilizzata. Così avevo terminato le mie lezioni, in solitudine e depressa. All'ultimo giorno avevo firmato quello che c'era da firmare, avevo salutato con una faccia di gesso i pochi che mi avevano rivolto la parola, dato la mano ad Annemarie e avevo preso la U-Bahn per il *Tempelhof*.

Incredibilmente, all'aeroporto avevo incontrato Sabine. Era lì che mi aspettava, non era capitata per caso. Mi aveva detto che era profondamente dispiaciuta per quello che era successo, che Bertha si era comportata male e si scusava per tutti loro. Al momento di imbarcarmi, mi aveva dato un pacchetto. Dentro c'erano un lettore cd portatile e una ventina di dischi, le musiche che avevamo ascoltato insieme. C'era anche una lettera firmata da Reiner e dagli altri, inserita in una busta di carta color crema. Sabine mi aveva abbracciato a lungo e teneramente, augurandosi che sarei riuscita ad apprezzare i bei momenti che avevamo vissuto tutti insieme, indipendentemente dall'epilogo. Ho ancora quella lettera, fino a qualche anno fa la rileggevo in momenti di accesa solitudine, poi ho smesso, sentendomi più patetica di quel saluto tardivo.

Finalmente in stazione, mi concedo un po' di tempo a contemplare il pannello delle partenze. Non saprei dove andare. Praga, Ravenna, oppure faccio una sorpresa a Chiara e vado a Roma? Mi sta salendo un po' d'ansia. Mi guardo intorno, indecisa. La gente intorno a me si affretta con trolley o zaini, sembrano sicuri delle loro destinazioni. Io, per niente. Dopo venti minuti, sperduta e in tachicardia, decido che non ho voglia di andare da nessuna parte.

Anzi, non sono fisicamente in grado di partire.

Vorrei scappare, ma soprattutto da me. Adocchio il telefono. Il silenzio di Chiara si sta facendo esplicativo sulle sue intenzioni per la serata. C'è un messaggio di Riccardo, mi basta leggere le prime parole per comprendere dove vuole andare a parare. Sblocco il suo numero, non credo mi chiamerà più, oggi, e ignoro il messaggio.

Non ho più rivisto Sabine, ma ci siamo scritte per qualche anno. Lei mi mandava cartoline dai posti in cui andava a lavorare, anche qualche lettera, di ritorno a casa. L'ho persino vista diverse volte in televisione e ho comprato un suo libro. Alla fine dell'università mi aveva proposto di fare un colloquio da lei, ma non me la sentivo. L'ho sempre stimata e ammirata. Avrei voluto, davvero, che diventasse un modello su cui plasmare la mia personalità e la mia carriera, ma non ci sono mai riuscita. Purtroppo, ho deciso di percorrere altre strade, e così abbiamo diradato i nostri contatti, per poi interromperli definitivamente.

Ho sete, esco e dopo un po' che vago mi infilo in un bar. Il barista, un figuro con i capelli unti ritti in testa, gonfio di muscoli, testosterone e preconcetti, deve intuire la mia confusione mentale, perché lancia un'occhiata alla sua destra, verso la cassa. Seguo il suo sguardo, che viene accolto con indifferenza da una ragazza carina dai capelli raccolti e una invitante camicia bianca attillata. Si vede che non vanno molto d'accordo, non c'è intesa neanche nel giudicare una svitata sovrappeso. Chiedo un bicchiere di vino bianco, nonostante non siano neanche le undici. Il barista se l'era aspettato, ma mi guarda comunque storto per un attimo prima di riempirmi il bicchiere, senza neanche propormi una scelta. Cerco di centellinare il liquido ambrato, ma lo trangugio senza pensarci. Ora i battiti iniziano a calare. Ordino un altro bicchiere, ignoro lo stupido figuro e mi dirigo verso una poltroncina che dà sulla strada. Mi prendo il mio tempo. La libertà è una gran cosa, ma che fatica.

Istintivamente, mi metto a pensare a quello che avrei dovuto fare in ufficio, poi bevo un sorso abbondante e scaccio quelle idee dalla testa controllando i post sul forum di cinema. Magari mi viene qualche idea per andare al cinema. C'erano così tanti film che avrei voluto vedere. Mi ero scritta una lista, da qualche parte, ma chissà dove può essere finita. Qui stanno parlando di film di Truffaut e Lumet. Me ne tengo alla larga. Leggo qualche intervento di *35MMarisa* per curiosità. Solite stupidate. Si dà grandi arie da intenditrice, facendo valere il suo ruolo di bigliettaia in un cinema, ma non è più la ragazzina che fa quel lavoro alla sera per pagarsi gli studi di filosofia. Innanzitutto non l'ha finita, filosofia, e ormai ha messo le radici, su quel bancone. Se ne andrà solo per andare in pensione, o nel caso lo zio lasciasse a lei la baracca, per vendere tutto e dedicarsi ad altro. A cosa, poi, con la preparazione che si ritrova, non saprei. No, quello è il suo ruolo, ormai, lo sa anche lei, e ci resterà fino alla fine. Scrivo qualche *post*, giusto per darle sui nervi, aspetto un attimo per vedere le risposte, rido soddisfatta e finisco il vino. Nel bar sono la sola cliente, il figuro deve avermi relegato in un angolo della sua poco sviluppata memoria e sembra ormai deciso a farsi notare dalla cassiera. Si è praticamente sdraiato sul bancone, con il viso sulla cassa e le sta parlando con un sorriso gagliardo, flettendo i bicipiti e cercando di cingerla con un braccio a dimostrazione delle sue abilità fisiche. A giudicare dalle espressioni della ragazza, la situazione sembra più una molestia che un approccio ben accetto, ma evidentemente è in prova e sa di dover mettere in conto questo tipo di approcci da parte dei suoi datori di lavoro. La poverina mi rivolge uno sguardo che sa di supplica. Sospiro, mi guardo la pancia. Se salto il pranzo, posso fare questo strappo ai miei propositi della mattina. Vuoto il bicchiere e ne chiedo un altro. Il barista si blocca, il sorriso congelato in una smorfia di disapprovazione. Sbuffa poco elegantemente, si alza e mi riempie il bicchiere. Sorrido dalla gran signora che sono e alzo il calice in segno di saluto. Il bifolco non è il proprietario, dev'essere solo un dipendente che fa il gradasso perché ha una misera posizione di potere. Lancio un'occhiata alla ragazza, che sta cercando di ricomporsi, tentando di trasferirle la mia compassione e la muta preghiera di lasciare quel posto prima di sera. Da parte mia, il vino mi sta dando alla testa, e non sono sicura di riuscire ad assistere ancora a uno spettacolo del genere senza fare una scenata imbarazzante. Vuoto il terzo bicchiere nel giro di venti minuti, pago e esco con il passo malfermo, grata che nel frattempo siano entrate un paio di persone per la pausa caffè.

La mia carica erotica, anziché venire assorbita dall'alcol, se ne sta cibando, ma ahimè sono in giro per la città e non con la mia amata, che chissà dove si trova ora. Con tutto il mio impegno, non sono mai riuscita a capire i miei errori. Anche anni dopo, ogni volta che mi sdraiavo, esausta e in un bagno di sudore, insieme a una mia partner, guardavo il soffitto soddisfatta, convinta di essermi prodigata in una performance di rilievo. Poi mi voltavo verso di lei in cerca di conferme e immancabilmente la risposta era un sorriso tirato, una carezza sulla guancia o una frase di circostanza. Nessuna, come Bertha, mi aveva umiliato pubblicamente, ma il senso mi arrivava benissimo. Com'era possibile che non mi riuscisse? Mi sono sempre divertita, spensieratamente, cercando di imparare e migliorarmi ma mantenendo il mio entusiasmo e ottimismo di riuscire un giorno a soddisfare la mia partner. Questo fino a quando ho conosciuto Chiara. Con lei non so cosa succeda, ma mi attrae furiosamente, non sono mai sazia e la vorrei avere sempre tra le mie braccia. Al contempo, però, sono dolorosamente e irreparabilmente consapevole che non potrò mai soddisfarla. E lei, esattamente come Bertha tanti anni fa, non si premura di nasconderlo. Me lo dice subito, a bruciapelo, che sono negata. A volte anche durante, se proprio è di cattivo umore, mi insulta, si alza e se ne va. Lo racconta persino quando usciamo con gli amici, tanto che ormai mi apostrofa come "*StarLuc* la goffa", ridendo acidamente del mio *nickname* mentre in genere gli altri mi guardano compatendomi. E, manco a dirlo, lo scrive volentieri nei suoi post su *Instagram*, attirando nugoli di *like* e commenti al mio indirizzo, orchestrati ad arte da *elleLove*.

Visto che non ho nulla da fare e mi sento in preda alla frustrazione, decido di andare a vedere il Cenacolo. Vivo qui da una vita e non ci sono mai andata. Al diavolo, mia madre me l'ha sempre rinfacciato, quindi questa è la volta buona che la accontento. Magari però prima faccio un salto in un negozio di elettronica, si sa mai che ci sia qualche offerta imperdibile e mi venga voglia di comprarmi qualcosa. Sul tram scorro un po' di post sul forum di telefonia, scrivo qualche commento, mi sorbisco un paio di risposte villane che ignoro, guardo qualche messaggio privato. Ho venduto due telefoni. In genere quando concludo un affare provo un brivido, quasi di piacere, ma adesso non sento niente. Il nulla assoluto.

Per qualche motivo, mi torna in mente Martina. Chissà cosa starà facendo, in questo momento. Adam mi ha sempre detto che forse mi avrebbe fatto bene risentirla, ma io non ho mai avuto la forza morale sufficiente per farlo. E se a lei non andasse? Una cosa alla volta. Dopo preparo i pacchi per le spedizioni e domani li faccio venire a ritirare dal corriere, intanto mi godo questo momento in cui mi preparo a prendere un oggetto che presto rivenderò.

Entrare in un grande negozio di elettronica mi regala sempre un'emozione, tanto che per un istante dimentico le mie frustrazioni. Non saprei spiegare bene, è come una promessa di felicità, di appianamento delle ingiustizie e cancellazione della tristezza. In questi spazi ampi e pieni di schermi, mi sento accolta e benvoluta. Poco importa se i commessi sono scontrosi o poco preparati, sono le pareti coperte di beni inutili ad appagarmi. È una gioia tale che compro online solo quando sono costretta. Voglio tenere in mano, scegliere, soppesare, provare, lasciarmi trascinare dai richiami commerciali e dagli sconti farlocchi. E per provare queste sensazioni, pago volentieri il sovrapprezzo rispetto al freddo acquisto su internet. Chiara proprio non comprende questa mia passione. Ovviamente mi deride, con cattiveria, facendomi notare come provi a compensare la mia nullità con queste ridicole rappresentazioni del consumismo.

Il problema, che probabilmente intuisce e da cui ricava piacere, è che questo vuoto è in gran parte dovuto a lei. Faccio scorrere la mano sugli scaffali e sui prodotti esposti che mi circondano. Poi io ho i miei difetti, certo, nessuno lo nega. Adam dice che Chiara non c'entra niente, è il rapporto tra noi due a essere sballato. Anzi, una volta mi ha detto che Chiara mi tratta in questo modo perché è uguale a me, e ne è spaventata. Forse ha ragione. E nonostante tutto vorrebbe venire a stare qui per un'estate, conoscermi. Me l'ha detto lui, e pure Kevin l'ha confermato, che sarebbe ora. Un'estate. Adam è un bravo ragazzo, e lo adoro, ma un'estate non riuscirei a sopportarlo. Non sono riuscita ad acconsentire neanche per un fine settimana, quella volta che Kevin e la sua deliziosa moglie avevano deciso di farmi una sorpresa, portandomelo qua. Non era stata colpa loro, erano stati adorabili ad aver avuto il pensiero, ma io pensavo solo a come scappare, cosa che in effetti ho fatto. No, mi va benissimo così, facciamo lunghe videochiamate, ci scambiamo messaggi. Gli ho scritto che mi sono presa un giorno di libertà ed era entusiasta, mi ha risposto che non vedeva l'ora che pensassi un po' a me.

Cos'ho fatto per meritarmi il suo amore?

Passo un'ora abbondante a giocare con i telefoni e i tablet in esposizione. Li ho posseduti già tutti, non mi dicono niente. E ne ho uno in tasca che probabilmente costa quanto quattro o cinque di quelli che ho davanti. Che strano. Io, che sono in genere così schizzinosa a toccare maniglie e sostegni in metropolitana o nei luoghi pubblici, qui mi metto a giocare con telefoni che toccano tutti, pieni di ditate di centinaia di persone sconosciute, e non mi dà alcun fastidio. Mi tocco le dita, umide a causa di quella patina di sebo che dagli schermi si è trasferita alla mia mano. Non so perché, ma non provo ribrezzo. Anzi, a dire il vero non ci ho mai fatto caso, è la prima volta che mi viene in mente. Alla fine, giusto per non uscire a mani vuote, compro un telefono di cui mi aveva attratto il colore, un'offerta a basso prezzo, vado a lavarmi le mani al bagno e esco.

4

La strada per il Cenacolo è stata lunga, ho deciso di farmela a piedi per smaltire i tre bicchieri di vino e, chissà, farmi calare un po' di pancia. Ora che sono di fronte alla piazza, mi fanno male piedi e ginocchia. Un ragazzo con le cuffie intorno al collo mi si avvicina con lo sguardo preoccupato.

"Tutto bene, signora?"

Lo guardo, sulla difensiva.

"Scusi?"

"Sta bene? Mi sembra che stia zoppicando."

Mi osservo le gambe, hanno la solita forma un po' a "X" e le caviglie sono leggermente storte, ma non mi sembra di avere dei problemi tali da richiamare l'attenzione di un estraneo.

"Benissimo, grazie."

Lo liquido con un sorriso storto e mi dirigo verso il centro della piazza, stando attenta a come cammino. Forse, più che zoppicare, arranco. Ma adesso è normale, mi sto muovendo come un automa, attenta come sono a guardarmi i piedi e a controllare i miei movimenti. E poi che vuole quel ragazzo? Vorrei vedere lui, mai camminato così tanto, a parte una volta, quando Kevin mi aveva portato dai suoi e avevamo fatto una passeggiata in campagna. Pessima idea. Tutto, andare dai genitori di Kevin, passeggiare in campagna, fare finta di essere qualcun altro. Infatti avevamo litigato, poi. Cioè, io l'avevo maltrattato e lui si era prodigato in scuse, poveraccio. Ora ha una moglie fantastica, e se lo merita. Eccome. Giro la testa e vedo il ragazzo di prima che mi indica e ride con i suoi amici. Controllo la borsa, d'istinto. Forse volevano solo farsi due risate. Sai che novità, come se fosse la prima volta che mi capita. È da quando ho diciassette anni che vengo presa in giro.

Ricordo quando è ricominciato l'anno scolastico, dopo la mia esperienza a Berlino. Ammetto che me la tiravo abbastanza. D'altronde ero diventata una celebrità, con articoli sui giornali e interviste, ero andata in una città straniera e avevo vissuto esperienze che quei ragazzini non avrebbero sognato nella loro vita. Anche il mio aspetto era cambiato. Se prima davo solo l'impressione di essere lesbica, nel giro di tre mesi il mio look e atteggiamento non davano più adito a dubbi. Ero diventata ufficialmente la lesbica della scuola, e in un ambiente come quello di Milano in quegli anni non era una cosa facile da mandare giù. Risultato, guardavo tutti dall'alto in basso e per questo venivo odiata. Ho passato dei momenti, in quell'ultimo anno di liceo, che un gruppo di ragazzini che si prendono gioco di una signora sovrappeso davanti a Santa Maria delle Grazie mi fanno un baffo. Li saluto sorniona e scatto una foto alla facciata della chiesa, giusto per darmi un contegno.

Mi guardo intorno. Certo che avrebbero potuto mettere qualche albero. Oggi si sta bene, ma d'estate questa piazza diventerà un forno a microonde, sicuro. Pavimentazione in pietra e (poche) panchine, a prima vista scomodissime. L'avranno fatto per evitare i raggruppamenti. Rimetto via il telefono. Non gli ho neanche tolto la pellicola protettiva con cui è uscito dalla scatola, questo costa così tanto che dev'essere rivenduto come nuovo. Mi sto iniziando a chiedere cosa lo uso a fare, se mi faccio tutti questi problemi e devo avere queste ansie. Meglio usare l'altro che ho appena preso e non pensarci più. Perché mi devo rovinare la vita?

All'ingresso del museo c'è un gruppo di gente. Faccio una smorfia. Non ho nessuna intenzione di stare in coda, ma proprio nessuna. Mi incammino in quella direzione, quando mi viene il dubbio che avrei dovuto prenotare. Mi sento mancare il coraggio. Non ho voglia di stare in mezzo alla gente, chiedere spiegazioni, prenotare. L'entusiasmo di pochi minuti fa lascia il posto a uno svogliato fatalismo. Si vede che era destino che non vedessi il Cenacolo, oggi. Un altro giorno, magari. E poi inizio a sentire fame. Il mio stomaco non sembra gradire il connubio di camminata e vino di stamattina. Magari vado in un supermercato e mi prendo una barretta, di quelle con poche calorie che dicono facciano dimagrire. Oppure un centrifugato in un bar, anche se con questo freddo l'ultima cosa che desidero è una bevanda ghiacciata che si mescoli con l'alcol. Stremata e con un cerchio alla testa, mi dirigo verso la chiesa, giusto per non buttare del tutto via l'anelito di cultura. Cercando di non farmi vedere (soprattutto agli occhi di mia nonna, che dall'alto giudica ogni mia azione), evito di farmi il segno della croce e vago per l'interno, poco colpita dall'atmosfera mistica. Quando però arrivo alla tribuna bramantesca, resto senza parole. Gli spazi, i volumi e le decorazioni catturano il mio essere, stordendomi. Seguo con gli occhi i giochi di luce e le linee delle volte, e a un certo punto mi devo sedere per non volare a terra. Penso a quello spazio, a quell'odore e silenzio unito al gioco di echi, che vorrebbero proiettarmi con la mente da qualche parte, senza riuscirvi. Ammiro l'arte, l'abilità umana, anche ispirata da qualcosa che non riesco a definire, ma che certo non arriva fino a me.

Non sono mai stata attratta dalla religione. Certo, da piccola i miei, soprattutto la cara nonna, mi spedivano in chiesa, alla domenica mattina. E io ubbidiente eseguivo, nella speranza di ottenere benefici immediati. In genere, risposte alle mie patetiche richieste materiali, cose tipo lasagne a pranzo, un certo regalo al compleanno, non essere interrogata a scuola. Delusa dai ripetuti fallimenti, avevo biasimato il mio bieco meccanicismo, così, certa di un problema di comprensione, negli anni dell'adolescenza mi ero orientata verso desideri ti tipo esistenzialistico. Capire chi ero, ottenere un indizio sulla mia sessualità, definire la mia identità. Anche qui non ero riuscita che a ricevere, nella migliore delle ipotesi, vaghe indicazioni, così avevo deciso che non faceva per me, e che mi sembrava inutile perdere tempo a ripetere vaghe formule davanti a un prelato.

Quando glielo avevo detto, mia nonna ci era rimasta malissimo. Aveva guardato il cielo, e quasi alle lacrime mi aveva sgridato, minacciandomi di pesantissime ritorsioni in caso non avessi continuato ad andare a messa. Poi, vista la mia reazione tiepida, si era giocata la carta della compassione, supplicandomi. Così, per alcuni anni sono entrata in chiesa dalla porta principale, per poi uscirne immediatamente da quella laterale, onde evitare discussioni. È stato in quel periodo che mi sono iniziata a chiedere perché lei non entrasse mai con me. Mi accompagnava, si assicurava che avessi varcato la soglia, e tornava a casa. Mai una volta l'ho vista entrare, ma non ho mai avuto la speranza di ottenere una risposta. Mia nonna, non era tipo a cui fare domande personali. Poi avevo vinto il concorso di matematica, con tutto quello che ne era seguito. Ma io ero ormai nel pieno del mio ateismo, e non mi ero certo fatta un esame di coscienza per rivedere le mie posizioni in base a un dono non richiesto, e me l'ero cavata dicendomi fosse uno scherzo del caso, come tutto nella vita, del resto.

Continuo a guardare la volta, aspirando quest'aria umida che vorrebbe trasmettermi misticismo. Non ora, ma a volte mi assalgono i dubbi, e mi farebbe certo comodo allentare le mie difese e lasciarmi andare al credo. Quelli che lo fanno, o meglio ci riescono, sembrano tutti così sereni, persino felici. E comunque così li vedo, senza dubbi, sofferenze o ansie. Proiettati verso il futuro e la morte con il sorriso sulle labbra. In ogni caso, ogni volta che ci penso, la parte raziocinante e forse cinica del mio io mi blocca bruscamente, vietandomi consolazioni, ricompense, o desideri da realizzare.

Mi batto le mani sulle cosce, un po' infreddolita, e mi alzo a fatica. Che male alle gambe! Esco arrancando e adocchio una delle scomode panchine lì fuori, dove mi adagio, cercando di raccogliere il tepore del sole.

Che dannazione, anche la religione.

A quest'ora Riccardo avrà trovato il modo di finire il mio lavoro. Magari l'ha fatto fare a Wen, che è tanto brava. A parole, il vanto dell'ufficio, soprattutto per permettere al grand'uomo di vantarsi di aver creato un ambiente di lavoro "internazionale e all'avanguardia". Mi viene da vomitare, a pensarci. Con la coda dell'occhio, intravvedo un movimento alla mia destra. Pensando sia il ragazzo di prima, mi volto di scatto. Questa volta non farò la signora, ma mi metterò a gridare con tutto il fiato che ho in gola. Sto già per alzarmi e affrontarlo, quando mi rendo conto che è qualcosa di più piccolo, molto vicino a me. Un piccione, ancora. Non ci posso credere. Questo sembra meno malconcio dell'altro, almeno non ha le penne arruffate, ma è tremendamente magro. Dalla sua, però ha un moncherino al posto di una zampa, un grazioso moncherino rosa che finisce poco sotto le piume in un piccolo globo lucido. Riesco a osservarlo bene, perché il volatile fa una breve sfilata di fronte a me, avanti e indietro. Fa una discreta fatica a camminare, saltellando e dandosi lo slancio con un breve battito d'ali, anche se una delle due, come quello di prima, si allarga malamente, senza riuscire a dargli lo slancio. Tutto sommato, anche lui non sembra in grande salute, forse ha qualche ora in più di vita, e non vedo proprio il motivo di fare tutta quella fatica. Poco lontano, i suoi simili, rotondi come palle, si cibano di pezzi di focaccia al pomodoro lanciate dai turisti, scacciando gli incauti passeri che vorrebbero reclamarne le briciole. Ingordi egoisti. Disgustata, mi metto a pensare se andare a prendere una crosta e portarla qui o prendere un fazzoletto e direttamente provare a spingere il mio nuovo amico nella loro direzione, giusto per fargli fare un ultimo pranzo, ma all'improvviso mi rendo conto che non è più qui. Mi giro, cercandolo con un po' di affanno, infine mi accorgo che è ai miei piedi, accucciato comodamente, con l'ala un po' di traverso, proprio appoggiato alla mia scarpa come per trarne calore.

Questo è veramente troppo. La pena e i progetti di carità mi abbandonano in un attimo, mi alzo e lo spingo via, forse con troppa foga, perché rotola su se stesso prima di fermarsi e scuotere la testa. Metto la mano davanti alla bocca e lancio un grido, atterrita. Volevo solo allontanarlo, non avevo proprio intenzione di mettere così tanta forza, ma non mi avvicino. Lui si guarda attorno, un po' stordito, poi inquadra la panchina e faticosamente vi ci torna sotto, alla posizione di partenza con il muso puntato verso la chiesa. Sollevo gli occhi e noto che tutte le persone in un raggio di trenta metri mi stanno fissando, e c'è condanna nel loro sguardo. "Ecco la donna frustrata che se la prende con gli animali.". Uno mi urla qualcosa che non comprendo, con le mani a cono attorno alla bocca, i ragazzi di prima invece si stanno sbellicando dalle risate, addirittura quello che mi ha rivolto la parola è piegato in due.

Decido che ne ho abbastanza. Mi alzo e con quel poco di dignità che mi rimane, cerco di allontanarmi il più in fretta possibile, per quanto me lo consentano le mie gambe doloranti. Una donna, poco più anziana di me ma decisamente meno pesante, mi si mette alle costole.

"Mi scusi!"

Sento puzza di rotture, figurarsi se sentirmi una ramanzina perché ho maltrattato un volatile. Già mi sento abbastanza in colpa, e ho l'impressione che la mia giornata di libertà si stia orientando verso un incubo. La ignoro e tiro dritto.

I suoi passi sono poco coordinati, ma svelti e li sento bene dietro le mie spalle, tanto da farmi rizzare la peluria sul collo.

"Senta, lei!"

Volto il capo giusto per vedere quanto dista da me. Quasi mi spavento, è molto più vicina di quanto pensassi, ansima come un mantice e ha allungato un braccio, come se volesse afferrarmi per la collottola.

"Mi scusi, davvero, ma ho un appuntamento importante."

Con uno sforzo di volontà, accelero fin quasi a correre e la distanzio, per fortuna è persino meno abituata di me a un qualsiasi sforzo atletico.

Immagino la scena vista da terzi. Una donna con un braccio allungato ne rincorre un'altra, entrambe in carenza di ossigeno dopo neanche dieci passi, percorsi a una velocità di poco superiore a una normale camminata. Da ridolini.

Prima di lasciare la piazza e passare oltre al muro della chiesa, con il cuore che mi scoppia in petto, lancio un ultimo sguardo indietro, in direzione del piccione. È sempre nella stessa posizione, l'occhio fisso su di me, almeno mi sembra. Forse è persino divertito dallo spettacolo che gli ho donato come compensazione del maltrattamento. La donna invece, dopo lo sprint della sua vita si è arrestata e sta cercando di riprendere fiato, piegata in due e con le mani sulle ginocchia. Spero che non le venga un colpo, ci manca solo di venire accusata di omicidio se una si ammazza pur di mettere al suo posto una sconosciuta che ha maltrattato un piccione. I ragazzi stanno sempre ridendo sguaiatamente. Sono contenta di avergli allietato una giornata altrimenti noiosa.

Sulla strada verso il centro, decido che ho bisogno di riprendermi. Ormai è mezzogiorno passato e nonostante prima stessi congelando, sono tutta sudata. Al diavolo il centrifugato, vago per le stradine e mi infilo nel primo ristorante che non sembra eccessivamente pretenzioso. Ho tutto il diritto di farmi un altro bicchiere di vino. Oggi sono libera, no? Scelgo un tavolo verso la vetrina, scorro velocemente il menu e ordino pure un piatto di totani fritti. Poi me la faccio a piedi fino a casa, a costo di tornare con le piaghe, e smaltisco tutto. Mi guardo intorno, con scarso interesse. Ci sono pochi avventori, forse è presto. Qualche coppia per un pranzo di lavoro, una famiglia di turisti un anziano con cappello e giacca di velluto che legge il giornale mentre attende il suo piatto. Fuori, il passaggio di gente è quasi frenetico. Corrono, parlano al telefono, lavorano, producono. Senza accorgermene ho vuotato il calice d'un sol colpo e me lo faccio riempire con un gesto della mano. Che soddisfazione avere la carta di credito. All'improvviso, mi viene in mente che se non è a zero è perché ho appena ricevuto i soldi dalla vendita dei due telefoni. Devo ricordarmi di spedirli. *Pluriball*, scatola, dovrei avere tutto. Pensando a Adam, mi faccio un *selfie* cercando di dare risalto alla strada oltre il vetro, ma si vede troppo la mia faccia. Ne scatto un altro, ma ancora non va bene, si notano troppo le borse sotto gli occhi, in un altro sembra quasi che abbia un gozzo sotto al collo. E meno male che questo telefono doveva permettere di fare foto che neanche Annie Leibovitz. Continuo a scattare, torcere la testa nelle posizioni più assurde e sorseggiare il vino finché, al limite dell'esaurimento nervoso, non ne scelgo una in cui si vede solo una parte del mio profilo, completamente buia, mentre tutta l'inquadratura è occupata dal tavolo, con la strada oltre la vetrina completamente sovraesposta.

Mi viene in mente Chiara e tutti i suoi *selfie*. Le auguro non faccia così fatica, anche se comunque lei è più giovane e molto più magra, e soprattutto si piace. D'altronde, se non andasse d'accordo con il suo corpo, non continuerebbe a fotografarsi il culo e spiattellarlo davanti a tutti.

Già, Chiara. A quest'ora dovrebbe essere sul treno, se per stasera vuole essere a Milano. Controllo il suo account *Instagram* con il cuore appesantito da foschi presagi. La mia io baldanzosa di poche ore fa è annegata nel vino ed è rimasta solo la patetica Anita, insicura e timorosa di venire abbandonata. Non ci sono nuovi *post*. Strano. Decido di mandare a Adam l'ultima foto. A quest'ora sarà ancora a scuola, poveraccio, almeno gli allieto la mattinata.

Il calice è vuoto, faccio un gesto al cameriere, che mi porta anche i totani. Li cospargo di abbondante limone e mi ci getto sopra, mettendone in bocca una forchettata abbondante. Mentre mastico, ho una strana sensazione. Mi ci impegno fino a farmi male alla mandibola, ma non riesco a venirne a capo. È come se mi fossi cacciata tra le fauci un pacchetto di *BigBabol*. Mi guardo intorno, il locale è pieno, ora. Tutti sembrano intenti a parlare, mangiare o pensare ai fatti loro, ma da alcuni sguardi in tralice, mi rendo conto che mi tengono d'occhio, e in alcuni casi si danno di gomito per indicarmi. Donna grassa, sola, in un ristorante. Certo. Forse anche il fatto di avere la bocca piena di totani fritti, semiaperta nel tentativo di cacciare giù il boccone, può avere il suo peso. L'unico che sembra farsi i fatti suoi è l'anziano con il cappello, galantuomo che legge il giornale. Secondo me, si aspettano che risputi nel piatto il tutto, ma non sanno con chi hanno a che fare. Mi faccio portare altro vino, inghiotto il boccone masticato all'inverosimile e lo annacquo con il salvavita ambrato. Trattengo un conato di vomito, prendo piatto e bicchiere e mi avvicino all'uomo con cappello, brandendo il miglior sorriso di cui sono capace.

"Le spiace se le faccio compagnia?"

L'anziano solleva lo sguardo, sorpreso. Cerco di ingraziarmelo con un movimento della testa tra il civettuolo e l'innocente, che forse andrebbe bene a una ragazza con vent'anni e trenta chili di meno. Magari con addosso un maglione a collo alto e in mano un paio di libri di Proust, già capito il tipo, ma è la mia ancora di salvezza quindi si deve accontentare. L'uomo solleva un sopracciglio e sospira. Si guarda intorno, ripiega il giornale e mi indica con la mano il posto vuoto.

"Prego."

La voce suona più come una domanda che come un forzato invito, ma nondimeno la accolgo con entusiasmo. Mollo un calcio alla sedia, quasi ribaltandola, e appoggio piatto e bicchiere sul tavolo, ma nella fretta metà vino finisce sulla tovaglia e quasi rovescio il piatto sul tavolo. Un paio di totani rimbalzano carichi di energia cinetica e vanno a rotolare elegantemente sul grembo del mio benefattore, che li osserva ipnotizzato senza muoversi. Mi adagio pesantemente sulla sedia e cerco di ricomporre la confusione che ho creato con il mio atterraggio, ma non mi arrischio a recuperare i due fuggitivi. Sarebbe poco elegante mettere le mani in grembo a uno sconosciuto. Mentre attendo che l'uomo spiccichi parola, tampono il vino rovesciato con un tovagliolo e vuoto il rimanente nel calice, poi faccio cenno al cameriere di tornare a riempire. Ora va meglio, sono sempre controllata a vista dai presenti, poi certo la confusione che ho appena creato ha attratto più attenzione, ma almeno non sono più sola. Non mi arrischio a ordinare una bottiglia, però. Non vorrei dare al mio nuovo amico l'impressione di essere un'ubriacona. Magari, potrei offrirgliela, ma prima è meglio chiederglielo.

Finalmente l'uomo si desta, prende i due totani con attenzione, con due dita, tenendoli ben lontani da sé come se fossero stati ancora attaccati al loro corpo, vivi e viscidi. Li controlla per qualche istante, poi segue con lo sguardo la traccia unta lasciata durante il loro percorso, fino a me.

"Caspita, mai vista una roba del genere."

Annuisce convinto, quasi ammirato. Io mi stringo nelle spalle sorridendo compiaciuta, anche a un po' preoccupata dalla quantità di olio che trasuda dagli all'apparenza innocui bocconi.

"Mi scusi, sa, se mi sono imposta in questo modo, ma una donna sola a pranzo tende a dare nell'occhio."

Mi guardo intorno sorridendo, cercando di fargli notare gli occhi fissi su di me.

"E io sono molto timida."

Bevo un breve un sorso di vino, a labbra strette, come farei a un cocktail elegante, e sorrido, cercando di risultare a un tempo simpatica e timida. Mi detesto quando cerco di fare la sostenuta. L'uomo seguita a osservarmi, serio, con i due totani fritti in mano, come se stesse valutando la veridicità delle mie affermazioni. Infine li appoggia sul tavolo, ben distanti da sé, e si pulisce con cura le mani sul tovagliolo.

"Ormai è qui."

Fa un movimento come per accennare un inchino, o forse per sistemarsi meglio, e si toglie il cappello, appoggiandolo con cura allo schienale della sedia. Anche se non ha compiuto questi gesti per cortesia nei miei confronti, lo ringrazio mentalmente. Ora che lo osservo meglio, non è così vecchio. È un uomo molto rugoso, un volto di quelli tagliati nella pietra. Una via di mezzo tra Ernest Hemingway e Enzo Maiorca, con gli occhi scuri, di fuoco, intensi e indagatori, che penetrano nell'anima dell'interlocutore. I capelli, abbastanza lunghi, e la barba, corta ma curata, entrambi brizzolati, contrastano con la pelle leggermente abbronzata. Ha un aspetto curato, e gli abiti sono di ottima fattura.

"La ringrazio, molto piacere. Il mio nome è Anita Arnoni."

L'uomo, sempre osservandomi, sbuffa, poi si volta e fa un cenno a qualcuno, forse un cameriere.

"Mi chiamo Marco."

E il cognome? Che sgarbato. In ogni caso, mi ha concesso di sedermi con lui, non posso fare troppo la schizzinosa. Dopo neanche venti secondi, gli arriva un piatto, un risotto allo zafferano. Lo guardo intrigata. Si vede che dev'essere un avventore abituale. Sono impressionata da quest'uomo, che ignorandomi si versa una generosa porzione di formaggio grattugiato e attacca il suo pranzo con gusto, gli occhi rivolti in basso. Dopo qualche istante interrotto solo dalle sue forchettate e dal rumore della sua masticazione, decido di instaurare una conversazione. Mi schiarisco la voce e bevo un sorso abbondante dal bicchiere.

"Posso permettermi di offrirle una bottiglia di vino?"

L'uomo non solleva neanche lo sguardo, fa di no con la testa e mette la mano sul bicchiere.

"Non bevo."

Beh, ma guarda. Sono interdetta, ma decisa a non mollare. Dopotutto, non ho nessuna voglia di tornare al mio tavolo da sola.

"Ah, sì? Lei è un salutista?"

L'uomo continua a mangiare, con gusto, infine accenna un movimento di assenso con il capo. Un po' in imbarazzo, inizio a far girare il dito intorno al bordo del mio bicchiere, ne bevo una buona quantità e lo fisso.

"Ma guarda. Non l'avrei mai detto. Mi dava l'idea di una persona che si gode la vita. Sa, uno scrittore, o un attore. A proposito, cosa fa nella vita?"

Hemingway ha finito il suo risotto. Pulisce bene il piatto con il dorso della forchetta e si passa il tovagliolo sopra la bocca, soddisfatto. Mi osserva per qualche istante, poi si rende conto che mi sto aspettando una risposta.

"Scusi, non ho capito."

"Le ho chiesto che tipo di lavoro fa, signor Marco."

Accentuo il "signor", a voler definire con tatto la sua mancanza di garbo. Lui non sembra notare la flessione di tono e mi fissa con i suo occhi, senza mai sbattere le palpebre.

"Perché me lo chiede?"

Mi stringo nelle spalle, facendo ondeggiare il vino, la mia unica arma in questo che è ormai diventato uno scontro all'arma bianca.

"Così, giusto per fare un po' di conversazione. Non mi sembra educato stare seduta a un tavolo con qualcuno senza mostrare interesse nei suoi confronti."

Marco allarga le braccia, poi se le sbatte sulle cosce, sfregandole leggermente.

"Diciamo che ho vari interessi."

Il discorso sembra chiuso, per quanto lo riguarda. Allargo gli occhi, annuendo stupidamente. Non mi sarei aspettata una risposta del genere. In genere la gente è così entusiasta di parlare di se stessa. Almeno, io lo sono. Schiocco la lingua e alla cieca faccio segno a qualche invisibile cameriere di riempirmi il calice. L'uomo si guarda intorno. Non c'è nessuno in vista. Restiamo così per qualche istante, a fissarci, finché decido di dare il buon esempio.

"Io sono una programmatrice, lavoro in una azienda ben avviata."

Mi blocco.

"*Startup*, volevo dire. Forse ne avrà letto. Il mio capo, Riccardo, viene spesso intervistato su riviste, di donne, intendo, lo chiamano lo Steve Jobs italiano."

Lo guardo, mordendomi le labbra. Non sembra il tipo che legge mensili femminili, ma chi sa.

"Anche se Steve Jobs è morto, ma, sa, fa sempre un certo effetto."

Il cameriere passa a ritirare il suo piatto, ne approfitto per farmi riempire il bicchiere. Poi sventolo la mano, come a liberarlo dall'imbarazzo di cercare di ricordare un volto.

"Lo avrà visto sicuramente! È un tipo alto, molto abbronzato, sempre con un girocollo nero e gli occhiali alla Pasolini."

L'uomo mi fissa con occhi vacui, per cui cambio argomento.

"Prima di questo lavoro, ero all'estero. In Inghilterra."

Non scorgo reazioni, per cui mi sento in dovere di specificare.

"A Londra. Sa, la capitale. C'è mai stato?"

Marco incrocia le mani davanti a sé, muto. Bevo un po' di vino e mi guardo intorno, con aria sognante.

"Che città! Le consiglio di andarci, anche solo per un fine settimana. I voli ormai sono così economici!"

Lo guardo, dubbiosa. Non mi sembra di riuscire a far breccia in quell'animo solitario. Dev'essere uno di quelli che stanno sempre soli. Però mi sembra molto, forse troppo, curato, persino le unghie delle mani. Non so, sono perplessa. Forse è uno di quelli che sono riusciti a fare i soldi con la loro società e ora se la godono, frequentando ragazzine che potrebbero essere loro nipoti e vivendo metà dell'anno ai Caraibi. Magari posta pure foto su *Instagram*, mostrando così a tutto il mare di invidiosi che lo circonda che bella vita fa. Mica posso chiedergli conferma, però. Controllo velocemente il telefono. Ma dov'è finita Chiara? Adesso sì che comincio a essere a disagio.

"Ormai è un po' che non ci vado, se devo essere sincera. Però ho vissuto lì quasi dieci anni. Ero a capo di un gruppo di programmatori, abbiamo messo a punto degli algoritmi veramente innovativi, addirittura posso dire che con il nostro lavoro abbiamo dato una svolta agli studi sull'intelligenza artificiale."

L'uomo annuisce, meditabondo. Non sembra impressionato.

"Certo, lei non lo direbbe, ora. Ma da ragazzina ero stata per un certo periodo una celebrità. Mi consideravano una specie di genio della matematica."

Lancio un'occhiata fugace, lui allarga gli occhi e controlla lentamente l'orologio, senza neanche cercare di nascondere il gesto.

"È davvero interessante, signora…"

Mi guarda, cercando un aiuto. Io sorrido, ce l'ho in pugno.

"Anita. Signorina, prego."

Annuisce.

"Anita, certo. Dicevo, è davvero interessante tutto questo, e le faccio le mie più sincere congratulazioni. Ma io adesso sono un po' in ritardo e dovrei …"

Non lo faccio finire. Eh no. Non mi può mollare così. Non senza avermi ascoltato.

"Sì, certo. Immagino. Dicevo, che… che avevo un lavoro molto importante, rispettato e avevo anche uno stipendio di un certo rilievo, sa?"

Marco si sta guardando intorno, incerto se mollare tutto e scappare. Sento la disperazione, quella vera, salirmi addosso.

"Ma in fondo cosa importa il successo, vero? Ci sono ben altre cose che contano, nella vita, no? Mi segue? Intendo che non si può misurare il valore di una persona dal proprio stipendio. Giusto? E lo dico io che avevo, fino a un po' di tempo fa, uno stipendio più che dignitoso."

Il mio interlocutore si sta iniziando a muovere sulla sedia, a disagio.

"Ma guardi, glielo dico con tutto il cuore. L'amore è più importante di qualunque cosa. Qualunque."

Lo fisso, supplicante. Vuoto il bicchiere e cerco il cameriere con gli occhi, senza trovarlo.

"Il problema è che per essere amati bisogna meritarlo. L'amore si merita, giusto? Ma si dà sempre a chi non se lo merita affatto."

Volevo essere profonda e attirare l'empatia di quell'uomo dagli occhi di fuoco, ma mi accorgo adesso di aver appena ripetuto una frase di Anaïs Nin. Che tristezza, ridotta a veicolare i miei sentimenti attraverso citazioni. Lo sguardo di Marco mi mostra l'enormità del mio errore. Come si può essere così stupidi da citare un libro nel pieno della disperazione? In più, facendo finta di aver appena partorito quelle parole, come se fossi una cazzo di poeta. Quell'uomo lo sa che non è mia, la frase. L'ha letta anche lui Anaïs Nin, anzi, ha tutti i suoi scritti in lingua originale, in bella mostra nella sua libreria, vicino a quelli di Miller e Hemingway, e ogni tanto ne prende uno, aprendolo a caso, gustandosi la lettura di poche righe nonostante li conosca a memoria.

Ancora citazioni. C'è una parte di me che non sia stata raccolta, masticata e scritta da qualcun altro? Vedo che Marco è al limite della sopportazione e sta per scappare via, quindi decido di stringere i tempi.

"Tu cosa ne pensi? Mi scuserai se ti do del tu, vero Marco?"

Liu prende il cappello in mano e fa per alzarsi, ma con uno scatto gli afferro il braccio, con forza, e lo blocco.

"Anche tu hai notato questa ingiustizia? So che hai letto Anaïs Nin e mi spiace aver usato una sua frase, davvero, ma non c'è niente di più appropriato di queste parole per descrivere la mia vita."

Sto iniziando a essere patetica, lo so. Ma non riesco a fermarmi. Gli occhi di Marco si sono fatti più morbidi, meno penetranti. Vorrei mettergli il cappello in testa, sistemargli la giacca e chiedergli il numero di telefono. Due anime perse che amano Anaïs Nin non possono perdersi di vista, ma sono spinte dal destino a frequentarsi e riflettere sui suoi diari, descrivere le frasi che li hanno più colpiti e, perché no, mettere a nudo le proprie anime, senza difese, per una volta nella loro vita.

"Mi spiace, ma non so chi sia questa Anaïs qualcosa."

Marco deve avere dei disturbi di memoria, di tipo selettivo. Gliel'ho letto, in quegli occhi, prima, lo sdegno per avergli citato così volgarmente la sua scrittrice preferita! Non è giusto accanirsi, ma non intendo mollare. Artiglio con maggior forza il braccio. Lui si guarda intorno, inizia a sudare e prova, senza successo a divincolarsi.

"Vedi, io frequento questa persona, a cui tengo molto, ma che non prova i miei stessi sentimenti. Capisci? È proprio come quella frase. Io faccio di tutto per far sì che le cose vadano bene, ma lei mi tratta con i piedi. Ci vediamo quando le fa comodo, e anche in quelle occasioni è scostante e distratta. Anzi, arrabbiata, come se le dessi fastidio. Cosa ne pensi? In cosa sbaglio?"

Sento le lacrime bagnarmi guance, provo vergogna e abbasso lo sguardo, ma uno strattone improvviso mi desta. L'uomo, colto da un accesso d'ira, si alza di scatto, rovesciando il suo bicchiere d'acqua – il mio è ormai vuoto – e nel movimento mi trascina praticamente sul tavolo, essendo ancora artigliata al suo braccio. Forse il mio tono è stato un po' melodrammatico, lo ammetto, ma la sua reazione mi pare eccessiva. Lo lascio e mi metto in piedi, cercando di recuperare la dignità perduta.

Vorrei una risposta, comunque.

"Scusa, non so cosa mi sia preso. Ho sentito una sorta di empatia e ho provato l'impulso irresistibile di confidarmi con te. Mi spiace se ho esagerato."

Ma il mio interlocutore si è già voltato. Prende cappello e giornale e scappa verso l'uscita, facendo un cenno all'uomo in cassa. Io resto immobile, al centro della scena. Sento gli sguardi su di me, pesanti e oppressivi, le risatine trattenute a stento e l'imbarazzo, palpabile. Mi chiedo come mai Chiara non abbia ancora postato aggiornamenti sulla sua pagina *Instagram*. Veramente strano. Mi porto alla bocca il bicchiere, ormai vuoto da tempo, più come gesto nervoso che nella speranza di trovarvi del liquido. Anche perché ormai sono abbastanza ubriaca. Mi schiarisco la voce e quasi urlando chiedo il conto.

Il cassiere scatta con un sorriso stampato in faccia. Non vedono l'ora che me ne vada.

"A posto così, signora?"

"Tutto perfetto, grazie."

Cerco di mantenere un certo contegno, ma so benissimo che il mio aspetto, paonazza e sudata, non si abbina alla mia condotta. Pago e esco, all'aria aperta, finalmente. Per riprendere fiato, mi guardo intorno con un certo distacco. Continuo a vedere gente affannarsi, per uno stipendio, una posizione, un amante da rincorrere, ma dalla mia bolla di libertà fatico a capire cosa stiano facendo. Posso immaginare che il mondo vada avanti grazie a loro, impiegati, macchinisti, studiosi, operai, Marco, qualunque lavoro faccia, ma io magicamente non ne sono coinvolta. Li osservo e giudico come se stessi guardando un documentario che mostra un gruppo di orche cacciare una colonia di otarie. Ho l'impressione che, non andando al lavoro oggi, io abbia tagliato ogni legame con la mia parte produttiva e ancorata alla realtà. Ora sono libera, ma inteso come senza legami e più vago in questo etere, più mi discosto dal mondo a cui appartenevo fino a poche ore fa. Immagino così vivano quei senzatetto che ho visto una volta sotto a un cavalcavia. Stavo andando con Chiara a cena, avevamo preso un taxi, ed eravamo sedute dietro, distanti una dall'altra. Lei guardava dal suo finestrino, scocciata come al solito, e io dal mio, per non essere da meno e non darle sui nervi più di quanto già facessi con la mia sola presenza. Era stato lì, mentre guardavo fuori, con disinteresse e la mente in subbuglio, tutto il mio io proiettato a sperare di trascorrere una bella serata, che li avevo visti. Erano accucciati in gruppetti, con sacchi a pelo, sacchetti, pacchi e vestiti sparpagliati, quei vestiti che non vuole nessuno. Sotto il mio sguardo, erano passate addirittura un paio di tende igloo. Mi avevano impressionato, non tanto per quello che erano, ma perché avevo pensato alla distanza tra me e loro, entità che vivevano in due mondi ben separati, paralleli e senza contatti. Uno, abitato dalla maggior parte della gente comune, della produttività, fatto di lavoro, cene, amori, forum e oggetti da comprare. L'altro, della sopravvivenza, del tirare avanti e dell'abitudine a vivere ai margini della società. Ora però, per qualche motivo mi ci sento anch'io da quella parte. Mi è bastato prendermi un giorno di pausa e rispondere in malo modo al mio capo. Dopo la pausa pranzo, tutti torneranno nei loro uffici, a concludere affari o riempire scartoffie. E io? Per quanto potrò far finta di essere una turista?

Ricevo la risposta di Adam.

"Ciao Anita! Sei fuori per pranzo? Mangia un piatto di pasta anche per me!"

Come se ne avessi bisogno. Già quei totani fritti stanno nuotando allegramente nel mio stomaco pieno di vino, rilasciando litri d'olio stracotto.

Non ho nient'altro da fare che dirigermi verso casa e così porre fine alla mia giornata di libertà con velleità da turista. A piedi, così mi punisco per aver ordinato quel piatto. Preparo i due pacchetti da spedire e poi mi butto sul divano fino a domani.

Almeno, queste erano le mie intenzioni. Dopo venti minuti che arranco per le strade, cercando di orientarmi con il telefono, sono esausta. Con le gambe in fiamme e il morale a pezzi, ho camminato e camminato, guardato vetrine, scansato ciclisti sul marciapiede e evitato auto sulle strisce pedonali. A un certo punto, ricevo una telefonata da Riccardo.

"Potrei sapere dove ti sei cacciata?"

Il tono è rilassato. Minaccioso, ma tranquillo. In questi casi, si suol dire che l'intimidazione è inversamente proporzionale alla calma del proprio interlocutore, ma io in questo momento non ho voglia di cercare doppi sensi o significati nascosti. Se mi vuol dire qualcosa, la dica senza dare a intendere qualcosa che dovrei invece capire. Oltre a percepire un po' di freddezza, peraltro giustificata, mi sorprendo che il mio capo non mi stia urlando contro.

"Ciao Riccardo. Sono uscita a comprarmi la tachipirina. Ora rientro in casa."

"See, certo. Fammi un favore, manda a Wen tutte le informazioni dei progetti urgenti che stai seguendo, soprattutto le parti che non sono ancora state caricate nel *master branch*"

Non è un buon segnale, questo. Se devo darle tutto quello che ho fatto recentemente, vuol dire che vuole realmente relegarmi a mansioni meno importanti. D'altronde, questo si abbina bene all'idea che mi sono fatta circa la sua proposta così "allettante". Non che non me l'aspettassi. Ormai non gli servo più, e risulto anche ingombrante, in tutti i sensi.

"Va bene. Appena rientro, faccio tutto."

"Bene."

Mette giù senza un saluto, secco e sgarbato.

5

Ci fissiamo per qualche istante. Almeno, questa è l'impressione che ho. L'occhio, tondo e arancione, più scuro verso i bordi esterni, è in linea con il mio sguardo, e la pupilla nera sembra scavare nei miei pensieri. Se mi fisso su quella parte, non ne ricavo un'impressione tanto diversa da quella che avevo poco fa con Marco. Lo stesso sguardo indagatore.

Sarebbe contento di sentirselo dire.

Muove impercettibilmente la testa con uno scatto, poi torna nella posizione originale. Chissà cosa starà pensando. D'altronde io non sto pensando a niente, quindi sarebbe presuntuoso aspettarsi qualcosa di molto meglio. È vicino, abbastanza da permettermi di allungare un braccio e toccarlo, ma mi fa schifo. Il problema è il colore, terribile. I riflessi sul collo, dal viola verso il verde smeraldo, su verso la testa, non sono male. È proprio quel grigio il problema. Anche le zampe non sono proprio un bel vedere, ma su quelle potrei soprassedere, così come sul becco. E poi mi sa di sporco. Sicuro che è pieno di zecche, senza considerare di cosa si ciba. Una volta ho visto un gruppetto di loro cibarsi di vomito. Non scherzo. Un animale così mi fa venire il ribrezzo.

Già i cani non mi piacciono, fanno delle cose strane. Mia mamma ha un cane, ogni volta che vado a trovarla mi corre incontro, con la lingua penzoloni e lo sguardo bonario. Non lo sopporto, non voglio mi lecchi o mi metta le zampe addosso, cosa che invariabilmente mi impone nonostante le mie proteste, con mia madre che si offende se oso respingerlo. Come se facessi un torto a lei, negando al cane di leccarmi qualunque parte del corpo alla sua portata. Sì, le fa compagnia, ma sinceramente non vedo come i lati positivi possano compensare quelli negativi. Poi lei ovviamente la vede diversamente.

I gatti, al limite, potrei accettarli. Chiara adora i gatti, per esempio. Mi dice sempre che ne vorrebbe uno, che sono eleganti e intelligenti, ma essendo sempre in giro per il mondo non potrebbe prendersene cura. Potrebbe lasciarlo da me. Una volta ho pensato persino di proporle questo progetto, credendo che sarebbe stato un modo per unirci. Poi per fortuna non ho detto niente, vergognandomi della mia meschinità e temendo di venire insultata. Già non so gestire me stessa, figuriamoci un altro essere. Per non parlare di come lo tratterebbe Chiara. Siamo troppo egoiste per comprendere le necessità di un animale. E poi, usare un gatto come collante nel nostro rapporto, che tristezza.

A questo, mi sono ridotta a sperare. Un gatto per risolvere i miei problemi di coppia. Di certo non ci riuscirebbe il volatile che mi sta fissando in questo momento. Continua a fare piccoli scatti con la testa, a destra e sinistra, ma mi controlla sempre con quell'occhietto fisso. Direi che è un maschio, gonfio com'è e con quel collo quasi taurino. Sono sempre aggressivi, i maschi di piccione. Li ho visti correre dietro alle femmine, instancabili, tubando la loro lussuria senza vergogna. Loro, poverine, scappano per quello che riescono, ma la prevaricazione che devono subire è veramente sconcertante. Comunque, questo è da solo. Saggia scelta, e stranamente mi sembra sia abbastanza in salute. Non da stramazzare ai miei piedi, comunque. È già qualcosa, visto quello che mi sono dovuta sorbire ultimamente. I passanti mi schivano, mentre il mio piccolo amico fa dei lesti passi avanti e indietro per evitare di essere calpestato, ma non cede la posizione. Decido di non rischiare, e indietreggiando mi allontano, mentre lui continua a fissarmi, con quei suoi movimenti del collo snervanti, infine ci salutiamo con un ultimo battito di palpebre.

È già tanto se riesco ancora a muovermi, quando arriva un'altra telefonata. Non ho voglia di sentire ancora la voce di Riccardo, così respiro un paio di volte prima di rispondere. Infine, guardo con fastidio lo schermo per accorgermi che è Chiara. Mi fiondo sull'apparecchio, facendolo quasi cadere.

"Chiara!"

"Ciao."

La voce non trasmette entusiasmo. Non sento rumori, nel sottofondo, e faccio fatica a credere sia in treno. A parte il fatto che ogni volta che è in treno affolla la sua pagina *Instagram* di foto dal bagno, dal vagone ristorante, varie pose mentre è seduta, vedute del paesaggio, stazioni intermedie. Tutto, pubblica, quando è in treno.

"Ma stai tornando a Milano?"

Sbuffa, spazientita.

"Ti sembra che stia tornando a Milano?"

"Non so, mi avevi detto che saresti arrivata stasera. Avevo anche organizzato tutto."

Il vino mi scioglie la lingua, ma vorrei tornare all'indifferenza e superiorità mentale di stamattina.

"No, non vengo. Va bene?"

L'urlo è così forte che devo staccare il telefono dall'orecchio. Le telefonate con Chiara rischiano di durare ore quando si deve sfogare e mi è capitato di trovarmi con l'orecchio bollente alla fine della chiamata. Ho avuto la tentazione di prendermi degli auricolari, ma il fatto che passi tra una frase e l'altra da un sussurro a un urlo a pieni polmoni mi ha sempre evitato di fare il passaggio. Con il telefono, posso facilmente modulare il volume gestendo la distanza dall'orecchio. Gli auricolari, invece, sono ficcati nel canale auditivo e non è facile raggiungerli, non prima di essersi fatta spaccare i timpani, comunque.

"Lo capisci in che situazione di merda sono? Lo capisci?"

Non riesco a capire, davvero. E la voglia di seguire il suo discorso è più forte del dispiacere del venire trattata male senza nessun motivo. Più che altro, ho veramente una brutta sensazione allo stomaco, e sento un sapore acido in bocca, come se i succhi gastrici stessero risalendo l'esofago per protestare. In ogni caso, non si aspetta una mia risposta.

"No… mi spiace. Ma dove sei?"

"Sono a Roma, dove vuoi che sia, cazzo! Sono qui con un'amica, le ho chiesto di starmi vicino. Non so neanche se fare una denuncia ai carabinieri."

Sento una fitta al cuore.

"Denuncia? Per cosa?"

"Come per cosa? Te l'ho detto! Quella *elleLove* continua a scrivermi. Stamattina abbiamo iniziato a *chattare* e sembrava come al solito, allegra e gentile. Poi è venuto fuori che voleva incontrarmi, ma io non avevo nessuna intenzione di vederla. È simpatica e tutto, ma in questo periodo ho mille cose da fare e le ho detto che ci saremmo organizzate per il futuro. Non ti dico. Ha iniziato a chiedermi dove fossi, con chi e cosa stessi facendo. Allora l'ho liquidata."

Sento salire la rabbia. Come si permette quella stronza? Chi crede di essere per fare tutte quelle domande a Chiara? Sono furente, ma c'è qualcosa che non mi torna. Mi sembra manchi qualcosa, nel racconto di Chiara, che intanto sta proseguendo.

"E quella cosa fa? Continua il nostro discorso – privato – nei commenti, sotto altri post, coinvolgendo altre persone. Alla fine l'ho bloccata, ma poi avevo paura scrivesse con un altro account, così ho staccato il mio per un po'."

Ma di cosa ha paura Chiara? Questa *elleLove* sa qualcosa che non dovrebbe? Sì, a volte si lascia andare a commenti acidi e forse fuori luogo quando Chiara pubblica immagini con altre donne, però niente che mi abbia mai insospettito. Mi gira la testa e sento che sto per vomitare, in bocca un sapore acido e lo stomaco pesante.

"Una vera e propria scenata di gelosia, te lo dico io. Una pazza."

"Ma scusa, come avete fatto ad arrivare a questo punto? Quindi vi sentite regolarmente, tu e *elleLove*?"

Chiara sbuffa pesantemente, al di là del ricevitore. Non le piace, ricevere domande sulla sua vita privata. Per niente.

"Te l'ho già detto, ci sentiamo su *Instagram*, tutto qui. Non credo sia questo il problema."

"No, ma non capisco fino a che punto siate confidenti, ecco."

"Non siamo confidenti, ma che vuoi? Ti ho detto che è una che sento a volte, basta."

"E perché secondo te ti fa queste scenate di gelosia?"

"Perché è una pazza, non posso sapere cosa le passa per la testa."

Sospiro, mi faccio coraggio e provo a farle la domanda. Al diavolo *elleLove*.

"E poi chi è questa tua amica che ti sta dando supporto psicologico?"

Mi aspetto la reazione, e allontano il telefono dall'orecchio preventivamente.

"Cheppalle! Ti dico che ho dei problemi e tu mi fai il terzo grado? Quindi è questo il problema? La mia amica? Non una pazza stalker che mi perseguita sui *social*, ma una mia amica che mi sta aiutando in un momento difficile! Certo, perché tu non mi sei molto vicina, e ho bisogno di chiedere sostegno a qualcun altro."

La miglior difesa è sempre l'attacco, come al solito.

"Stavo solo cercando di capire cosa succede, visto che mi sembra tutto molto confuso."

"Non è per niente confuso! Volevo sentire la tua voce e ti ho chiamato, ma mi hai già fatto passare la voglia. Sei inutile, come al solito."

"Ma quindi cosa fai? Stai lì a Roma?"

"Sì, sto a Roma ancora per qualche giorno, e al diavolo. Tu e quella pazza di *elleLove*!"

Interrompe la conversazione. Guardo il telefono come una stupida, un turbine di pensieri mi affolla la testa. Non si fermano e girano, vorticando, tanto che mi devo tenere a una parete per non cadere a terra. Per fortuna non ho più la sensazione di vomitare, perché penso che a questo punto non riuscirei proprio a tenermi. Mi guardo intorno, alla ricerca di un taxi. Le ombre sono già più lunghe, si vede che è inverno, e io ho veramente freddo.

Adam ha ragione. Che senso ha farsi trattare così, giorno dopo giorno? Ho qualche speranza che le cose miglioreranno? D'altronde, anche lui c'è sempre per me, ma non ha nessuna speranza che il nostro rapporto possa normalizzarsi. Io sono quello che sono, e lui mi vuole bene così. Quindi mi spiace, ma dovrebbe essere il primo a capire. Si dà amore a chi non lo merita, come al solito. E io sono molto fortunata a riceverlo da Adam, a cui non ho mai dato niente, e molto sfortunata a non ottenerlo da Chiara, a cui do tutta la mia anima.

Che tristezza.

C'è una cosa che mi tormenta, più delle bugie di Chiara e del fatto che sia con qualcun altra, a Roma, lontano da me. La consapevolezza di aver avuto un'alternativa. Ora sono in questo rapporto, così a senso unico, ma non doveva per forza andare così. Quando l'ho conosciuta, tre anni fa, è stato come essere investita da un tir. Chiara mi ha travolto, trascinandomi nel vortice della sua vita. Probabilmente prova qualche tipo di affetto per me ora, non so. Il mio problema è stato che quando ci siamo conosciute e abbiamo iniziato la nostra storia, io ero fiera che il mio amore fosse ricambiato. Che cosa strana, essere orgogliosi di venire amati, o quantomeno desiderati. Certo, se la persona in questione è Chiara, forse c'è più di un motivo.

Ero sola, quella sera, come al solito, dopo una giornata al lavoro veramente impegnativa. Avevo concluso una serie di questioni pratiche per conto di Riccardo, messo a punto alcuni importanti algoritmi, sistemato i computer, selezionato un paio di persone, tra cui quell'odioso Stefano che nonostante il suo modo di fare insopportabile sapeva il fatto suo e non me l'ero sentita di non consigliarne l'assunzione solo in base a un'antipatia personale. Era stata una giornata piena e, come mi capita in queste situazioni, ero felice, soddisfatta di me stessa. Quella sera non mi preoccupavo da dove venisse questa serenità, ma in metro, mentre mi dirigevo a casa, guardandomi intorno stranamente interessata alle persone che mi circondavano, mi ero resa conto che non avevo proprio voglia di stare a casa. Così ero scesa alla prima fermata ed ero tornata indietro per fare una passeggiata tra le vie di Brera.

Era una calda serata di primavera, le strade erano affollate e mi lasciavo andare con piacere alla spensieratezza, godendomi persino lo slalom tra tavoli all'aperto e gruppi di persone ferme a conversare. A un certo punto, avevo notato un assembramento di gente davanti a me. Una trentina, forse più, di persone stavano conversando di fronte a un grande negozio di arredamento o mobili per cucina, uno di quelli sempre deserti che ci si chiede come facciano a pagare l'affitto. I convitati, elegantissimi e tutti di bell'aspetto, avevano in generale con quella sicurezza di essere nel proprio elemento naturale, cosa che mi ha sempre intimidito, con un bicchiere in mano e il sorriso stampato in faccia. Avevo sentito un brivido di curiosità, forse persino invidia, con buona pace di mia nonna, e guardando all'interno avevo notato con stupore che la quantità di persone era anche maggiore. Doveva essere un vernissage per qualcosa, una mostra o una presentazione di un certo rilievo, così, per pura curiosità e una sottile ansia da FOMO[4], ero entrata sgusciando tra quelle persone e sperando nessuno mi chiedesse di mostrare l'invito, o anche solo di essere notata.

Lo spazio enorme, dagli alti soffitti in cemento grezzo, era forse un po' troppo cupo e, nonostante le dimensioni, dall'aria pesante, quasi soffocante a causa della ressa. Doveva essere veramente un evento importante. Aggirandomi scivolando tra la gente, sorridendo a mento alto come se fossi stata una gran personalità che poteva permettersi di non vestire elegantemente, avevo preso possesso di un bicchiere di vino bianco e una pizzetta. Origliando le conversazioni cercavo di comprendere il motivo di tanto interesse, ma riuscivo solo a captare pettegolezzi o sfoggio di potere economico e sociale. Tre salatini e quattro bicchieri di vino dopo, potevo dire di aver esplorato ogni angolo di quel posto e, nonostante non fossi riuscita a risolvere l'enigma, mi ero detta che avevo passato abbastanza tempo a strusciarmi contro sconosciuti e ad allenarmi per vivere con poco ossigeno. Avevo preso la tortuosa strada dell'uscita, quando qualcuno mi aveva tirato per la maglia, una delle solite tuniche ampie che indosso sempre per nascondere le mie forme. Mi ero girata, sorpresa e piuttosto irritata, e mi ero trovata davanti questa donna alta e magra, con uno splendente caschetto di capelli viola. Era vestita completamente in pelle nera, pantaloni e giacca strettissimi, come se fosse uscita da un film cyberpunk[5], e mi fissava ridendo mentre faceva dondolare con la mano libera un flûte di plastica vuoto.

"Già stufa?"

Inconsciamente attratta da lei, avevo annuito stupidamente. Mi aveva studiato per qualche istante, con quei suoi occhi azzurri che esplodevano luminosissimi da sotto spesse sopracciglia nere. Non avevo mai visto niente del genere, io che passavo intere domeniche a strapparmi le sopracciglia per cancellarle, rendendole simili a leggeri tratti di matita. Queste sembrava quasi le avesse disegnate apposta, ingigantendole, per creare una faccia con proporzioni e linee assurde, demarcate come quelle di un alieno in cerca di visibilità. In quel momento, mentre guardava tranquilla e soppesava la sua preda, aveva capito di avermi in pugno. Nessuna esitazione, nessun preambolo. Mi aveva preso per la maglia, mi aveva guardato e aveva deciso che non avrei più gestito la mia vita. Una mossa che doveva aver sperimentato innumerevoli volte, e avrebbe replicato con successo in futuro. Chiara è una predatrice finissima ed esperta. Sotto quell'apparenza di artista un po' svampita, che farebbe intendere un'anima nobile e pura, è in realtà una macchina da guerra dotata di un radar precisissimo con cui scansiona l'ambiente circostante, sempre all'erta. Quando inquadra un obiettivo, è come un felino ben nutrito che caccia per gioco, sinuoso e irresistibile, determinato e crudele. Con movimenti impercettibili avvicina la sua vittima, la irretisce e la divora. Così infatti mi si era avvicinata, ancheggiando a mio beneficio, lentamente, guardandomi fissa negli occhi con il suo carico di pericolose promesse. Arrivata a venti centimetri dal mio viso, mi aveva appoggiato la mano al fianco, cingendomi dolcemente ma con forza, per condurmi nel vortice della sua vita.

"Mi chiamo Chiara."

Mi aveva sussurrato in un orecchio, e io, leggermente ubriaca per l'ipossia e il vino, avevo compreso in quel momento di esserne innamorata. Il suo fiato caldo e leggermente umido, reso frizzante dal vino, era penetrato nel mio canale auricolare, scendendo giù per la gola, preannunciando la gioia del cuore e dei sensi, scaldandomi le gode e anestetizzando i miei recettori sensoriali. La sua voce, rauca e bassa, leggermente più profonda di quello che mi sarei attesa, mi aveva risuonato nel cervello, azzerando le mie difese e annullandomi in lei, come se vi fosse entrata per una sorta di telepatia. Eravamo uscite, poi una volta fuori lei aveva controllato il suo calice di plastica con aria scettica, l'aveva vuotato in gola con un movimento secco e guardandomi l'aveva lanciato verso la folla. Io mi ero portata la mano alla bocca, incredula e spaventata, poi all'arrivo di un grido di rabbia lei mi aveva sorriso sicura, come per dirmi, "Vedi cosa posso fare? Sono libera, viva e indomabile.". Ciononondimeno, ci eravamo prese per mano ed eravamo corse via perché un paio di figuri non avevano preso bene l'atterraggio del bicchiere, benché di plastica, sulla ragazza per cui dovevano competere in mascolinità prima di meritarne le grazie.

Avevamo camminato tutta la notte, parlando, ridendo, ammirando la città addormentata e bevendo birra. Credo sia stata una delle notti più incredibili della mia vita, rovinata solo dalla sensazione che mi sentissi come se fossi stata drogata. Non avevo il controllo delle mie parole, del mio corpo, tanto meno della situazione. Mi lasciavo condurre, raccontavo la mia vita, ridevo, ma era come se non decidessi io cosa fare, piuttosto rispondessi a un comando quando quegli occhi fluorescenti si fissavano sulla mia anima.

Verso l'alba, sedute davanti al Castello, mentre guardavamo il cielo, scuro ma verso l'orizzonte già tendente al rosa, e la luna, luminosissima falce grassoccia, le nostre mani si erano cercate sulla panchina. Mosse da vita propria, si erano toccate leggermente e infine si erano intrecciate in un abbraccio sensuale. In quel momento, per la prima e forse unica volta, mi era sembrato di percepire realmente la sua anima. Come se per un attimo si fosse smarrita, o avesse semplicemente scordato i nostri ruoli, lei di cacciatrice e io di preda. Forse, stanca da tutto quel camminare, aveva finalmente lasciato cadere le sue difese e si era abbandonata alle sensazioni. Comunque, quell'istante, carico di elettricità e desideri inespressi, c'era stato per davvero, lo so. Non è stato premeditato e so che nel profondo Chiara condivide almeno in parte l'amore che nutro per lei. Per anni l'ho rincorso, tentando di ricreare quell'atmosfera, senza riuscirci. E infatti quella sera si era voltata verso di me, avvicinandosi, quasi tentennando, lei, la felina cacciatrice, fissandomi come se non avesse saputo se andare oltre. Quell'incertezza inattesa mi aveva permesso per un attimo di condurre. Io, per la prima volta in vita mia, non subivo le avance ma mi permettevo di propormi. Mi ero fatta più vicina, tirandole leggermente la mano, con delicatezza, avevo chiuso gli occhi e le avevo appoggiato le labbra sulle sue. Un bacio umido, profondo, che mi aveva sconvolto per la sua carica emotiva. Lei si era irrigidita quasi subito, ricordandosi chi fosse e cosa stesse facendo, e si era staccata quasi brutalmente, per poi massaggiarsi le labbra con la falange del dito medio.

Eravamo rimaste qualche istante così, a guardare il vuoto davanti a noi, finché Chiara si era alzata per andarsene. Sulle prime non avevo capito cosa stesse facendo, ma l'avevo seguita, sorridente e in estasi. Camminando, giocavo con i dissuasori di sosta, gli specchietti dei motorini, quasi saltellavo, felice e dimentica del mondo. Chiara doveva aver notato il modo in cui assaporavo la conquista della felicità e mi aveva guardato torva.

"Sei felice?"

Io avevo annuito ridendo e l'avevo abbracciata, ma lei era rimasta rigida, scuotendo il capo, gli occhi torbidi. Sul momento non ero riuscita a capire se questa reazione fosse dovuta alla stanchezza o a un suo cambiamento d'umore. E comunque ero troppo invasata, posseduta dalla coda emotiva di quel bacio, per poter ragionare.

"Non è così semplice. Non credere che la gioia possa arrivare in modo così indolore."

La sua voce era poco più di un sussurro, ma aveva una nota metallica, sapeva di ruggine. L'avevo presa per mano, comprensiva e senza capire ed eravamo andate a casa mia. Al mattino presto, si era alzata come una furia, aveva lanciato in aria i vestiti e preso a calci gli oggetti che la intralciavano. Io l'avevo osservata, mezzo addormentata, senza capire, stordita da quel risveglio burrascoso. Infine aveva sbattuto la porta e non si era fatta sentire né vedere per un mese.

Così era iniziata la nostra storia, mi aveva reso una bambina senza esperienze e da questo avevo imparato cosa fosse l'amore. Un sentimento che provoca dolore continuamente, come un ascesso da cui suppura senza fine pus caldo, dolce e maleodorante. Adesso che ci ripenso, con questa luce già obliqua nel primo pomeriggio milanese, la vista un poco annebbiata e l'equilibrio instabile, inizio a pensare di aver sbagliato. Forse avrebbe potuto andare diversamente.

Cammino piano, cercando una via d'uscita dalla mia situazione, ma è un circolo che mi riporta al punto di partenza. In fondo, avevo provato una sensazione simile, ma come tornare indietro? A che pro? Ho una gran confusione in testa, e vorrei sedermi, riflettere. Anzi, meglio ancora, vorrei finirla con questa libertà, andare al lavoro e mettermi a fare fotocopie, accettare qualunque proposta, anche umiliante, da parte di Riccardo giusto per non pensare. Non importa lo stipendio, anche il rimborso spese mi andrebbe bene. Venderei tutti i telefoni, poi ora sono a dieta. Non avrei bisogno di niente. Mi basterebbe pagare l'affitto, la frutta e la verdura costano poco. Diventerei magra, libera e spietata, come Chiara, o forse no, solo magra, come mi è accaduto in un'altra vita. E poi, piano piano, con attenzione, potrei riaffrontare la questione dell'amore. Mi viene in mente Martina, la mia vecchia compagna del liceo. Quel contatto, che mi aveva regalato tanta emozione. Magari, chissà, potrei recuperare Martina. Sì, è lei la mia alternativa. Non importa che sia sposata e abbia una sua vita. Mi basterebbe vederla, parlarle, anche solo sfiorarle una mano, come tanto tempo fa, e forse, non è detto, ma chi lo sa, potremmo sentire una scintilla, quel brivido - sono sicura che lei ha provato la stessa cosa - pervaderci corpo e cuore. E poi si vedrà, ci sono già troppi se.

No, non importa che riesca a rivivere quella sensazione. L'importante è sapere che c'è stata, avere la consapevolezza che l'amore possa essere qualcosa di diverso. Così potrei continuare a frequentare Chiara, ma da pari a pari. E sono sicura che lei mi vedrebbe con occhi nuovi, anzi, con occhi vecchi, come quella sera di anni fa. In fondo, potrebbe essere colpa mia se siamo in questa situazione, mia, che ho lasciato a Chiara la possibilità di gestire una relazione senza che ne fosse pronta, liberandomi da ogni responsabilità nel nostro rapporto. Invece, con l'aiuto anche di Martina, riscoprirò la mia vecchia me, forte e decisa, intelligente e intraprendente.

Inspiro profondamente, piena di energie.

Rinvigorita da questo nuovo progetto di vita, sento fluire il sangue nelle vene e tornarmi il coraggio di esistere. Anche la vista mi si schiarisce, mi sembra quasi ci sia più luce intorno a me, come se la giornata si fosse improvvisamente allungata, e persino il dolore alle gambe è magicamente scomparso. Con passo elastico e sicuro, mi avvio verso la metro, l'entusiasmo mi mette il vento in poppa. Noto un piccione sulla strada, le piume, distribuite irregolarmente tutto intorno alla carreggiata, arrivano fino quasi al marciapiede, il corpo appiattito dal passaggio delle auto. Sembra quasi un fossile, di quelli che valgono un servizio al telegiornale per essere stati scoperti da un nostro connazionale. Lo ignoro, stavolta non è riuscito a implorare salvezza sulle mie caviglie, e penso ai miei progetti futuri, sempre più fantastici. Intanto, il problema numero uno è Riccardo. Adesso non mi farò più trattare come uno straccio. Chiariremo ogni cosa e avrò un mio ruolo, ben definito. Negozierò sul contratto, lui ha bisogno di me, non potrebbe fare niente in quell'ufficio, se me ne andassi. Lo metterò alle strette, sposterò l'equilibrio che negli anni si è venuto a creare tra di noi. Anche gli altri colleghi si renderanno conto che da oggi cambieranno un po' di cose. Non accetterò più gli sguardi di compassione o scherno. Tutti saranno messi al loro posto. Dovrò fare la segretaria di quel posto? Benissimo, non desidero altro, ma dovranno comportarsi con rispetto, anzi dovranno temermi.

Ridacchio, compiaciuta.

Al tornello, una dietro di me si lamenta della mia lentezza nel far passare la scheda dell'abbonamento. Mi volto lentamente, con sdegno. Non sono più la vecchia Anita, una donna di mezza età sovrappeso che subisce soprusi da chiunque, scodinzolando felice se uno le pesta una zampa. No, adesso io per prima avrò rispetto per me stessa e questo si rifletterà sul comportamento nei miei confronti. È una ragazza giovane, bella da togliere il fiato, con una minigonna e una maglietta a maniche corte, quasi non fosse inverno ma Agosto e mi sta squadrando disgustata, gli occhi stretti come due fessure.

"Ti muovi o no, vecchia ubriacona!"

Sollevo un sopracciglio, come ho visto fare tante volte a persone di grande eleganza, nei film. Perché ubriacona?

"Prego?"

La maleducata agita una mano davanti al naso, poi batte un pugno sul corrimano. Abbasso lo sguardo, ha caviglie incredibilmente sottili, non ho mai visto caviglie così affascinanti, dalla pelle quasi trasparente, di porcellana. Ai piedi, sproporzionatamente lunghi, calza pesanti anfibi, che tintinnano al ritmo della sua agitazione. Torno a fissarla negli occhi, molto truccati e tremanti dalla rabbia.

"Muoviti, scema. Ma quanto ci metti a far passare la tessera?"

Guardo stupidamente il mio abbonamento. Già, perché ci stavo mettendo così tanto? Ero sovrappensiero e mi devo essere bloccata in mezzo al tornello, mentre fantasticavo sul mio futuro. Continuo a non capire l'insulto, finché non mi rendo conto di avere iniziato a bere più di quattro ore fa, e di non avere praticamente più smesso.

Piena di vergogna, ma con grazia, sollevo un braccio e le indico l'alternativa.

"Passi dall'altra entrata, se ha così fretta."

La giovane mi fissa costernata. Immagino cosa stia passando dietro quei begli occhi castani. "Questa cicciona che puzza di vino acido non vale neanche un calcio nel culo". Lo vedo che le provoco ribrezzo, forse anche un briciolo di compassione. Chiaramente, vorrebbe essere da un'altra parte, anzi già sulla metro che sento passare sotto di noi. Ma non può lasciar correre. "Una vecchia che osa rispondere a me? Le faccio passare la voglia!". Mi si avvicina, questa volta probabilmente intenzionata a darmi un pugno sul naso, ma io la affronto a viso aperto, senza sbattere le palpebre, fiera e consapevole del mio nuovo io e schiudendo leggermente la bocca, onde rilasciare i miasmi dell'alcol liberi di intossicarla. I presenti ci osservano, qualcuno si lamenta che stiamo bloccando la coda. Sconcertata, noto che la maggior parte degli astanti, nonostante abbia assistito alla scena, prenda le parti della mia interlocutrice. Molti iniziano a gridare contro di me i peggiori insulti, forti dell'anonimato dato dal numero. La cosa mi dà da pensare. Perché devono prendere la parte di qualcuno che è palesemente dalla parte del torto? Il motivo risiede nella constatazione che lei è giovane e bella, mentre io sono grassa e con l'alito pestilenziale? Scorgo un paio di occhiate, da parte dei più accaniti, alle cosce ben tornite della mia interlocutrice. Lei, intanto, rassicurata dal sostegno della gente ma fraintendendone i motivi, stringe i pugni, decisa a farsi giustizia. La nuova Anita dovrà attendere ancora un'oretta, prima di uscire dalla sua crisalide. Sospiro, mi volto e mi dirigo verso la banchina, sconfitta.

Mentre aspetto la metropolitana, sento gli occhi della gente su di me. L'energia positiva che mi sosteneva fino a poco fa si affievolisce piano piano, e allo stesso tempo mi crolla addosso la stanchezza della mattinata. Eppure non mi do per vinta, questo è solo un ostacolo sul mio cammino. Ormai ho deciso di cambiare. Tiro fuori il telefono, lo soppeso, infine lo metto con attenzione nella borsa. Anche con questi aggeggi, è ora di finirla. Appena torno a casa, li metto tutti in vendita, e mi farò bastare quello economico che ho preso poco fa nel negozio di elettronica. Forse a quella screanzata avrei potuto rispondere in maniera diversa. O forse no. Ho visto gli sguardi dei presenti. Tifavano, sì perché di vero e proprio tifo si trattava, perché lei era giovane e bella. La vedo, ora dalla parte opposta della banchina. Mi fissa con aria di sfida e mi fa pure il dito medio. Ho un colpo al cuore. In fondo, odio litigare con la gente, soprattutto se non ho la possibilità di chiarire il mio punto di vista. Ma litigare così, per strada, per motivi futili, mi crea disagio e basta. E la consapevolezza di essere nel torto solo perché sono brutta e grassa, o puzzolente di vino, mi fa ancora più male. L'unico modo che ho per vincere questa sfida, e quindi anche il rispetto di me stessa, è fare la vittima, purtroppo. Sì, non avrei dovuto fare la gran signora. Avrei dovuto mettermi a urlare, magari piangere. Allora sì, avrei messo chiunque in condizione di guardarsi nell'anima e decidere se accanirsi contro una persona inerme o patteggiare per l'aggressore. Se dovesse capitarmi di nuovo, mi comporterò esattamente in questo modo, e al diavolo.

Marco, con il suo esempio, mi ha aperto gli occhi. Il suo sguardo deciso, da uomo di mondo, mi ha fatto comprendere che il rispetto è qualcosa di innato, che il suo interlocutore istintivamente percepisce appena entra in contatto con lui. Nessuno oserebbe criticarlo per la sua lentezza nel superare il tornello della metropolitana. Ma io non sono Marco, non ispiro quell'aura di invincibilità, e devo quindi trovare un altro modo per infondere rispetto nelle persone.

Finalmente, riesco a rilassarmi. Lancio un'ultima occhiata di sfida alla giovane prima che la metro ci separi, e mi imbarco. Mi abbandono allo schienale, soddisfatta. Mi piace quando riesco a risolvere i miei problemi esistenziali con il ragionamento. Intorno a me, gli altri passeggeri sembrano occupati nel riempire le proprie vite. Di certo non immaginano il turbine di emozioni che ha appena attraversato la loro compagna di viaggio. Sorrido, e finalmente riesco a pensare a quello che mi attende al lavoro, tra poco più di mezz'ora.

È come se andassi al lavoro per la prima volta, è una strana sensazione, di eccitazione e paura al tempo stesso. Affronterò Riccardo, subito, senza aspettare. Inutile far finta di niente, lo metterò di fronte alla realtà, lo accuserò di avermi manipolata, usata e infine scartata, poi al culmine della lite, gli dirò che accetto la sua proposta, per zittirlo. Di certo rimarrà di sasso e non saprà cosa ribattere, e io potrò riprendermi la vita, mettere un primo tassello nella lista di cose che mi sono proposta di fare. Le vacanze. Certo, avrò diritto anche alle vacanze! È finito il tempo in cui sono quella sempre disponibile, che accorre in ufficio a qualunque giorno o a qualunque ora, sempre pronta a risolvere i problemi più urgenti.

No, basta. Non avrò responsabilità, quindi non dovrò più sentirmi in dovere di dimostrare qualcosa ogni giorno.

La prospettiva di liberarmi da questo peso, potendomi concentrare su di me, mi fa già sentire meglio. Ripenso agli anni che ho passato in queste stanze, timorosa di uscire dal mio loculo, con lo sguardo del mio capo dietro al computer, continuamente ripresa per una parte di codice, persino per i commenti al codice stesso. Ricordo una volta che era piombato alle mie spalle, fumante di rabbia. L'avevo sentito camminare a passi pesanti sin dal fondo del corridoio, poi il suo urlo esplodere alle mie spalle, con calcolato ritardo.

"Hai letto l'articolo che ti ho mandato?"

Non solo io, tutti sapevano che si stesse rivolgendo a me. Con quel tono, non poteva che essere così. Mi ero ingobbita, più per gli sguardi delle mie colleghe che avevo sentito sulla schiena che per il grido. Provavano compassione, ma anche sollievo per non essere loro le destinatarie di quel trattamento. Io stavo scrivendo una mail, di lavoro ovviamente, e appena si era posizionato dietro di me, l'avevo inviata velocemente, lasciando in vista solo la scrivania del portatile. Lo sapevo che aveva letto parola per parola, lo avevo sentito sillabare come un bambino, per potermi cogliere in fallo. Non ho mai sopportato che qualcuno mi controllasse mentre facevo qualcosa, mi è sempre venuto una specie di formicolio dietro la nuca. E Riccardo, dopo avermi beccato scrivere una mail a un'amica per incontrarci a cena, si è sempre divertito a cercare di cogliermi in fallo nuovamente. E non ho mai capito perché, visto che chiunque scriveva email personali sui computer dell'ufficio senza per questo provocare la benché minima protesta. Quella volta mi aveva fatto proprio innervosire, anche per l'urlo nelle orecchie, esagerato e fuori luogo, e mi ero voltata di scatto, allontanandomi dalla sedia con tutta la mia forza nella speranza di colpirlo.

"No, quale?"

L'impatto secco, il rumore del metallo contro l'osso e l'urlo che aveva lanciato mi avevano appagato almeno parzialmente, così mi ero alzata con lentezza, per godermi quel momento di vittoria.

"Oh, scusami tanto! Non pensavo fossi così vicino! Ti ho forse fatto male?"

Si era massaggiato la tibia dolorante, poi aveva sollevato su di me uno sguardo carico d'odio. Sapeva che l'avevo fatto apposta, e il mio sguardo preoccupato, illuminato da una fioca luce di trionfo, alimentava ulteriormente la sua rabbia. Non capivo come avevo fatto a colpirlo proprio in quel punto, ma ne ero rimasta entusiasta. Gli avevo appoggiato una mano sulla spalla, facendo sentire tutto il mio ragguardevole peso.

"Stavi dicendo?"

Riccardo si era raddrizzato, facendo valere la sua maggiore altezza e grado.

"Fammi un favore. Quando ti giro degli articoli, sforzati a leggerli. Se no è inutile, e mi costringi a venire qui a interrogarti."

Gli piaceva trattarmi come una scolaretta imbranata di fronte a tutti. Non si sarebbe azzardato a comportarsi in quel modo con nessun altro. Io, poi, fomentavo questo atteggiamento perché se mi mandava qualcosa, lo cestinavo immediatamente. Non per cattiveria, ma perché avevo capito che leggeva solo articoli inutili. Io leggevo veramente tanti articoli, all'epoca, gente che faceva cose incredibili, mettendo una contro l'altra intelligenze artificiali per creare da un semplice input qualcosa di completamente nuovo, fosse un brano musicale, un'immagine o anche un testo. Cercavo a mia volta di coinvolgerlo, in modo da orientare i nostri progetti verso qualcosa di più avveniristico che non fossero analisi di società. Riccardo le rigettava, lui sì per principio, le considerava cose senza utilità pratica, e sprecava ore a studiare articoli noiosi, senza alcuna innovazione. Ma era il capo, e se mi diceva di leggere un articolo non potevo oppormi.

"Certo, lo farò appena possibile."

Lui aveva scosso la testa. Aspettava proprio quella risposta.

"No. Lo fai ora."

Avevo guardato alla mia sinistra. Le colleghe che condividevano lo spazio con me erano intente ad ascoltare, senza neanche preoccuparsi di far finta di fissare lo schermo tanto erano scioccate. Non solo, ma oltre la testa di Riccardo riuscivo a intravedere diverse figure, assiepate dietro la porta della stanza con la bocca aperta. Riccardo lo sapeva benissimo, aveva sorriso, si godeva questi momenti di superiorità. E il fatto di averlo colpito lo aveva reso più crudele, e quindi la vendetta proporzionalmente più dolce.

"Come vuoi tu, capo."

"Ah – Ah."

Mi ero morsa un labbro nello stesso momento in cui lui aveva alzato un dito in aria, negli occhi la luce del conquistatore spagnolo che sta per ordinare di sparare contro una massa di Atzechi inermi.

"Non capo, lo sai. Preferisco essere chiamato 'leader'."

Pronunciando queste ultime parole, si era voltato a beneficio dei presenti. Sapeva che erano tutti lì, accorsi ad assistere lo spettacolo.

"Certo, oh mio leader, come vuoi."

Lui aveva agitato una mano a ventaglio, come infastidito da una mosca.

"Anzi. Lascia perdere, ti risparmio la fatica, che tanto ci metti una vita e poi mi fai innervosire. Te lo racconto io."

Mi ero rimessa a sedere, appoggiandomi allo schienale con un sospiro. Mentre lo osservavo con disprezzo, avevo sentito montarmi la voglia di cacciargli in gola una matita dopo averla temperata ben bene. Riccardo aveva controllato che lo stessi seguendo, tutti erano lì ad ascoltare. Questa poteva essere addirittura la parte più succosa del dramma.

"Siamo sulla stessa lunghezza d'onda, sì?"

Odiavo quando usava la prima persona plurale, una sorta di paternalismo urticante che voleva spingere la differenza dei nostri ruoli all'estremo. Poi si era messo a spiegare quell'articolo inutile, con tanto di moine e mimi, come se stesse raccontando un film d'azione. Alla fine mi aveva guardato, con gli occhi spiritati, come se avesse scoperto una grande verità.

"Questa la voglio proprio provare? Eh, che dici?"

Avevo alzato le spalle, sentendo un peso al petto, proprio sotto allo sterno, e al contempo la vista aveva iniziato a offuscarsi. Avevo tirato fuori un fazzoletto e, facendo finta di soffiarmi il naso, mi ero asciugata le lacrime. Speravo che nessuno, soprattutto Riccardo se ne fosse accorto.

"Cosa devo dire, è… curioso?"

Riccardo aveva sbattuto le mani, interrompendomi.

"Basta, è deciso. Adesso provi a usare questo metodo, poi voglio che entro stasera mi dici l'accuratezza. E voglio che non sia meno dell'ottantacinque per cento, mi raccomando."

Questo mi aveva colpito.

"Ma… e questa sera?"

Riccardo si era stretto nelle spalle.

"Vorrà dire che se non riesci a finire per le sette, ti sostituirà Stefano."

Alle sue spalle, il ragazzo aveva sorriso, compiaciuto. Tutti erano tornati ai loro posti, io ero rimasta a fissare lo schermo, costernata.

Quella sera, ci sarebbe dovuta essere una serata con alcuni importanti colleghi venuti dalla Francia, chiamati apposta per iniziare una collaborazione su una mia idea. Era una cosa che avevo portato avanti di notte, da sola, per lunghi mesi, e ne avevo parlato a Riccardo neanche due giorni prima. Lui si era chiuso in studio per ore, infine aveva contattato questi grandi esperti, che erano accorsi subito. Non credevo fosse qualcosa di così importante, ma ci credevo, e quando Riccardo mi aveva detto che mi avrebbe sostituito con Stefano, in quella maniera, poi, ci ero rimasta male.

Ovviamente non ero riuscita a finire quel lavoro entro le sette, così ero stata scavalcata. Il mio lavoro, sviluppato a suon di notti insonni, presentato come creazione di Stefano e Riccardo. Non ne avevo più voluto sapere, disinteressandomene, ma tempo dopo ero venuta a conoscenza del fatto che quel gruppo francese aveva dato il benservito a Riccardo, fregandolo, e aveva fatto un sacco di soldi. Io, dal mio loculo, ne avevo goduto segretamente, con acida gioia.

La verità che non ho mai voluto ammettere, soprattutto a me stessa, è che a dispetto del passato ormai sono gratificata solo dal lavoro di tipo meccanico, senza alcuna responsabilità. Quando lavoro tanto, soprattutto se faccio qualcosa di fisico, ripetitivo o manuale, comunque non creativo, sono felice. Ho imparato ad adorare la sensazione di pienezza che mi dà l'aver concluso un'attività su cui non devo dare spiegazioni o che non potrebbe essere diverso da come è stato fatto. Aggiornare i computer dell'azienda, per esempio. Installare i programmi, andare avanti e indietro dal commercialista o dall'avvocato, con le risposte a una lista di problemi. Controllare la precisione di un algoritmo, ritoccando e rifinendo i parametri. Potrei stare giornate a fare questo, e ogni volta andrei a letto con il sorriso sulle labbra, stanca ma piena di voglia di scoprire il mondo, conoscere gente e imparare cose nuove. Forse è questa la risposta. Se non dedico al lavoro le mie energie mentali, posso indirizzarle ad attività che mi interessano maggiormente.

Da alcuni mesi, è l'incertezza, a uccidermi. Creare un algoritmo da zero, scegliere il tipo di rete neurale, definire strategie. In questo caso, ogni cinque minuti mi fermo, chiedendomi se abbia fatto bene a fare una determinata scelta, anche se dentro di me so benissimo che è quella giusta, ma non so giustificarla, e inizio un vortice di pensieri, che accantono per andare avanti, o che se il lavoro è importante, apro in una serie infinita di *branch*[3]. Alla fine di una giornata del genere, esausta, torno a casa nell'indecisione e mi sembra di non aver concluso niente, dormo male, continuando a svegliarmi preda dell'ansia, a volte prendo il computer e proseguo nel labirinto di variazioni infinite, e al mattino seguente ricomincio il circolo finché non finisco il lavoro. Male, il più delle volte. Sono diventata ansiosa, insicura, inetta. E la cosa peggiore è che nel tempo questa situazione si è aggravata, fino a diventare per me insostenibile, quasi patologica. Dieci anni fa, affrontavo con gioia le sfide. Il mio vecchio capo, John, mi dava sempre nuovi progetti, anche solo per far creare a me lo schema principale che poi altri avrebbero sviluppato. Poi, a poco a poco, qualcosa si è incrinato, ho portato avanti alcune cose da sola, senza avere mai il coraggio di presentarle a Riccardo, a parte in rarissimi casi in cui ero veramente convinta di aver fatto un buon lavoro, e poi è andata a finire come con i francesi.

C'è da dire che ultimamente Riccardo, che forse si è accorto del mio cambiamento, non mi affida più compiti di questo tipo. Lui mi ha relegato a compiti più semplici, da mera esecutrice, e io non penso più a creare qualcosa. Anzi, non sento più la necessità di dover creare qualcosa di nuovo. Anche gli articoli, ormai li sfoglio con disinteresse, e Riccardo ha smesso di mandarmeli, tanto sa che non ci penso neanche a leggerli. La nuova opportunità, che con tanto buonumore mi vuole proporre, va sicuramente in questa direzione. In fondo, non capisco perché mi debba ribellare. Non mi rende forse più felice eliminare qualunque tipo di apporto cerebrale dalla mia giornata lavorativa? Perché ieri mi sentivo umiliata quando Riccardo mi ha detto che aveva un'opportunità per me? Per una questione di orgoglio? Non volevo ammettere a me stessa di non essere quello che gli altri si aspettavano? Non è più importante scoprire chi si è veramente, piuttosto che cercare di rincorrere un'immagine di sé?

Scendo alla fermata e mi dirigo verso l'odiato palazzo a vetri. Forse è il mio lavoro, che ho sempre pensato essere la mia vita, la causa delle mie frustrazioni. Ma da oggi cambierà tutto. Anche Chiara dovrà accorgersi del cambiamento. Già stamattina, quando l'ho liquidata in quel modo, mi sono stupita di me stessa. E lei non ha saputo come reagire, l'ho sentito subito. Devo solo trovare in me la forza per riuscire a tenere sempre quel tipo di atteggiamento. Chiara sentirà di non avermi più in pugno e si comporterà di conseguenza. Sarà lei a venirmi a cercare. Poi, se e quando riuscirò a contattare Martina, si vedrà. Intanto è iniziato un nuovo corso, lo sento, e il primo passo è qui, davanti a me.

Mi fermo davanti all'ingresso e alzo lo sguardo verso il cielo, azzurro e terso, ma già scuro. Il sole si è abbassato velocemente all'orizzonte, tanto che non sembrano neanche le tre del pomeriggio. Nelle mie vene ormai fluisce una nuova energia, ma se devo essere sincera, un po' mi tremano le ginocchia. Sperando di entrare insieme a qualcun altro, mi osservo intorno, ma nessuno in vista. Chissà cosa starà facendo ora Marco, se gli capiterà di pensare a quella sua commensale un po' pazza. Non saprà mai quanto mi abbia aiutato. Certo, avremmo potuto avere una conversazione più normale, e nonostante la sua reazione spropositata, ammetto di avere la mia buona parte di responsabilità in quello che è successo. Però alla fine grazie a lui ho riscoperto quella grinta nell'affrontare la vita che prima di sedermi a quel tavolo non credevo di avere. È come se mi avesse infuso di forza interiore.

Dovrebbe fare il guru, o il santone, avrebbe un successo planetario.

Allungando lo sguardo, cerco di capire i movimenti dell'ufficio, poco sopra la mia testa. Vedo ombre camminare, movimenti bruschi, mi sembra di sentire persino urlare, sicuramente Riccardo. Strano, in genere urla solo a me. Comunque sembra ci sia fermento. Apro il portone ed entro, passando oltre l'olivo. Quanto mi sono battuta per non farlo mettere! Raccolgo un paio di foglie dal terreno e me le passo tra indice e pollice. Povera creatura, confinato all'interno di una vetrata, senza ossigeno e luce, degradato a mero soprammobile e comprato per un migliaio di euro, si batte ogni giorno per sopravvivere. Abbraccio con lo sguardo l'azienda che ho contribuito a creare dal nulla. In fondo, è anche un po' una mia creatura, nonostante non si sia sviluppata come avrei desiderato. Ma che dico mia creatura? Io sono stata solo uno strumento, ho messo l'anima in quest'impresa, certo, ma ormai è un capitolo chiuso. Così come lo è stato a Londra. La differenza è che qui non devo scappare, posso ricrearmi un ruolo, e chissà, una volta che avrò messo a posto un paio di questioni personali, potrò anche riprendere la strada che ho lasciato tempo fa, e che mi ha portato in questa situazione. L'ottimismo che mi sta muovendo mi permette di considerare con distacco gli avvenimenti della vita che si sono allontanati da me, per mia volontà o altrui. Accarezzo la maniglia, che ho scelto io, sempre lucida, impeccabile nonostante gli anni. La soppeso con affetto.

Duecento euro. Una maniglia.

Ma ne è valsa la pena. Non come quella cagata che voleva prendere Riccardo. Vi appoggio la mano sopra, ma non faccio a tempo ad applicare la pressione necessaria per aprirla, che si abbassa di scatto e la porta si spalanca davanti a me.

È Riccardo, proprio lui. Stava uscendo quasi di corsa, con dei fogli in mano e si è bloccato, giusto in tempo per non travolgermi. Non si aspettava di vedermi, si vede. Ci confrontiamo per qualche istante, entrambi a bocca aperta, come in un duello da film western. Entrambi abbiamo pensato a quest'incontro, glielo leggo negli occhi, e sembra che sia arrivata, ora e all'improvviso, la resa dei conti. È sbagliato, non si devono affrontare queste questioni di petto, ma sento che non riuscirò più a tenermi dentro quello che ho rimuginato sulla strada venendo qui. Devo dirglielo, subito. E per lui è lo stesso. Alle sue spalle, qualcuno lo urta, probabilmente sorpreso che lui si sia bloccato così sulla soglia. È Serena, me ne rendo conto ancora prima di vederla, grazie all'ondata di profumo che colpisce le mie narici.

"Ahio, ma che fai?"

Che nostalgia. Mi sembra di non venire qui da un anno, non da mezza giornata. Le nottate passate a risolvere problemi, le chiacchierate alla macchina del caffè, le speranze mai realizzate di ottenere una gratificazione.

Serena è una brava ragazza. Peccato che non siamo mai riuscite a lavorare insieme. È brillante, seria, curiosa, e soprattutto ci comprendiamo. Con le mie due compagne d'ufficio, quelle con cui ho collaborato di più, invece, Sara e Alessandra, non ho mai legato molto. Loro mi hanno sempre guardato con sospetto, un po' per la differenza d'età, e anche probabilmente perché non capivano il motivo per cui Riccardo dovesse sempre sgridarmi a quel modo, e per questo mi compativano. Ma il motivo più importante era l'ambizione. Sono sempre state due ragazze dalle idee chiare, con obbiettivi concreti, ambiziosi ma non impossibili, e sanno come ottenerli. Stare insieme a me, una perdente, significherebbe farsi contaminare da quest'aura di sconfitta dalla vita che mi porto appresso. No, loro devono stare con i "vincenti" dell'ufficio, Stefano su tutti.

Il viso cordiale di Serena, intanto, è sbucato da dietro la schiena di Riccardo, si sta massaggiando la fronte e ha un'espressione interdetta. Al vedermi, allarga gli occhi e si mette la mano sulla bocca. Io replico con un sorriso gentile, il più possibile, date le circostanze, ma lei non sembra apprezzare, e scappa subito dentro. Avrei voluto che si fermasse, ho proprio bisogno del suo sostegno, ora che sento vacillare le mie certezze, ma quasi vengo travolta da Riccardo, che avanza come un carro armato e mi arriva a due centimetri dal naso. Indietreggio, spaventata. Il suo alito è pesante, deve aver mangiato cinese a pranzo.

"Sei fuori, prendi le tue cose e vattene."

6

Mi torna in mente il periodo a Londra. E, ovviamente, John.

Curioso come tutti quegli anni possano essere sintetizzati da una persona, nonostante Adam, Kevin, le esperienze meravigliose che ho vissuto, i dolori e le sorprese. Tutto nella mia mente si concentra in John, il motivo per cui sono andata là, il motivo per cui sono tornata in Italia. Forse posso persino ricondurre a lui il fatto di essere qui, seduta su un muretto sotto un albero, nella penombra, a guardare i bambini giocare di fronte a me. Fa freddo, ma non lo sento, sarà il vino. Sto bene qui, a pensare al passato e alle scelte che mi hanno portato a questo punto. È stato un progresso improbabile di ramificazioni, simile a un algoritmo di apprendimento automatico, il cui flusso è legato al modo di pensare delle macchine, per noi incomprensibile, ma che porta a risultati il più delle volte strabilianti. Dal caos, dalla casualità, l'ordine, attraverso sentieri tortuosi e illogici. Così come è illogico che ai miei piedi, appoggiato alla caviglia, si trovi un piccione a cui mancano buona parte delle piume del collo.

Sembra quasi un avvoltoio, con quel collo nudo e arrossato. Il resto, poi, meglio non parlarne. Non riesco a capire come possa essersi ridotto così. Ogni tanto compie un movimento con la testa, come quando ci si trova al cinema e si sta cedendo al sonno, ma all'ultimo istante, subito prima di abbandonarsi completamente, ci si sveglia, sollevando la testa di scatto. Non credo si stia addormentando, o forse sì, ma per sempre, comunque non ho la forza di alzarmi, né di allontanarlo. Stia lì, crepi pure al mio fianco, se la cosa lo fa sentire meglio. Da parte mia, cercherò di sopportare quell'orrido calore umido, almeno servirò a qualcosa.

Era stato John a chiamarmi, qualche mese dopo la fine dell'università. Non so come fosse arrivato a me, immagino fosse incappato in qualche vecchio articolo, oppure aveva notato la mia tesi, che pensavo fosse stata letta esclusivamente da mia madre e, a grandi linee, dal mio relatore. Comunque, io stavo lavorando in questa società presso cui avevo fatto uno stage anche l'ultimo anno prima della laurea e mi era giunta una mail da questo personaggio che sembrava entusiasta del mio lavoro e voleva assolutamente incontrarmi. Ero arrivata solo da poco in quella azienda, ma già non vedevo l'ora di andarmene. Appena insediata, avevo conquistato, con grande sollievo della precedente stagista, la posizione di responsabile ufficiale per i servizi all'ufficio. Fotocopie, acquisto e distribuzione dei caffè e del pranzo, per chi lo consumava davanti al computer, e persino, visto che avevo la bicicletta, pony express per la consegna dei pacchi e delle buste in tutto il territorio cittadino. Sette giorni su sette, per almeno tredici ore giornaliere. Non che mi considerassi il genio che tutti credevano avrebbe dovuto sbocciare all'inizio dell'università, che comunque avevo concluso brillantemente, ma almeno speravo di scrivere qualche riga di codice. Invece l'unico contatto che avevo con il computer era se qualcuno doveva farmi stampare un documento. Così, quando John mi aveva offerto un biglietto *low cost* andata e ritorno in giornata per Londra in modo da conoscerci, non ci avevo riflettuto un istante. Due giorni dopo, una domenica mattina, mentre aspettavo di imbarcarmi, avevo mandato un messaggio al mio capo, scusandomi e implorando comprensione per la mia prima assenza da quando ero alle sue dipendenze, causa inderogabile impegno imprevisto.

All'arrivo a Heathrow, ero stata praticamente sequestrata da un uomo alto, con il fisico un po' a pera, giacca di velluto e maglietta grigia sporca, che mi aveva abbracciato e portato quasi di peso fuori dall'aeroporto. John mi aveva travolto e, senza un attimo di pausa fino all'imbarco per il ritorno, otto ore dopo, mi aveva trascinato per le vie del centro di Londra, oltre che per la sua mente visionaria. Traboccava entusiasmo da ogni frammento del suo essere, gli occhi, al limite dello spiritato, mobilissimi e scuri, vagavano sempre in cerca di informazioni e idee. Parlava di una società, la sua, che avrebbe lottato alla pari con *Microsoft*, cambiato il mondo come lo conoscevamo, che sarebbe stata sulla bocca di tutti, ma che già aveva un suo nome, nell'ambiente, e che bisognava solo impegnarsi per dare la spinta necessaria al decollo. Sognava di rendere la programmazione, la chiave per capire e gestire il futuro, alla portata di tutti, non solo di chi avesse frequentato lunghi anni di università davanti a vecchi professori in stanze ammuffite. Tutti dovevano avere accesso a quel nuovo linguaggio, sarebbe dovuto essere il nuovo esperanto, nel suo delirio di onnipotenza. Ogni tanto si bloccava, colpito da un'intuizione che giudicava particolarmente interessante, cercava tra le tasche come un pazzo, spargendo su un tavolo o una panchina il loro contenuto. Alla fine, selezionava un taccuino malconcio pieno zeppo di fogliettini e un mozzicone di matita e si metteva a scrivere furiosamente, calcando così tanto da bucare la pagina. Fumava come un ossesso, e avevo notato subito di come le ultime falangi del suo indice e medio della mano destra fossero di un colore marrone scuro, annerite dal tabacco e dalla cenere. A volte, nella furia di aspirare anche l'ultima molecola di nicotina, si bruciava, per poi cacciare un urlo acuto seguito da un sorriso di scusa, mentre si succhiava il dito ustionato. Non era minimamente interessato all'impressione di sé che proiettava nel mondo circostante, ma solo a scovare un modo per codificare le informazioni che lo circondavano nella maniera più pulita e organica possibile. Io ero rimasta molto colpita, da lui e dalla città, che mi aveva fatto visitare quasi di corsa, continuando a urlarmi nelle orecchie nozioni e aneddoti. Al momento di salutarlo, scombussolata come se fossi appena uscita da una lavatrice, gli avevo detto che l'avrei raggiunto il prima possibile. John mi aveva stretto la mano, sorridendo, e neanche due settimane dopo ero davanti al suo ufficio, un monolocale con due tavoli e un computer, con una borsa a tracolla contenente quello che pensavo mi sarebbe servito e un grande punto di domanda stampato sulla fronte perché tutto mi sarei aspettata ma non quello che vedevo.

John aveva un lavoro di prestigio in una grande azienda nel settore dell'*high tech*, era a capo di un gruppo che studiava algoritmi all'avanguardia nel campo dell'apprendimento automatico. Inoltre, collaborava con un'università per cui teneva corsi extracurricolari e veniva continuamente chiamato per integrare lezioni o partecipare alla stesura di testi. Questa sua nuova società, allora non esisteva ancora la definizione di *startup*, era un suo progetto personale, un progetto finora solo creato sul suo taccuino e immaginato di notte, ma a cui dedicava tutto il suo tempo libero, nonostante i numerosissimi impegni e le rimostranze di sua moglie, che oltre al suo lavoro in università doveva pure accollarsi quasi da sola i tre figli. E qui ero entrata in gioco io. John aveva letto la mia tesi, che a suo dire aveva creato un certo interesse nel suo ristrettissimo ambiente, poi andando a indagare su di me, era arrivato fino alla mia breve ma intensa notorietà. Guardando la mia foto da un ritaglio di giornale, aveva deciso che ero la persona che avrebbe fatto per lui. Così quando gli avevo detto che lo avrei raggiunto, aveva effettivamente messo in moto la sua impresa. Da un giorno all'altro, sordo ai rimproveri della moglie che già mi odiava senza avermi mai visto, aveva creato la società, dato fondo ai suoi risparmi affittando il costosissimo monolocale in zona 1 e organizzato la mia assunzione. Non era esattamente in quel modo che mi aveva dipinto la situazione, quella domenica in cui avevamo parlato, né io avevo chiesto di vedere l'ufficio, ma ormai ero lì, così avevo cavalcato l'onda dell'ottimismo e mi ci ero buttata.

Una notifica dal telefono mi distoglie dai ricordi. È ormai quasi buio, molti bambini se ne sono andati, restano solo quelli i cui genitori non tornano a casa prima di cena dal lavoro e li affidano a bambinaie distratte che passano il pomeriggio a giocare sui telefoni o a controllare sui vari *social* gli account più popolari e farsi lavare ben bene il cervello. Controllo chi mi cerca, senza grosse aspettative. È Chiara, che come un tornado ha ripreso a postare e mi avvisa del suo ritorno a Milano domattina. Mentre mi chiedo cosa l'abbia spinta a cambiare atteggiamento, sfoglio distrattamente le sue foto. Doveva essere in crisi d'astinenza, perché ha pubblicato tutte quelle che non era riuscita a mettere fin'ora. Ce ne sono di tutti i tipi, dal pranzo a San Lorenzo, a varie inquadrature di lei con una non ben definita amica (con tanto di cuoricini), a monumenti, piante, il Tevere, fauna urbana. Ci sono anche vari commenti di *elleLove*, che deve essere rientrata nei ranghi, in quanto non scrive cattiverie per la presenza della nuova amica di Chiara nelle foto, anzi le incita quasi, come se ora benedisse la loro unione.

Sento un peso sul piede destro, abbasso lo sguardo, incuriosita, e quasi mi viene un colpo. Mi ero scordata del piccione. È sempre lì, immobile, ma non percepisco più quel calore dal contatto, anzi sembra quasi freddo e viscido. Schifata, gli do un colpetto con il piede per allontanarlo, ma si accascia poco più in là dopo aver compiuto un breve movimento ad arco con la testa. Ho un conato di vomito, che riesco a evitare all'ultimo istante. Non davanti ai bambini, per favore. Mi alzo in fretta e furia, getto un'occhiata a quelle finestre illuminate, al di là del giardino, uno spazio familiare che già da ventiquattr'ore mi è estraneo e in cui non entrerò più. Ombre scure si avvicendano frettolose come in un teatro di marionette. Probabilmente, stasera Riccardo avrà indetto una riunione, dopo la fine dell'orario di lavoro, per stabilire i passi da compiere per sopperire alla mia assenza. Sempre che non ci abbia già pensato. Guardo l'olivo un'ultima volta, triste e desolato nella penombra, con il tappeto di foglie morte ai suoi piedi, e mi volto.

Certo questi anni con Riccardo non hanno avuto niente a che vedere con il periodo trascorso a Londra. Intenso, elettrico, stimolante, vivo, appagante. Felice, non saprei, e neanche proficuo, visto il risultato, però allora avevo pensato di aver trovato la mia strada e la paga, più che decorosa negli ultimi anni, mi permetteva di non avere pensieri e togliermi i miei sfizi. Stavo tutto il giorno sola in quel monolocale, a scrivere al computer e leggere articoli, poi alla sera o a metà pomeriggio piombava John con delle birre e facevamo il punto della situazione bevendo e fumando, sistemavamo delle cose, pianificavamo i prossimi passi. Alla sera, o a notte inoltrata, se non dovevo finire dei lavori, uscivo, andavo a concerti o giravo per la città. Non conoscevo molta gente, ma qui e là ero riuscita ad allacciare qualche contatto, soprattutto in alcuni bar che mi aveva indicato John, e tanto mi bastava per non sentirmi proprio sola. Pensavo di essere sulla strada giusta, e non mi ponevo domande su cos'altro avrei potuto fare o diventare. Era come guidare una moto a folle velocità, nella notte, su un'autostrada deserta. Guardavo davanti a me e spingevo sull'acceleratore verso una meta a me ignota.

È indubbio che quella frenesia abbia forgiato la mia personalità, forse persino alimentato le mie insicurezze anziché rafforzare la confidenza in me stessa, definendo quella che sono e la situazione in cui mi trovo adesso. Una cosa che rimpiango, anzi forse l'unica, è il mio aspetto. Non che mi piacessi, ma mi ero forgiata attorno a un'immagine che a un certo punto si era formata nella mia mente, e questo aveva contribuito a rendermi più sicura e quindi a mio agio nei rapporti con gli altri.

Poco dopo essermi trasferita a Londra, avevo iniziato a sentirmi in imbarazzo. Fin dai tempi del liceo, mi ero sempre disinteressata al mio aspetto, ero sciatta, non mi curavo, vestivo sempre con jeans sformati e maglie ampie. Non che mi importasse, ma non avendo una bella figura, mi sentivo a disagio a mostrare il mio corpo, così lo coprivo nel modo più indolore possibile. Se ci penso bene, è la stesso che faccio ora, probabilmente senza volerlo a poco a poco l'insicurezza ha ricominciato a dilagare e sono tornata alle origini.

A Londra, comunque, avevo deciso che dovevo cambiare registro. Anche se lavoravo da sola, almeno nei primi tempi, e il mio capo era tutto fuorché un *dandy* inglese, frequentavo ambienti, i locali LGBT e i concerti di musica alternativa, dove la moda aveva una grossa importanza. Anche le mie poche conoscenze vestivano in maniera curatissima, e non mi erano sfuggiti alcuni sguardi. Non di scherno o disapprovazione, ma quantomeno di blanda compassione. Certo poi il mio lavoro non aiutava. Quando raccontavo di essere una programmatrice, vedevo dietro gli occhi delle mie interlocutrici (tutte rampanti lavoratrici della city o creative a vario titolo collegate con la scena artistica cittadina), l'immagine stereotipata del classico nerd. Magari non andavo in giro con le penne nel taschino della camicia e la calcolatrice scientifica nei pantaloni, ma gli occhiali con la montatura spessa e l'aspetto da sfigata faceva combaciare benissimo la loro idea con quanto stavano osservando. Così avevo iniziato a dubitare di essere nel giusto, e dopo una lunga riflessione avevo deciso che il mio ruolo di programmatrice avrebbe potuto anche esulare dall'aria da nerd sfigata. Avrei potuto avere un'aria da un'intellettuale, una specie di rockstar.

Un pomeriggio in cui mi ero presa una pausa dal lavoro per godermi un raro raggio di sole, vagando per Notting Hill avevo notato in una libreria un poster in bianco e nero che raffigurava una donna dallo sguardo luminoso e penetrante. Ero rimasta quasi un'ora a fissarla da fuori, completamente rapita dalla profondità del personaggio e dal suo aspetto così "giusto". Non avevo la minima idea di chi fosse, ma quella donna con girocollo scuro e giacca di pelle nera mi aveva stregato, e di punto in bianco avevo deciso che sarei dovuta diventare così. Forse meglio dire mi sarei dovuta plasmare a sua immagine e somiglianza. Anni dopo, avrei pensato che vestiva proprio come un'americana che ha visitato il vecchio continente, un modo per screditare il modello e forse idolo, ma allora non pensavo neanche a metterla in discussione. Ero entrata, mi ero informata sul personaggio del poster, che avevo acquistato e venerato gelosamente per anni, appeso in mezzo al soggiorno in una bella cornice, poi avevo comprato tutti i libri disponibili scritti da quella donna dallo sguardo magnetico, che ora sapevo essere Susan Sontag, e avevo iniziato immediatamente la mia nuova vita. Ho ancora quella foto, tutta sgualcita, in fondo all'armadio. Chiara una volta l'ha scovata, curiosando come fa di solito tra le mie cose, e ridendo me l'ha quasi strappata. Io gliel'ho presa di mano, con attenzione, come se cercassi di recuperare le reliquie di un santo dalle grinfie di un bambino dispettoso, ignorando le sue cattiverie. Mi ha preso in giro per mesi, rinfacciandomi che mi comportavo da adolescente, con il poster del proprio idolo rock in camera. Aveva ragione, riguardo all'idolo, ma purtroppo non riesco più a guardare quella foto scattata da Avedon senza provare un dolore profondo. Quella donna, così giovane, intelligente e indipendente, rappresentava qualcosa che avrei voluto diventare, fallendo. Forse ci ero arrivata vicino, ignorando però nel processo chi fossi realmente io, e poi il conto è arrivato. La tengo lì, nascosta, a ricordarmi la mia utopia, e forse nella speranza che quella mente, che anche solo indirettamente aveva cercato di illuminarmi, riesca ora a indicarmi una via d'uscita.

Forte di quell'obbiettivo da raggiungere, avevo iniziato a mangiare pochissimo. Volevo essere magra, anzi magrissima, bevevo litri di caffè da quando mi svegliavo fino a sera, senza contare il vino. Niente più birra. Per qualche motivo che non sapevo spiegare neanche a me stessa, il mio modello non beveva birra, ma solo vino bianco. E, ovviamente, fumavo. John certo aveva influito ad attaccarmi il vizio, ma io lo vedevo come un modo per dimagrire e magari, come bonus, proiettare un'immagine ancora più sofferente e vissuta. Senza considerare che il mio nuovo idolo veniva spesso ritratta con la sigaretta tra le labbra, magari con lo sguardo perso in un qualche pensiero inarrivabile ai comuni mortali, così cercavo sempre di andare in giro con una sigaretta accesa tra le dita, o pendente dalla bocca. John diceva che quando fumavo, aspirando con tutte le mie forze come se fosse dipeso dalla mia vita, sembrava che stessi bevendo un *Margarita* caldo dalla cannuccia. E in effetti aveva ragione. Non ero aggraziata e in fondo non mi piaceva per niente fumare. Senza contare che avrei voluto mangiare fino a ingozzarmi, di notte soffrivo i crampi della fame e cercavo in tutti i modi farmaci per farli passare, senza successo. Ma il personaggio che volevo diventare era così nitido e potente nella mia immaginazione, che non potevo fare a meno di interpretarlo. Così andavo in giro, con ogni tipo di clima, giorno e notte, con la mia giacca lunga attillata di pelle nera, che avevo trovato dopo ricerche estenuanti nei mercatini, il girocollo scuro, jeans scuri e scarponcini neri.

Gli effetti di questa mia trasformazione non avevano tardato a emergere. Io per prima ero più sicura di me stessa, lavoravo meglio e con maggiore impegno, se possibile. John mi aveva iniziato a guardare con altri occhi, quasi con timore e rispetto. Forse per coincidenza, la società aveva prosperato. Avevamo cambiato sede, John aveva affittato degli uffici molto più grandi e luminosi nella city, e nel giro di poco tempo eravamo passati da noi due a una quarantina di persone. Io ero stata messa a capo di un gruppo, dovevo gestire persone, avevo responsabilità che non mi sarei mai sognata. John mi dava praticamente carta bianca, potevo fare quello che volevo, poi alla sera non avevamo perso la nostra abitudine di discuterne, da soli, davanti a un bicchiere di vino, per me, e una birra per lui. Questo mio nuovo ruolo, insieme all'aspetto, mi avevano dato anche una decisa spinta nei gruppi che frequentavo. Ora non ero più considerata la ragazzina nerd venuta dall'Italia, ma una donna affascinante e brillante che si era fatta da sola e che aveva contribuito a creare una delle aziende *high tech* più promettenti della city.

Quasi investita da un nuovo ruolo, non riuscivo a svegliarmi ogni mattina senza pensare con rabbia all'oppressione delle donne nella storia. Ormai mi consideravo importante, e percepivo ogni tentativo di prevaricazione, anche da parte di John, come un'offesa a tutto il genere femminile. Non mancavo mai di far notare a chiunque quanto importanti fossero state certe figure dimenticate come Mary Anning e Rosalind Franklin per il genere umano, e persino nel nostro lavoro, come Ada Lovelace. Incontravo spesso sguardi disperati da parte dei colleghi maschi, ma le ragazze mi fissavano estasiate con gli occhi luccicanti e, incredibilmente, più di una imitava il mio abbigliamento e comportamento, senza dubitare fosse farina del mio sacco. Anzi, si era creato un vero e proprio gruppetto di mie ammiratrici, con il passaparola delle mie colleghe, che mi invitavano a uscire con loro, o addirittura ai loro ritrovi di appassionate di letteratura, a cui partecipavo solo se si leggevano testi di Lou Andreas-Salomé o Simone de Beauvoir.

Allo stesso modo, mi ero completamente staccata dalle musiche che mi avevano tanto elettrizzato ai tempi di Berlino o da quelle dei miei primi tempi nei locali underground di Londra. Pur apprezzando le sonorità che mi circondavano, e perché no, l'atmosfera che riuscivano a creare nei luoghi che frequentavo, le musiche pop e rock dopo un po' mi stufavano, ma soprattutto mi urtava il maschilismo che percepivo da quei ritmi o testi. La musica classica, invece, non mi ha mai stancato, ma anche in questo genere non ero riuscita a evitare di farmi influenzare dalle mie nuove idee. Pur serbando una istintiva preferenza per le esecuzioni di Gould o le intuizioni di Leonard Bernstein, retaggio del mai dimenticato Reiner, mi ero maggiormente orientata verso gusti più consoni al ruolo che mi ero imposta. E così scandagliavo i negozi di dischi alla ricerca di rarissime composizioni di opere di Fanny Mendellsohn, Alma Mahler o Clara Schumann, la colonna sonora perfetta per la mia missione.

Ancora oggi, alla sera, dopo essere tornata dal mio giro notturno o dal cinema, accendo lo stereo e metto uno di quei dischi. Poi mi corico sul divano, spengo la luce e ascolto quelle melodie che raccontano di grandi amori, passione sterminata, a volte sopraffazione ma più spesso talento indomabile. Sono il mio tesoro più prezioso. Li centellino, quasi, timorosa che ascoltandoli troppo a lungo li rovinerei. Purtroppo, non posso condividere questo amore con Chiara. Come molte altre cose di me, lei disprezza apertamente i miei gusti musicali. Chiara, sempre all'avanguardia, è proiettata verso generi musicali nuovi, sicuramente d'effetto, ma che non riescono ad accendere la scintilla del mio interesse, o a scaldarmi l'anima. Non è una questione di differenza d'età, Chiara è solo qualche anno più giovane di me. È proprio un approccio nei confronti del mondo, che io evidentemente ho abbandonato e lei invece abbraccia in ogni sua esternazione, decisa a morderlo e assaporarlo. La mia vecchia io, quella sicura di sé con la giacca di pelle, che incanta e ispira generazioni più giovani, riderebbe di questa mia fragilità, contrapporrebbe con una dialettica violenta le imposizioni della mia compagna. Ma non sono più quella donna, e la mia relazione con Chiara è troppo malata per poter essere sistemata con questo tipo di duelli verbali.

Alzo lo sguardo, naufragato dietro la coltre dei ricordi. Nel buio illuminato dai lampioni, persa nei miei pensieri, sono arrivata quasi senza accorgermene a Brera. Osservo per qualche istante i passanti, le vetrine illuminate dei negozi più chic. Alla fine, non ho ancora preparato le spedizioni per i telefoni. Che ne è stato dei miei progetti di neanche un'ora fa? Cancellati dalla frase di Riccardo? Dopo avermela sputata in faccia, lui se n'è andato, quasi di corsa, diretto verso un suo qualche impegno ma soprattutto lontano da una discussione con me. Io sono rimasta immobile a fissare davanti a me. Sulla porta dell'ufficio, probabilmente richiamati da Serena, osservavo i volti allucinati dei miei ormai ex colleghi. Nessuno osava fiatare. Serena, scomparsa. Neanche Wen era in vista. Osservavo volti conosciuti ma estranei, nessun briciolo di comprensione nei miei confronti ma anzi timore come se fossi stata appestata. Alla fine, dopo un paio di minuti di imbarazzo, si è fatto avanti Stefano, con la sua andatura un po' caracollante, mi ha sorriso tristemente e con l'espressione contrita mi ha messo una mano sulla spalla, non senza aver tentennato, come dubbioso se entrare o meno in contatto fisico con me. In quel momento, anche solo per un istante, ho recuperato la dignità di un tempo. Non ce l'ho con Stefano che, forse investito della responsabilità di vice capo che si è auto affibbiato, almeno ha avuto il coraggio di venire da me e salutarmi. In che modo, impacciato o meno, non importa. No, ho voluto recuperare la mia indipendenza, la carica che irradiavo e che incuteva timore e rispetto. Ho guardato Stefano negli occhi, come se fosse stato non il mio collega immaturo e arrembante, ma la rappresentazione fisica di un sistema a cui non sono mai riuscita ad abituarmi, gli ho tolto la mano, con grazia ma decisa, e mi sono voltata. Non ho voluto entrare, non avevo niente da prendere, se non collezionare silenzi e frasi di circostanza dai più temerari. Serena, non ne ha colpe. È una cara ragazza che pensa soprattutto alla sua vita, si dedica persino al volontariato andando al canile comunale a portare cibo e portando a spasso le povere bestie, o curando il loro sito e gli annunci per tentare di farle adottare. A tempo perso, poi, si interessa, o meglio interessava anche ai casi umani, leggasi prestare attenzione a una vecchia cicciona fallita che lavora nell'ufficio di fianco al suo. Ora che tutto è finito, non può consacrare certo la propria vita a questa attività.

Entro in un bar, decisa a raccogliere le idee e magari ripristinare almeno una parte del mio programma, ordino un bicchiere di vino. Ormai non ci faccio neanche più caso, ma mi affiora il pensiero che una volta avrei attratto più di uno sguardo. Mi siedo, ancora sconvolta per quanto appena successo. A mente fredda, mi dico che è inutile prendersela troppo. Quello che doveva essere è stato, e non poteva andare diversamente. Se Riccardo mi ha licenziato, non è certo perché oggi sono mancata dal lavoro. La "grande opportunità" forse era proprio questo, e non un ridimensionamento delle mie mansioni in ufficio. Come nei film americani, dove chiamano i dipendenti uno a uno in un ufficio e gli dicono che si è presentata una grande opportunità per loro, con cui in realtà intendono la possibilità di impiegare meglio il proprio tempo o sviluppare nuove attitudini in vista di un nuovo impiego. Certo non in quell'azienda, che li sta effettivamente licenziando. Riccardo ha colto al volo l'occasione che gli ho regalato mancando dall'ufficio e rispondendogli non in maniera proprio professionale stamattina. Cacciandomi così, come se ne avesse avuto motivo, gli ha permesso di risparmiarsi la responsabilità di dovermi fare un discorso imbarazzante e penoso. Perché nonostante l'arroganza esposta, è sempre stato un vigliacco, incapace di instaurare una relazione duratura con una persona pur di non perdere l'aura di giovane scapolo.

Sorseggio con calma il vino, mi osservo le mani, che tremano leggermente. Sono veramente scossa, non ero mai stata licenziata prima d'ora, e la sensazione di inadeguatezza, prima ancora che di fallimento, mi getta nel panico, mozzandomi il fiato. Che farò adesso? Ho come l'impressione che da stamattina mi sia allontanata dalla vita reale, così da un giorno all'altro, e che viva in una sorta di bolla, da cui riesco ad avere solo saltuari contatti con altri esseri umani. La Anita di qualche anno fa, quella magra con la sua giacca di pelle nera, non si sarebbe certo trovata in questa situazione, e in caso non sarebbe caduta così nei gironi infernali dell'auto-compatimento. Certo che anche con tutta la mia sicurezza e il mio look, anche a Londra ne ho combinate. Mi guardo la giacca larga, simile a un telo da divano, che uso ora per coprirmi. Almeno non mi vestivo così. Di fianco a me, una coppia si guarda con occhi dolci, sospirando mezze frasi di passione. Si tengono per mano attraverso al tavolo, e si carezzano a vicenda il dorso dell'arto con le dita, in un gesto che sa di tenerezza e unione. Mi viene in mente Debbie, la dolce e brillante dottoressa con cui avevo una relazione a Londra. Anche con lei, a volte, andavamo a bere qualcosa e stavamo così, a guardarci negli occhi e goderci la nostra compagnia.

Debbie era un medico, uno di quelli che lo sente per vocazione e che quando fanno il giuramento di Ippocrate si mettono la mano sul cuore, scoppiando a piangere. Laureata a Oxford, aveva deciso di lavorare in un ambulatorio a Tower Hamlets, dove cercava di tamponare tutti i buchi del sistema sanitario inglese con infaticabile professionalità. L'altra parte delle sue lunghissime giornate era dedicata agli amati studenti in università. Considerava l'educazione delle nuove generazioni di medici una sorta di dovere, ancor più che una missione, e provava in tutti i modi di trasferire i suoi ideali e la forza che la animava a questi giovani che iniziavano la professione. Era sempre disponibile, per tutti, e il suo telefono squillava a ogni ora, che fossero pazienti anziani soli svegliatisi nel cuore della notte perché avevano la tosse, o studentesse che non riuscivano a terminare un paragrafo della tesi. D'estate, dedicava le sue vacanze a missioni umanitarie con Medici Senza Frontiere. Per certi versi, mi ricordava Sabine, la donna che mi aveva tanto colpito a Berlino. Fisicamente soprattutto, con quel corpo morbido e dolce, sempre profumato, i capelli non pettinati ma puliti, naturalmente lucidi e voluminosi. Ma anche per l'inesauribile energia e la passione che metteva nel suo lavoro, con l'idea fissa di migliorare attraverso il suo operato il mondo in cui viveva.

Avevo conosciuto Debbie a un concerto di Devendra Banhart che ero andata a sentire per noia, e stavo aspettando la mia ordinazione al bar. Io ero sola, come al solito. Mi piaceva andare nei locali senza avvisare nessuno, e magari conoscere qualcuno lì, se capitava, sfruttando la strana alchimia che in quel periodo pareva circondarmi. Appena entravo in qualunque posto, immancabilmente attiravo sguardi e interesse, sembrava quasi che fossi un personaggio noto, come un'attrice o una scrittrice. Le persone mi avvicinavano, mi invitavano ai tavoli, a mostre, chiedevano pareri su libri o iniziative. Per qualche motivo che non sono mai riuscita a spiegarmi, ero diventata una specie di volto noto della scena notturna londinese, e me ne compiacevo, attenta a non darlo a vedere dietro uno sguardo annoiato e il fumo di sigaretta. Avevo notato questa donna al mio fianco, dai capelli chiari e la pelle del viso pallidissima, senza un filo di trucco. Portava un ampio maglione scuro e pantaloni di velluto, stretti e scarpe con il tacco, eleganti e assolutamente fuori luogo. Aveva gli occhi chiusi e si appoggiava al bancone con un braccio, come per sostenersi. Mi era sembrata così estranea ai canoni estetici e comportamentali dell'ambiente che la circondava da attirare la mia curiosità e spingermi a osservarla con maggiore attenzione. Era come se la bassa luce delle lampade venisse moltiplicata dalla sua figura, soprattutto dal suo viso, riflettendosi. Irradiava luce. Quando mi ero avvicinata, quasi inconsapevolmente, mi aveva dedicato un veloce sguardo e un sorriso di cortesia, caldo e distratto. Colpita da quella luce, da quella figura dall'aspetto così fragile, ma che trasmetteva una vitalità palpabile, mi ero presentata. Lei aveva accolto con dolcezza la mia intrusione, e io mi ero persa in quegli occhi attenti e profondi, quasi liquidi. Quasi senza accorgerci, avevamo iniziato a conversare, interrotte solo dalle sue conoscenze che erano venute a cercarla e che aveva liquidato con cortesia, o dalle urla della folla. Il concerto non ci interessava più, anzi era diventato un sottofondo fastidioso al desiderio di ognuna delle due di conoscere l'altra. Così avevamo trascorso la serata entrando e uscendo dai locali, in cerca di uno spazio che potesse contenere la nostra brama, attratte quasi fisicamente dalle nostre anime. Infine, come sazie delle parole, ci eravamo rintanate in un cinema d'essai semi deserto a guardare un vecchio film di Hitchcock. Quella notte avevo dormito da lei, e pochi giorni dopo, con naturalezza e senza che nessuna delle due dicesse niente o chiarisse la situazione, avevamo iniziato a vivere insieme nel suo appartamento.

Il nostro era un rapporto dolce e pieno, trasparente, come questa coppia al mio fianco. Certo, c'erano asperità, dovute soprattutto alla nostra diversa visione del mondo. Io vedevo il mio lavoro con una sorta di egocentrismo. Il mondo era per me un campo aperto da far esplorare e conoscere ai miei algoritmi, ma soprattutto volevo fare in modo che le macchine riuscissero a vederlo come volevo io, quindi come me, senza pensare al pregiudizio che stavo includendo nel processo. O forse era proprio quello che volevo, come mi rinfacciava appunto Debbie.

"Sei così sicura di essere nel giusto, pensi sempre che il tuo punto di vista sia l'unico possibile! È agghiacciante, mi terrorizza questa cosa! Come può non venirti spontaneo almeno domandarti se sia corretto o meno infilare tutte queste tue certezze nelle tue reti neurali?"

Ogni volta che affrontavamo l'argomento, finiva sempre su questo discorso. La terrorizzava l'eventualità di un mondo governato da algoritmi, il cui funzionamento non era del tutto chiaro neanche a chi li aveva creati, ma che in qualche modo avevano determinato il loro funzionamento decidendo su quale input dovessero imparare a conoscere il mondo.

"Ma cosa dici? È inevitabile! È come pretendere di guardare il mondo in terza persona, e non in soggettiva. Come chiederti se questo vino sia oggettivamente buono o cattivo, non se ti piaccia o meno."

Lei scuoteva il capo, non potevo convincerla con questi trucchetti dialettici. La questione era lì, sotto i suoi occhi, e non si capacitava di come eludessi la domanda.

"Ma non capisci a cosa questo possa portare? Parlate di riconoscimento dei volti, in aeroporto, nelle città, per renderle più sicure, cose da film di fantascienza. Dareste queste banche dati alle polizie del mondo, e se ci fossero errori? Qui non parliamo della possibilità di riconoscere un gatto o un cane in una foto, qui parliamo della vita delle persone. E se per caso il vostro software non fosse allenato contro una certa minoranza etnica? Pensa per esempio alla difficoltà che hanno dei caucasici a riconoscere un volto orientale, e viceversa. Pensa per esempio, qui da noi, o anche oltreoceano, ai pregiudizi che ci sono verso alle persone di pelle nera. E se questo pregiudizio si trasferisse al software? Hai idea del disastro che stai contribuendo a creare?"

Io facevo spallucce. Mi sembravano idiozie.

"Basterà far addestrare il software in maniera corretta e trasparente, tutto qui."

Non vedevo il problema, ma questo non le bastava.

"Tu parli di usare questi programmi anche in sostituzione dei giudici, per accelerare e rendere più equi i processi. Hai idea di cosa possa significare questo? E se voi, sviluppatori del programma, non voleste rivelare gli algoritmi, sotto *Copyright*, che permettono a questi programmi di funzionare in un certo modo, la gente come farebbe a fidarsi? Ma che dico la gente, i politici o la magistratura stessa, come farebbe ad accettare queste soluzioni? Magari potreste dimostrare che funziona, ma come si potrebbero stabilire gli errori? Anche uno sarebbe di troppo, ricorda."

Era disperata, ridotta alle lacrime, e la compativo come una che si rifiutasse di accettare il progresso e per la sua incapacità di ammettere i limiti dell'intelletto umano. La osservavo con atteggiamento di superiorità. Il denaro e il successo non mi interessavano, ma era vero che comunque avevo un atteggiamento aggressivo, di conquista, verso il mondo.

Mi guardo intorno, cercando di catalogare lo spazio intorno a me, come farebbe uno dei tanti programmi che ho sviluppato. Qui un tavolo, lì un bancone, là delle bottiglie, il barista. Ha la barba, ma ormai non sarebbe un problema, verrebbe riconosciuto con barba, baffi occhiali e probabilmente maschera da clown in testa. Chissà chi aveva ragione. Non saprei, ora ho abbandonato questo tipo di problemi, e mi sembra assurdo non riuscire più a ricordare da dove mi venisse la sicurezza nell'affrontarli con tanta leggerezza. Forse dovrei proprio chiamare Adam. Guardo l'ora. Dovrebbe essere a casa, a studiare. Anche in questo, non mi ha mai criticato. Anzi, anche lui è appassionato di programmazione, e nonostante la sua giovane età ha già numerosi progetti e collaborazioni su *GitHub*[6]. È veramente bravo, lungimirante e sicuramente riuscirà a migliorare il mondo in cui gli è capitato di nascere. Un po' come Debbie. Lei era la negazione dell'egoismo, lottava per la parità di diritti sociali, l'eguaglianza e il miglioramento delle condizioni di vita per i più poveri, che fossero a Londra o in Yemen. Non avevamo una relazione come con Chiara, dove mi sembra di perdere la testa ogni volta che sbatte le palpebre, ma era un rapporto alla pari, stimolante e sempre fresco. Mi amava, nonostante non condividesse il mio operato e le mie idee, e io non sono mai riuscita ad apprezzarlo fino in fondo.

Non so perché, ho mandato a monte tutto.

Forse il mio problema è che ho bisogno di amare qualcuno che mi faccia sanguinare, o che mi gratifichi disprezzandomi. Chi lo sa, non ho mai sentito la necessità di andare in analisi. Probabilmente perché ero così convinta di me stessa da non pormi il problema che forse avrei potuto comportarmi diversamente. Adam mi ha sempre dato ragione, anche in questo. Chissà perché non mi ha mai criticato. Forse per paura che non voglia più sentirlo? Sarebbe terribile, ma temo non sia troppo distante dalla realtà.

"Ma tu sei come sei. Non puoi sforzarti di comportarti diversamente! Fai la pace con te stessa, accettandoti, e vedrai che riuscirai essere più felice."

Avrei proprio bisogno, ora, di sentire quelle parole.

Avevo avuto una storia, seppur breve, con John. Lui si era sempre più attaccato a me, probabilmente affascinato dal mio nuovo personaggio, mentre la moglie docente con figli al collo doveva aver avuto un impatto negativo sul suo entusiasmo sessuale nelle mura domestiche. Sapevo che aveva avuto qualche breve flirt in ufficio, persino con una del mio gruppetto di seguaci, che si consideravano una generazione di donne nuove, predatrici e non vittime del maschilismo dominante. Dal canto mio, mi sentivo l'unica giudice di me stessa, vate della moderna tecnologia e voce di generazioni di donne straordinarie che avevano creato la nostra società, quindi non consideravo il tradimento a Debbie come limite morale. Quantomeno, non applicabile a un indomabile spirito libero come ormai mi ritenevo. Inoltre avevo sempre avuto un legame molto stretto, di amicizia profonda, con il mio capo, che ritenevo un mio pari e non un superiore. Lo avevo sempre stimato per l'acume intellettuale e l'audacia nelle scelte, e forse avevo persino fantasticato su una nostra relazione.

Una sera, dopo avermi confidato che un'azienda del settore, di primissimo piano, da miliardi di dollari di fatturato, sarebbe diventata nostro partner, sull'onda dell'entusiasmo mi aveva baciato. Passionale, maldestro e puzzolente di sigaretta. Si era staccato quasi subito scusandosi, imbarazzato, e mi aveva giurato con gli occhi rigati di lacrime che si era innamorato di me e si era lasciato trascinare dall'entusiasmo. Era davvero mortificato, e avrebbe fatto qualunque cosa per rimediare a questa violenza. Io invece avevo riso e avevo ricambiato il bacio. Avevo la mia giacca di pelle, la mia incrollabile sicurezza, ero padrona del mio corpo, e così eravamo finiti a letto insieme.

Non era certo la prima volta che andavo a letto con un uomo. In quel periodo londinese avevo avuto delle storie, per curiosità o stima, persino ubriachezza. Non era una cosa che cercassi in maniera particolare, perché non mi gratificava particolarmente, e con John ancora meno. Forse per una questione di odore, o proprio per la fisicità del rapporto in sé. Però mi piaceva il fatto di non venire mai giudicata per le mie abilità amatoriali, anzi. Non da Debbie, certo. La cara, dolce Debbie non aveva mai osato farmi una critica. Però, con tutta la perfezione che circondava il nostro rapporto, l'intimità era oggettivamente un aspetto traballante. Eravamo troppo cerebrali, l'una nei confronti dell'altra, forse troppo cariche di aspettative, per lasciarci andare al benessere del contatto fisico. Eravamo rigide, dolci ma trattenute, almeno così lo percepivo. Lo facevamo perché bisognava farlo, ma non ne traevamo piacere. Ne avevamo anche parlato, diverse volte. Soprattutto a tavola con amici, o dopo aver bevuto. Chiedevamo conforto, magari qualche consiglio, ma ne ricavavamo solo sguardi imbarazzati e occhiate di rimprovero. Comunque, nonostante la mia palese inabilità a procurare piacere, stranamente comune alla donna a cui mi ispiravo, ho sempre avuto un appetito sessuale piuttosto sviluppato. E il fatto che fossero gli uomini ad essere sulle spine per cercare di far di tutto perché stessi bene, permettendomi di rilassarmi e non pensare a niente, mi aveva reso più facile il fatto di lasciarmi andare e finire a letto con John. Lui, poi, era ancora più imbranato dei miei precedenti partner, e questo mi aveva consentito di assumere un ruolo di superiorità che mi inorgogliva e al tempo stesso inteneriva. Questa sensazione, mai sperimentata prima, mi aveva commosso e quando, una settimana dopo, lui mi aveva proposto di ripetere l'esperienza, avevo acconsentito con piacere.

Lancio ancora un veloce sguardo alla coppia. Con buona pace di mia nonna, non posso evitarmi di invidiarli. Invidio quell'atmosfera di intimità e serenità, il calore dello sguardo e la complicità che traspare dai loro gesti. Ordino un altro bicchiere di vino. Ho perso il conto di quanti ne ho bevuti oggi, ma a parte la parentesi con i totani fritti, non sento effetti preoccupanti. Certo, anch'io ho avuto la possibilità di assaporare quell'esperienza con Debbie. Ma chissà perché, quando la si vive in prima persona fa tutto un altro effetto. Mi capitava di trovarmi con lei, esattamente in quella posizione, e guardarla negli occhi, ricambiata dal suo amore, mi dicevo che dovevo essere felice e invece dopo un po' mi stufavo, guardavo gli altri divertirsi. Quasi invidiavo persino una persona che leggeva un libro in solitudine, pensando a cosa mi stessi perdendo, alla libertà negata e ai compromessi che dovevo accettare. Senza rendermi conto che non c'era nessun compromesso. Facevamo entrambe una vita incredibilmente attiva, stavamo insieme pochissimo, e anche in quei momenti spesso venivamo interrotte da una telefonata, per cui Debbie doveva accorrere da qualche parte anche nel pieno della notte. Non riuscivo a vedere la mia fortuna, pensavo solo a quello che temevo mi mancasse.

Ora che mi ritrovo a marcire nella solitudine, non riesco a staccare gli occhi da una coppietta che si guarda con dolcezza. Certo, se fossi con Chiara sarebbe un altro discorso. Non mi stuferei certo e non avrei occhi che per lei. Ma Chiara non si metterebbe mai in questa situazione. Intrecciare la mia mano sopra a un tavolo? In un luogo pubblico, davanti a tutti, con l'eventualità di negarsi una conquista? Si farebbe scuoiare piuttosto. In primo luogo, non sarebbe *cool*, quindi non pubblicabile su *Instagram*. E poi lei non è tipa da smancerie. Le piacciono i rapporti vivi, freschi, aperti, non esclusivi o melensi.

Ecco, come diceva sempre la cara nonna, chi ha il pane, non ha i denti. Solo che in questo caso io non ho né pane, né denti. A proposito di pane, controllo la situazione di Chiara sul suo account. Sembra essersi calmata, ora, mentre noto una quantità di messaggi preoccupante da parte di *elleLove*. Il tono è cordiale, e non sembra cercare la rissa con gli altri utenti, ma è il numero dei commenti a stupirmi. Sembra quasi voler marcare il territorio con la sua presenza virtuale. Giusto per passare il tempo e non pensare alle mie disgrazie, do un'occhiata ai vari forum. Idiozie, inutilità, cose di cui posso fare benissimo a meno. Ho deciso, ora la chiudo con questi forum e stasera metto in vendita tutti i telefoni. Basta, avevo il mio programma per cambiare la mia vita, e anche se non riuscirò a metterlo in pratica come avrei desiderato, farò comunque dei cambiamenti. Non ritroverò lo slancio che avevo a Londra, ma potrò ricrearmi comunque una vita.

Mi ritorna in mente di nuovo quel periodo londinese. La mia storia con Debbie, la relazione con John. Sono stati mesi travolgenti, quasi frenetici.

L'associazione con il nuovo partner, con i finanziamenti se ne erano seguiti, aveva portato al terzo trasloco della nostra società nel giro di sei anni. Quale suo braccio destro, John mi aveva coinvolto in ogni particolare, dalla scelta del nuovo immobile all'organizzazione e gestione dello spostamento. Avevo molte più responsabilità, un gruppo di venti persone che testavano le mie intuizioni, ma soprattutto avevo appena sviluppato un'idea che lui voleva usare come base per una *startup* tutta nuova, da integrare alla sua, ma indipendente. Insomma, eravamo sulla cresta dell'onda. Anche grazie ai nuovi introiti, John aveva rinunciato al suo progetto umanitario di diffusione della conoscenza informatica. Ormai era diventato una macchina da soldi, e io non mi ponevo problemi. Non avevo mai avuto l'afflato divino di cambiare il mondo. Mi bastava esplorare la mia, di conoscenza, e trovare soluzioni nuove a problemi che si andavano via via presentando. Il nostro rapporto professionale andava a gonfie vele, e anche intimamente avevamo raggiunto un equilibrio. Il problema, da parte mia, era che avevo iniziato ad avere dei dubbi su questa relazione. Non tanto dal punto di vista morale, ero fiera della mia indipendenza e libertà, la mia giacca di pelle e la mia magrezza testimoniavano la granitica solidità del mio personaggio, e mi continuavo a dire che non avevo nessun motivo per sentirmi in colpa, ma allo stesso modo non credevo fosse giusto mentire a Debbie. Per onestà intellettuale, soprattutto, visto che nei miei sproloqui di fronte a pubblici adoranti predicavo la forza della realtà e della sincerità, e anche per lei, che in fondo non se lo meritava.

Così una domenica mattina, dopo una notte passata a rivoltarmi nel letto, inseguita nel dormiveglia da immagini delle donne che tanto ammiravo e soprattutto cercavo di emulare, le avevo rivelato tutto. Prima di colazione avevo pensato di mettermi la mia giacca, giusto per recuperare almeno una parte della sicurezza di cui mi circondavo, ma alla fine avevo pensato che mi sarei resa ridicola e basta. Così avevo preparato dei toast con marmellata e del tè, poi mentre Debbie affondava felice i denti nel pane la fissavo torva, torcendomi le mani e mordendomi le labbra. Alla fine, esausta, glielo avevo detto.

Era stata una scena penosa, che non mi aspettavo minimamente. Non che mi figurassi un abbraccio sorridente o un ballo intorno al tavolo, ma in quei mesi insieme avevamo vissuto un rapporto molto maturo e aperto, senza ipocrisie (almeno da parte sua) o screzi velenosi. E soprattutto ci consideravamo persone aperte, intelligenti e anticonformiste. Quindi mi sarei aspettata magari una reazione di rabbia, non violenta ma di confronto verbale anche acceso, e poi forse anche una bella risata. Lei invece aveva lasciato cadere il toast e abbassato la testa, tremando, per poi mettersi a piangere disperata. Mi ero sentita un verme. Dall'alto della mia arroganza, avevo pensato di potermi comportare come meglio credevo, magari giustificando il mio pensiero con alcuni dubbi esempi di donne del passato che tanto stimavo. Non avevo considerato i sentimenti della persona a cui volevo bene, e mi ero comportata in modo immaturo, irresponsabile. Avevamo trascorso quella giornata abbracciate, piangendo e parlando fino a diventare rauche, e a sera le avevo detto che l'amavo, cosa che mi ero sempre guardata bene dal dirle, e che avrei interrotto la mia relazione con John.

Forse lo credevo realmente, in quel momento.

Come si fa a capire quando si dice "Ti amo" se si sta dicendo qualcosa che si pensa veramente o se esce una parola forse simile, ma dettata da un sentimento travolgente che non si sa come altro esprimere? Sempre dopo, ci si rende conto della realtà. Debbie mi aveva baciato la bocca, la fronte, le palpebre, come se non avesse aspettato altro dalla sua vita. Anche lei mi aveva detto quella parola, una volta, mentre camminavamo mano nella mano a Hyde Park. Al mio silenzio e al mio sorriso di circostanza si era contratta, colpita, ma non aveva più affrontato l'argomento. Quella sera, alla mia esternazione, erano esplosi tutti i suoi sentimenti, repressi fino ad allora. Mi ero sentita ancora più in colpa e, forse, almeno per quell'istante, l'avevo amata ancora di più.

Quando, il giorno dopo, a seguito di una delle sempre più rare nostre riunioni serali, John mi aveva chiesto di andare in albergo, lo avevo osservato con freddezza.

Stimavo John, dal profondo del mio cuore. Aveva creato dal niente una società che era diventata in pochi anni uno dei principali nomi nell'analisi di dati, con finanziamenti milionari e partner imponenti. Era tutto merito della sua mente visionaria e del suo entusiasmo irrefrenabile e anche io, quello che ero diventata, ero merito suo. Mi aveva preso da una sconosciuta azienda milanese e mi aveva portato lì, mettendomi in una posizione che non avrei mai sognato di raggiungere. Però in quel momento lo stavo vedendo sotto una luce diversa. Avevamo bevuto un po', è vero, come nostro solito, e alla luce bianca delle lampade dell'ufficio, i suoi occhi, già spiritati di suo, mi sembravano quasi da malato, con le pupille ridotte a due spilli e la sclera che quasi inghiottiva l'iride. La bocca era aperta, atteggiata quasi a un ringhio lussurioso, e le labbra erano lucide, ricoperte da un leggero strato di saliva. Ancora un po' e mi ero aspettata che si mettesse a sbavare. Nelle mie intenzioni, avevo ritenuto più semplice indorare la pillola spiegandogli che avevo raccontato tutto a Debbie e che avremmo dovuto smettere di vederci, nonostante la fortissima stima che provavo per lui. Non pensavo sarebbe stato mio dovere, in fondo il nostro era prima di tutto un rapporto professionale, mentre ritenevo quello privato irrilevante, ma non avrei voluto risultare villana o troppo aggressiva dicendogli semplicemente no. Invece in quel momento avevo avuto un moto di ribrezzo così forte, che alla prospettiva di andare a letto con lui mi ero ribellata con violenza. Mi ero alzata con una smorfia di disgusto e gli avevo urlato di vergognarsi e andare da sua moglie, invece di continuare a importunarmi, che ero già abbastanza schifata al ricordo di quello che avevamo fatto insieme e alla vista della sua bava.

Questo avrei potuto evitarmelo. A ripensarci, non mi ero comportata in modo molto diverso da come fa normalmente Chiara con me. E a riconferma di ciò, vedo al telefono innumerevoli post di lei immortalata in varie posizioni con la sua amica, davanti a un tramonto mozzafiato.

Infatti, John non l'aveva presa bene. Si era ricomposto, asciugandosi la bocca con la manica, un po' imbarazzato e contrariato, e se n'era andato. Pensavo che sarebbe stata semplicemente una parentesi, che io e lui fossimo legati da un'amicizia e stima così profonde che questo fatto non avrebbe inciso sul nostro rapporto. Io ero tranquilla, forse un po' pentita dalla mia reazione, ma sicura di me stessa e da quello che credevo un rafforzato rapporto con la mia compagna. Ero convinta di amarla e che avremmo passato la vita insieme. Anzi, tornando a casa, sollevata e felice, fantasticavo persino sulla possibilità di adottare dei bambini o di fare una fecondazione, lei magari, e di comprare casa insieme. Progetti di vita, forse fantascientifici, ma che mi sembravano a portata di mano.

Invece, da quel momento in poi, tutto aveva iniziato a sgretolarsi.

7

Pago e esco nell'aria gelida, frastornata. La via è ancora più movimentata di prima. Rombo di motori, clacson, gente che passa oltre. Guardo il cielo, nero, senza stelle né nubi, scuro come le mie prospettive di vita. Il mio occhio è catturato da un'ombra su un tubo pluviale, esattamente sopra di me, uno di quelli a "S" che si collegano alla grondaia e passano sotto il cornicione del tetto. Guardo meglio, mettendo una mano sulla fronte come se fosse un binocolo. L'ombra sono in realtà una coppia di volatili, piccioni, che stanno appollaiati là sopra, attaccati uno all'altro per proteggersi dal gelo. Emetto un sospiro di sollievo e mi guardo intorno ai piedi, colta da un attacco di panico improvviso.

Cartacce, sporcizia, merda.

"Almeno non sono moribondi."

Mi commuove l'idea di quelle due creature che se ne stanno là, una quindicina di metri sopra la mia testa, a condividere la loro vita, senza stress da licenziamento. Mi chiedo come facciano a dormire, così in bilico, ma immagino abbiano i loro sistemi.

"Saranno un maschio e una femmina?"

Non ho la minima idea delle abitudini sessuali dei piccioni, ma sono quasi certa sia una coppia etero.

Qualche passante si volta fissandomi, incuriosito da questa cicciona che guarda in alto e parla da sola. Mi irrita destare maggiore interesse della coppia di piccioni in alto. Li guardo con rabbia.

"Ma non vi chiedete cosa stia osservando? Non avete neanche la minima curiosità?"

Il mio alito pestilenziale deve raggiungerli assieme alle parole, perché allargano gli occhi e si dileguano in un istante. Decido di lasciar perdere, ma sono folgorata da un'illuminazione.

"Perché non cercare Martina su internet?"

Forse il mio programma non sarà completamente rovinato. Posso sempre contattare la mia vecchia compagna di classe e parlarle, chissà, magari rimpiangerà anche lei l'occasione sfumata. Con le mani tremanti, camminando lentamente rasente al muro, inserisco nel motore di ricerca il suo nome. Curiosamente, non l'ho mai fatto in tutti questi anni, benché mi sia più volte venuta in mente. Certo non con questo proposito. Dall'agitazione, il telefono quasi mi scappa di mano. Se finisse per terra, sarei rovinata. Questi soldi mi servono per l'affitto, devo ricordarmi di metterlo in vendita immediatamente insieme agli altri, così per un po' di tempo sono a posto. Chissà poi quanto mi dovrà dare Riccardo di arretrati? E non c'è una liquidazione? Non mi sono mai occupata di queste cose, ho sempre intascato lo stipendio senza fare domande, ma non me la sento di andare in ufficio e affrontarlo. Proprio per niente. Vedrà lui quanto sarà la mia parte. In fondo ho contribuito in maniera sostanziale a creare quell'azienda, avrò ben diritto a qualcosa, o no? In piena confusione, decido di trovare un bar in cui sedermi e poter cercare Martina con calma. Mi guardo intorno, ma non ho la minima idea di dove mi trovi. Da qualche parte a Brera, forse vicino alla Pinacoteca. Mi infilo in un locale che non sembra eccessivamente affollato, prendo un bicchiere di vino e mi rifugio in un angolo. È dura cercare qualcuno che si conosce su internet, ci sono un sacco di omonimi, e non ho la minima idea di come sia diventata adesso. Se qualcuno dovesse cercare me, probabilmente non mi riconoscerebbe. Soprattutto se avesse in mente la Anita dei tempi di Londra. Comunque, spulciando tra i profili su *Instagram*, riesco a trovarla. Appena vedo la foto, in mezzo a una decina di altre, ho un tuffo al cuore. È proprio lei, non è cambiata moltissimo, forse più magra, certamente più curata. È carina, molto migliorata da quando eravamo adolescenti. Mi si scaldano le gote, inizio ad ansimare. Vuoto il bicchiere e ne ordino un secondo. Al diavolo, di questo passo mi berrò la vendita di almeno due telefoni. Ricevo un numero di imprecisato di messaggi, da parte di Chiara, qualcosa sul fatto che stasera va a cena in un posto bellissimo con gente vip o a vedere un *vernissage* importante. Stronzate, non ho voglia di leggerli con attenzione o cercare di capire cosa stia facendo.

È proprio Martina, scorro le foto e la vedo in una serie di pose di lei sorridente, con i figli, il marito, altre donne. Ed è proprio diventata carina. Adesso porta i capelli lunghi, con una pettinatura abbastanza curata ed è anche più ricercata nell'abbigliamento. Si è proprio fatta donna, e non sembra avere un tenore di vita basso. Chissà che impressione avrebbe, se mi vedesse in una serie di foto. Tremo all'idea di essere così esposta alla curiosità della gente, bevo un sorso di vino per calmarmi. Fortuna che nel mio account non pubblico mai niente, lo tengo solo per seguire le giravolte di Chiara. E poi, a chi mai verrebbe la curiosità di guardare le mie foto? Forse a Adam, ecco, quando vorrebbe avermi vicina. Me le chiede spessissimo, infatti.

"Dai, Anita, mandami qualche tua foto!"

Lo so che quando facciamo una videochiamata salva gli *screenshot*, che poi conserva da qualche parte nel suo computer o telefono, infatti faccio sempre in modo di essere in ordine, quando ci sentiamo. Ma mandargli mie immagini, volontariamente, non ci penso neanche. Gli ho inviato una volta una mia foto vecchia, del mio periodo d'oro. Me l'aveva scattata Debbie in un locale. Lì ero venuta bene, mi piace quella istantanea. Ma non sembro neanche io. Ero veramente io quella donna sicura, magra e arrogante? O la vera me stessa è quella che vedo riflessa negli occhi di chi mi compatisce?

Presa da un'improvvisa bramosia, mi metto a leggere la lista di commenti sotto le foto di Martina. Ha tanti amici, gente che le vuole bene, non vedo le zecche che si attaccano ai post di Chiara, prima fra tutti *elleLove*. Si vede che la mia vecchia compagna di classe non è il tipo da cercare *follower*. Usa le reti sociali per restare in contatto con le persone care, non per cercare visibilità. E poi sono tutte foto carine, pulite, neanche una in cui ci sia un ammiccamento o uno sguardo malizioso. Cene con amici, tanti viaggi in giro per il mondo. Ma soprattutto, non c'è quell'autocompiacimento nello scattare una foto, quella ricerca dell'effetto facile come fa Chiara, per esempio, postando istantanee banali, simili a cartoline. I suoi soggetti sono paesaggi stupendi, certo, ma come se ne vedono a migliaia su internet o nelle agenzie di viaggio. Il peggio poi è quando si fissa su un soggetto e passa tutto il tempo a catturare istantanee di variazioni sullo stesso tema . C'è stato il periodo delle porte, di tutti i tipi, meglio se colorate, di legno e malmesse. Poi è passata ai numeri delle case, di ogni forma e colore, anche lì con spiccata predilezione per i ruderi. Come se lei ci potesse mai vivere in un posto così. Ipocrita, fotografa quei soggetti, decantandone il fascino senza tempo e quasi rammaricandosi di non poter stare in quelle condizioni, e poi la sua casa è la fiera del consumismo targato rivista d'arredamento. C'è stato anche il periodo dei vasi, insopportabile. Mi irrita da morire quando fa così. Certo, sempre meglio di quando vuole acchiappare *like* e mostra gambe, tette e culo neanche fosse una velina in cerca di pubblicità. Ritorno all'inizio della pagina di Martina e avvicino il volto allo schermo per osservarla meglio, cercare dettagli, prove che possano giustificare un'invasione della sua privacy. Le farà piacere ricevere un mio messaggio? E se non volesse? Mi consola notare che lo sguardo sia sempre lo stesso di una volta, penetrante ma insondabile, con quegli occhi stretti, a fessura, che le hanno sempre permesso di osservare il mondo senza esporsi. Come se guardasse da uno spiraglio tra gli scuri chiusi di una finestra.

Il numero di persone intorno a me continua ad aumentare e il loro vociare, che prima avvertivo come un fastidioso sottofondo, è diventato insostenibile. Mi gira la testa, assalita dalla rabbia e dall'impotenza, batto una manata sul tavolo, attirando più di qualche occhiata. Basta, decido di contattarla. Purtroppo il mio *nickname* è anche qui *StarLuc*, che idee ho. Chissà perché non ho potuto lasciare il mio nome vero. Ora devo spiegare chi sono e non sono proprio nella condizione mentale per descrivere in maniera esaustiva la situazione. Scrivo e riscrivo il messaggio, ancora e ancora, finché non ne posso più. È come se il mio cervello non riuscisse a decodificare la realtà che lo circonda. Ho dei pensieri, ma non sono certa di affidarli alle parole giuste. Anche gli oggetti che mi circondano, so cosa sono, ma non riesco a dargli un nome, o almeno non con precisione. È come uno dei miei programmi, che definiscono ogni oggetto tracciando una linea di demarcazione tra vero e falso, e stabilendo una certa probabilità affinché quell'oggetto sia da una parte o dall'altra. Niente è sicuro, solo probabile, e si definisce una risposta in base all'accuratezza dell'algoritmo. Che poi funzioni, questa è magia. Il problema è che io non sono un algoritmo, sono confusa, forse ubriaca, e non ho nessun grado di accuratezza su cui basarmi. Questo davanti a me credo con una certa sicurezza che sia un bicchiere, gli darei un settantacinque percento di probabilità, ma solo perché mi ricordo di averlo ordinato. Lo stesso con la sedia su cui sono arenata. Ma cosa posso dire a Martina? Che sono sola e ricordo che qualcosa come trent'anni fa eravamo molto unite? Se si ricorda quando ci siamo prese per mano? No è molto più di così, ma come definire qualcosa che mi ha scaldato l'animo con parole che non siano "pesce", "infiltrazione" o "matita"? Ora ho solo un gran casino in testa. Un programma non sa cosa sia una mela. Deve definire l'immagine di una mela differenziandola da, che so, un macchina, in base a una serie di esempi che gli do io e su cui lo alleno per un certo periodo. Ma non ha la minima idea di cosa sia l'oggetto mela. Io lo so, so, o penso di sapere, cosa sia l'amore, eppure in questo momento mi vengono in mente solo parole sconclusionate, assurde. Cosa faccio, cosa faccio?

Alla fine, decido di mandarle un messaggio in cui le scrivo semplicemente chi sono.

"Ciao Martina ti ricordi di me? Sono la tua vecchia amica Anita Arnoni."

Ci rifletto su qualche minuto, poi aggiungo il mio numero di telefono.

"Nel caso ti venisse voglia di chiamarmi."

Appoggio il telefono sul tavolo, con cautela, respirando affannosamente mentre fisso lo schermo bianco. Mi sembra di aver recuperato un minimo di lucidità, il disordine mentale che mi offuscava la mente si è diradato, forse. Ordino un bicchiere, l'ultimo me lo giuro solennemente, di vino e torno a fissare lo schermo inanimato del telefono. Quanto tempo dovrò passare così? Mi risponderà? Sono le sei del pomeriggio, a quest'ora starà tornando a casa, o forse è in palestra. A quanto ho visto, ha iniziato a curarsi, con quel fisico farà della ginnastica, magari insieme ad alcune amiche. Pilates, yoga, sa il cielo cosa fanno le donne oggigiorno. A me basta il tragitto ingresso-divano-cucina-letto, in ordine sparso.

"Questa non risponde. Cosa faccio adesso?"

Sento l'ansia montare velocemente. Per come la vedo in questo momento, Martina è la mia ultima chance di mettere a posto la mia vita. Licenziata, senza prospettive, la mia compagna a Roma con chissà chi. Cosa sarà di me domattina? Una notifica mi fa sobbalzare, quasi butto il cellulare per terra nella fretta di prenderlo.

"Non mi rispondi? Sei ancora al lavoro? Mi spiace tanto per stasera, ma domani rimediamo, ho una sorpresa per te!"

Seguono diverse righe di emoji.

Chiara. La delusione quasi mi fa piangere. Non ho alcuna voglia di sentirla, ora. E se non le rispondo immediatamente, quella raddrizza le orecchie e si mette a tampinarmi. Il guinzaglio deve essere sempre corto e ben tirato, non può lasciarlo andare per essere sempre nel pieno controllo della situazione. Non le rispondo e rimetto il telefono sul tavolo, di fronte a me. Certo, fossi ancora con Debbie non sarei ridotta a questa situazione. Altro che Chiara.

Dopo avermi perdonato, eravamo tornate alla nostra vita, felici come prima. Anzi, di più. Io ero veramente convinta di amarla, e non sentivo più quelle sgradevoli fitte di insoddisfazione quando eravamo insieme. Eravamo così felici che avevo iniziato a ventilarle la possibilità di comprare una casa insieme, o addirittura adottare un bambino, come nelle mie fantasie la sera che avevo rifiutato John definitivamente.

"Con tutti i tuoi contatti, ne conoscerai di bambini bisognosi, no?"

Debbie aveva sgranato gli occhi, felice, e mi aveva abbracciata. Però non aveva detto niente, e io avevo lasciato cadere l'argomento. Forse non se la sentiva, o forse glielo avevo detto troppo all'improvviso. Nei giorni successivi avevo iniziato a struggermi, divorandomi le unghie e rigirandomi nel letto. Con Debbie facevo finta di niente, e lei lo stesso con me. Il clima in casa era normale, ma non proprio, come se ci fosse stata una sottile tensione, un irrisolto che ci teneva all'erta. E poi faceva tardi, quasi ogni sera, come se avesse cercato di evitarmi apposta. Non mi sentivo di aver fatto niente di male, anzi. Le avevo proposto, io, dall'alto della mia presunta superiorità nel nostro rapporto, un salto di qualità, e lei reagiva così?

Non c'è niente di peggio che essere convinti di avere il controllo della situazione e poi sentire che questa sguscia via tra le mani, come un pesce freddo. Posso capire Chiara, davvero. Non ce l'ho con lei per come si comporta, alla fine rifletto solo l'astio che ho verso me stessa, nel vedere come mi sono comportata anni prima.

Con John, i nostri rapporti si erano bruscamente raffreddati, pensavo fosse offeso, o solo imbarazzato. Comunque non erano problemi miei. Anche in quella relazione umana, ero convinta del mio potere e della mia indipendenza, e poi mica mi sarei dovuta sentire obbligata ad andare a letto con lui per mantenere la serenità in ufficio?

Dopo quasi due settimane, Debbie mi aveva chiesto di trascorrere un fine settimana assieme, a Parigi. Anzi, mi aveva proprio invitato, aveva già prenotato volo e albergo.

"Sole noi due."

Mi aveva guardato con aria civettuola, sorridendo. Non eravamo mai andate insieme in un posto più lontano di Brighton, prese com'eravamo dalle nostre attività, così nonostante gli impegni in ufficio avevo accettato con entusiasmo. Al momento dell'imbarco, aveva tirato fuori il suo telefono, tutta fiera, e lo aveva spento, mostrandomi con cura cosa stesse facendo.

"Per questi due giorni, sarò irraggiungibile."

"E i tuoi pazienti? Come farai?"

"Tutto a posto, se ne occuperà la mia collega."

Era stata una giornata indimenticabile. Non avevamo quasi neanche fatto le turiste. Avevamo vissuto la città, come se avessimo abitato lì da sempre, passeggiando per le strade, lungo la Senna, fermandoci nei caffè, sempre abbracciate. Avevamo parlato, eravamo state in silenzio, ci eravamo raccontate segreti, e in quegli istanti sentivo di amarla come non avevo mai amato nessuno. Ci tenevamo per mano, e ci eravamo persino scambiate un paio di baci, a nostro agio, nonostante gli sguardi di curiosità e forse riprovazione. Eravamo noi, le luci, e la nostra felicità.

Quanto darei per poter vivere una situazione del genere con Chiara. Sorrido, so già cosa mi direbbe mia nonna.

Dopo una cena a lume di candela, Debbie mi aveva guardato con intento e aveva tirato fuori dalla borsa due voluminose cartellette, che mi aveva messo con attenzione davanti.

"Cos'è?"

Lei mi aveva fatto segno di aprirle, emozionata, con le gote leggermente arrossate e le labbra umide. Le avevo aperte, assolutamente ignara di cosa potessero contenere. In una, c'erano diverse foto di una casa, una villetta con giardino, proprio a Londra, a Ladbroke Grove, quartiere che lei adorava. Nell'altra, foto di un bambino bendato, primi piani delle sue braccia magrissime, deturpate da tagli e da una flebo. Avevo mischiato le immagini, continuando a guardarle, prima una e poi l'altra, infine ero scoppiata a piangere. Debbie si era alzata ed era corsa ad abbracciarmi, baciandomi sulla testa, ridendo e piangendo, dicendo frasi sconclusionate, felice e frastornata. Io avevo continuato a singhiozzare, incurante degli sguardi che stavo attirando. Gemevo e abbracciavo Debbie, che tremava per la felicità.

"Come sono felice, amore mio! Sapevo sarebbero piaciuti anche a te!"

Io tacevo, poi l'avevo fissata negli occhi. Lei aveva programmato tutto, e io non mi riuscivo a capacitare della voragine che mi si era aperta dentro. La vista di quella casa, e soprattutto di quel bambino, per quanto toccante, mi avevano gettato nel panico. Volevo rimettermi la mia giacca e fuggire via da lì, immediatamente.

Il telefono inizia a vibrare, illuminandosi. So che sta suonando, ma in mezzo alla confusione ne percepisco solo le oscillazioni attraverso il tavolo.

Giungono al mio braccio, su fino al gomito, dove mi stuzzicano fastidiosamente i nervi. È un rumore che odio, mi ricorda la notte, quando vengo strappata dal sonno, artigliata con rabbia e trascinata in un mondo buio e freddo. Ostile, soprattutto, in cui sono obbligata a leggere le piroette emotive di Chiara. Lo afferro e senza neanche guardare il numero me lo porto all'orecchio, senza fiato.

"Pronto?"

"Anita."

Per qualche strana ragione mi aspettavo di sentire la voce di Riccardo, desolato, che mi chiedeva scusa e mi diceva di passare domani in ufficio, come al solito.

Ma non è la sua voce, c'è una donna, dall'altro lato.

"Martina?"

"Sì, sono io. Come stai?"

Non sembra entusiasta di sentirmi. A dire il vero, non la sento granché bene. Colta da un attacco di panico, scatto in piedi e corro verso l'uscita, facendomi largo tra la ressa come neanche un *Running Back*[7].

"Ciao!"

Prendo fiato, sparandomi fuori ho rischiato di volare a faccia in giù, e ora tengo una mano sul ginocchio, piegata in due, aspirando grosse boccate d'ossigeno nella speranza di non farmi sentire dalla mia interlocutrice.

"Tutto bene? Mi sembra che tu abbia problemi a respirare."

"No… no, tutto a posto. Grazie. Ero solo in riunione e sono dovuta uscire. Per questo sentivi il chiasso."

"Ah, ecco. Ma ti disturbo?"

Mi tiro su di scatto.

"No, no. No, assolutamente. Ti ho scritto io!"

"Ma che sorpresa! Come mai, dopo tutto questo tempo?"

A disagio, mollo un calcio a un ciottolo, ma è in realtà un sanpietrino messo male, che non si sposta. Una fitta atroce sale fino al ginocchio, su fino allo stomaco. Spero di non essermi rotta il piede. Trattengo un guaito.

"Ma no, sai com'è. Stavo facendo una ricerca per delle cose, e casualmente sei apparsa tu, e allora ho pensato, perché non scriverle. Dopo tutto questo tempo."

Non riesco a stare ferma, zoppico avanti e indietro mentre cerco di inventarmi una parvenza di dignità.

"Mmh."

Non sembra convinta, così cerco di distrarla. Ma dov'è finita la mia giacca di pelle? A parte il fatto che ora riuscirei a coprirci solo un braccio.

"E allora, dimmi, come te la passi? Dopo tutto questo tempo!"

"Normale. Sai, le solite cose. Mi sono sposata, ho avuto dei figli. Cose così. E tu, la grande Anita, cos'hai combinato?"

Percepisco dell'astio trattenuto.

"Ah, che bello! E come si chiamano, i tuoi figli intendo?"

Silenzio.

"Perché? Cosa ti interessa sapere come si chiamano i miei figli?"

Il carattere di Martina non è certo migliorato. È sempre stata tagliente e asciutta, ma ora è diventata forse anche un tantino crudele.

"No, beh, se te lo chiedo, vuol dire che mi interessa. Comunque scusa, se non vuoi dirmelo non c'è problema."

"Non ci vediamo da più di trent'anni, non sai niente di me, e ora te ne vieni fuori che ti preoccupi di sapere cose private della mia vita? Bah, mi sembra strano. Allora che vuoi?"

Inutile girarci intorno, con Martina. Meglio affrontare la questione e togliersi il peso. Oggi non sono proprio in forma, hanno ricominciato a farmi male le gambe ed è tornata quella sensazione di peso allo stomaco. Tutto vorrei fuorché vomitare mentre sono al telefono con lei. Inoltre, vedo un vicolo cieco in fondo a questa conversazione.

"Allora, niente, volevo sentirti, sapere come stavi."

"Sto bene."

Non mi rende facile le cose, però.

"Ah, ecco. Niente, ti ho pensato e speravo che magari, se ti andava, che so, avremmo potuto vederci, ecco."

"Vederci? E perché?"

Ricomincio a camminare in cerchio, a disagio, sperando che il movimento e l'aria fresca mi permettano di assimilare l'alcol o qualunque cosa si ritrovi ora nel fondo del mio stomaco.

"Ma sì, se ti andava. Tutto qui."

Un sospiro, pesantemente accentuato.

"Quando?"

Mi blocco, tiro su la testa, dolori e malessere improvvisamente scomparsi.

"Anche subito. Cioè, intendo, dipende dove sei, ecco."

"Io lavoro in centro, dalle parti di Cordusio."

"Ah, allora siamo vicine. Io sono a Brera, se vuoi ci vediamo qui!"

"Ma non eri in riunione?"

Mi mordo le labbra, con forza, fino a sentire il sapore dolce del sangue.

"Sì, no. Certo, ero in riunione, ma intendevo un aperitivo con i miei colleghi. Ogni tanto facciamo delle riunioni così, informali, sai. Quelle cose tipo "casual Friday", ah, ah. Ora è finita e stavo andando a casa, ma se vuoi ci vediamo per un saluto veloce."

"Va bene, dimmi dove e tra mezz'ora sono lì."

Mi giro di scatto e strizzando gli occhi cerco di mettere a fuoco l'insegna. Le ripeto il nome, sperando non mi chieda l'indirizzo, e ci salutiamo. Quasi mi metterei a saltare di gioia.

Finalmente una cosa mi va bene! Non posso credere che sia stato così facile.

Non voglio pensare al tono freddo e ai rimbrotti. È sempre stata un po' così, spigolosa, Martina. Magari era in ufficio e non poteva parlare. D'altronde, se mi ha chiamato, sarà anche solo un minimo interessata a me. Mi ributto nel bar, dove presa dall'entusiasmo mi faccio servire qualcosa per calmarmi. Mentre aspetto che arrivi la mia ordinazione, una ragazza carina di fianco a me accenna un sorriso, come di saluto. Non mi sembra vero, è come se fossi tornata indietro di dieci anni. La nebbia dei ricordi e dell'alcol mi getta in una stato d'animo instabile, mi sembra di sognare e, come avrei fatto anni prima, raccolgo il mio bicchiere. Mi giro con studiata lentezza e con passo sicuro, a gambe strette, mi avvicino alla mia nuova conoscenza, guardandola fissa e cercando di non ciondolare eccessivamente. Non ho una sigaretta, se no avrei aspirato con forza, rilasciando un denso sbuffo di fumo da cui emergere. Rimedio con un mezzo sorriso arrogante e, almeno nelle mie intenzioni, affascinante. È il momento di riprendere a fumare. Mi fermo molto vicino a lei, forse le cose stanno iniziando a girare per il verso giusto.

"Ciao, come va? Hai per caso una sigaretta?"

La mia interlocutrice allarga gli occhi, un po' tesa. Non capisco quale possa essere il problema, è stata lei a sorridermi. Mi appoggio al bancone, attenta a non mancarlo, e le sorrido, rassicurante. Cerco di trasmetterle il mio pensiero attraverso occhi languidi, "va tutto bene, bella, siamo nel ventunesimo secolo, in una grande città europea cosmopolita. Ora due donne possono parlarsi senza paura". La ragazza tira fuori velocemente una sigaretta, che prendo con studiata calma, continuando a fissarla. A Londra, quando facevo così, si scioglievano senza possibilità di scampo. È una tecnica studiata e ben rodata. Proprio mentre distolgo lo sguardo da lei per cacciarmi la sigaretta in bocca, la ragazza mi supera e abbraccia con entusiasmo un tipo alto, che nella foga mi urta con forza, quasi buttandomi a terra.

"Ehi!"

Inizio a protestare, sdegnata, ma i due sono già scomparsi tra la gente. Resto lì, come una scema, a fissare la massa organica di esseri umani muoversi, parlare e socializzare. Sono sdegnata, mi viene in mente *elleLove*. Chi si crede di essere quella intrigante impicciona? Glielo faccio vedere io. Semi sdraiata sul bancone, tiro fuori il telefono e mi metto a commentare ogni sua frase, anche pesantemente, dicendo quello che penso di lei. Ignoro il correttore automatico della tastiera e scrivo a raffica, appena vedo il suo nome, aggiungo un commento con insulti e minacce. Non tento neanche di controllarmi. Alla fine, esausta, mi raddrizzo. Così impara a fare la gelosa con la mia compagna.

Mi viene tuffo al cuore. Martina! Corro fuori ed eccola lì, che guarda l'orologio. Provo come un getto caldo salirmi dallo stomaco e infiammarmi il viso. Le vado incontro, forzandomi di non correre. È proprio all'ultimo minuto, quando sto per abbracciarla, che mi rendo conto che non è da sola. C'è una donna, di fianco a lei. Rigida e con le labbra sottili, strette. Mi guarda con orrore, come se fossi stata un orso bruno emerso dalla boscaglia pronto ad aggredirle. Martina, invece, mi mette a fuoco ed estende il braccio destro.

"Ciao Anita, questa è Roberta."

Non posso fare altro che fermarmi e stringerle la mano, a rispettosa distanza, la sigaretta spenta che mi pende dalle labbra. Non oso immaginare il mio aspetto, ma a giudicare dall'espressione delle due donne davanti a me, non dev'essere granché. Mi ero detta che avrei dovuto sistemarmi i capelli, specchiandomi nella vetrina, ma poi sono corsa dentro a bere per darmi una calmata, c'è stato un disguido con quella dentro e mi sono completamente scordata di farlo.

Si vede che vengono dal lavoro, sono vestite in maniera curata, forse un po' troppo seria. Roberta ha un tailleur grigio scuro, triste ma di qualità, e un girocollo di lana. Odio i girocollo, io li portavo morbidi, come perfetto compendio della mia giacca, ma Roberta no, la vedo che mette il girocollo per coprirsi, per non mostrare al mondo rapace la sua preziosa pelle d'avorio e le sue tette secche come prugne. Martina almeno è un po' meno compressa, sempre elegante e discreta, magari banale, ma non così rigida e trattenuta. È solo seria, la cara, vecchia Martina. Entrambe hanno una bella figura, magre e con la gonna che mostra gambe abbastanza sinuose. Cerco di non perdere l'entusiasmo, e sorrido nel modo più caloroso possibile.

"Piacere, ciao! Chi l'avrebbe mai detto, eh?"

Le due si scambiano uno sguardo che sa di compassione e insofferenza, poi tornano a fissarmi. Martina ha uno sguardo freddo, rigida. Certo, non che sia mai stata una gran simpaticona, di quelle che sono sempre al centro dell'attenzione e danno pacche sulle spalle, ma mi sarei attesa almeno una reazione, nel vedermi dopo così tanto tempo. Possibile che sia ancora arrabbiata per averle soffiato la notorietà a sedici anni? Non ci posso credere. Roberta è la sua degna compagna. È peggio di un tavolo d'acciaio, severa e lucida. Dietro quegli occhietti nascosti da grandi occhiali colorati, sta formulando una serie di giudizi su di me, pronta a sputarli alla sua amica alla prima occasione. Anzi, non vede l'ora che me ne vada solo per poter soffiare le cattiverie che ha già sulla punta della lingua neanche fosse un crotalo.

"Allora, cosa volevi dirmi?"

Potrei dire qualunque cosa. Innanzi tutto vorrei chiedere il motivo per cui si sia fatta accompagnare da quella specie di arpia. E poi sapere che lavoro fa, se è soddisfatta, e il motivo per cui è così fredda con me, magari finalmente come si chiamano i suoi bambini, perché sì, mi interessa, e poi infine, non so, vorrei, appena creata un minimo l'atmosfera giusta, sapere se anche lei ha provato quella sensazione, tanti anni fa, quando ci siamo prese per mano. Lo so che l'ha provata, non c'è bisogno che me lo confermi, ma voglio sentirmelo dire. Certo, davanti a Roberta, la vedo dura. Magari questo è solo un primo approccio, ci possiamo rivedere. Mica dev'essere tutto risolto ora, nel giro di dieci minuti. Inizio a rilassarmi. Sì, questo è solo un inizio, non devo avere fretta.

"Te l'ho detto, volevo vederti, salutarti, sapere come stavi. Una volta eravamo molto amiche, e mi sembrava brutto far finta di niente. A te non sembra un peccato, dimenticare una vecchia amicizia?"

La guardo con occhi acquosi, supplichevoli, tenendo sotto controllo nello stesso tempo le reazioni della sua compagna. Mi sembra di essere all'esame di terza media, di fronte a un plotone di professori immobili, con scritta a caratteri di fuoco la loro opinione su di me ancora prima che riesca ad aprir bocca. Roberta fa dei movimenti strani, inspirando platealmente con il naso e atteggiando la faccia in una smorfia di disgusto.

"Martina, ma non senti questo odore terribile?"

La mia amica annuisce senza cambiare espressione. Non si volta neanche dalla sua parte per non staccare gli occhi da me, come se si tenesse pronta a scattare in caso mi venisse in mente di abbracciarla.

"Sì, d'alcol."

Mi sento mancare. Non ci avevo pensato! Puzzo così tanto? Mi guardo intorno, facendo la vaga.

"Magari qualcuno ha rovesciato il suo bicchiere, c'è tanta di quella gente, qui!"

Non sembrano convinte. La cosa mi irrita, parecchio. Cosa sto facendo qui? Che speranze avevo? Di incontrare Martina e iniziare una storia su una stretta di mano trent'anni fa? Che lei avrebbe lasciato la sua famiglia e io avrei sistemato così la mia vita?

Il sorriso idiota mi muore sulle labbra e appoggio le mani ai fianchi.

"Martina, posso chiederti una cosa? Mi sembri contrariata. Perché sei venuta, se devi tenere questo atteggiamento? Potevi dirmi che avevi da fare e la cosa sarebbe finita lì."

Non risponde, continua a fissarmi immobile. Gli occhi di Roberta, invece, si sono allargati leggermente. Forse per la sorpresa, o l'indignazione.

"Io ti ho contattato perché in questi anni ti ho sempre pensato. Ok, non mi sarò mai fatta sentire, ma non l'hai mai fatto neanche tu. E allora? Dopo tanto tempo è un peccato voler rivedere una vecchia amica? Se sì, ripeto, bastava dirmi che non ne volevi sapere. Tutto qui."

La lingua mi si è sciolta, finalmente. Forse non andrà come avrei voluto, ma sento fluire il sangue nelle mie vene. Come poche ore fa, prima di incontrare Riccardo, quando tutto mi sembrava possibile e guardavo con ottimismo al mio futuro. Finalmente Martina apre bocca.

"Non lo so neanch'io. Curiosità, forse nostalgia. Avevo visto una tua foto di qualche anno fa e volevo vedere di persona com'eri cambiata."

Questo mi manda fuori di testa. Al diavolo lei e Roberta.

"Beh, mi hai visto. E come avrai notato, non c'entro niente con quella foto che hai scovato chissà dove. Sono cambiata di nuovo e mi piaccio molto di più così."

Ho il fiatone, mi rendo conto di sputare, mentre parlo. Roberta fa un passo indietro, schifata dalla pioggia e dal fetore che mi esce dalla bocca. Mi spiace un po', per lei. Avrei voluto fare una migliore impressione, entrare a bere qualcosa, un cappuccino magari, parlare amichevolmente al tavolo. Anche del più e del meno. Mi spiace davvero, ma non posso fare a meno di fermarmi.

"Non vuoi dirmi come si chiamano i tuoi bambini? Bene, tientelo per te! Devi stare lì a giudicarmi, con quella faccia? Scusa, ma ho di meglio da fare io. Speravo di poterti incontrare, parlare dei vecchi tempi e forse far rinascere un'amicizia, ma mi sono sbagliata."

Mi volto finalmente, decisa ad andarmene. Noto che intorno a me qualcuno si è fermato a fissarmi, incuriosito. Oggi ho dato veramente spettacolo, direi che basta così. Mi viene in mente *elleLove*, è da un po' che sento vibrare il telefono. Immagino siano lei e Chiara che mi riprendono per aver osato interferire nel loro rapporto. E poi che ardire, definire Chiara la mia compagna! Così, davanti a tutti! Poi non so cosa mi prenda, forse l'alcol ha veramente preso il controllo del mio corpo, dopotutto. Mi volto, rabbiosa.

"E ti dico un'altra cosa, se proprio vuoi saperlo."

Roberta ormai non esiste più per me. Ho perso ogni tipo di remora, sento che mi stanno per uscire parole che non dovrei dire, ma sono lì, che spingono, irresistibili.

"Ho continuato a pensare a quel giorno, quando abbiamo vinto il premio di matematica. Ricordi?"

Dov'è Adam quando ne ho più bisogno? Afferro il telefono attraverso la tasca dei pantaloni, nella speranza di sentirlo vibrare per una sua chiamata, come se potessi distinguerla dalle altre.

"Ti ricordi, siamo uscite da scuola, siamo state insieme tutto il pomeriggio."

Sto supplicando, manca poco che mi metta in ginocchio. Le due mi osservano. Roberta, disgustata, Martina con il viso impassibile. Gli occhi un po' più larghi del solito, però. Forse potrei far breccia nel suo cuore, forse questa è davvero la mia occasione, anche se non è come me l'ero immaginata. Però, che bello questo posto, chissà perché non ci vengo mai. La strada lastricata, i tavolini all'aperto, a pochi metri le meraviglie della Pinacoteca. Nel cuore di Milano, città che ho sempre disprezzato, un'atmosfera così intima e piacevole. E io cosa faccio? Urlo davanti a tutti, ubriaca e sull'orlo del pianto. Dov'è finita la vecchia Anita?

"Ricordi? A un certo punto ci siamo prese per mano, vero? Non hai provato una sensazione?"

Le mostro una mano. La destra? La sinistra? Non me ne rammento, ma una mano è una mano, non importa quale.

"Sento ancora quel contatto, bruciante."

Sfrego il palmo della destra, delicatamente, con i polpastrelli della mano sinistra, come se fosse irritato e sensibile.

"Sono stata l'unica a provarlo? Per anni mi sono portata nel cuore questo ricordo, la notte, quando mi sentivo sola, me la toccavo, sollevata dalla presenza di questa sensazione, sempre con me. È vero, sono passati trent'anni e siamo cambiate, io più di una volta. Certo, non è che mi senta bene così, ma almeno sono io, almeno credo. Quando conoscevo qualcuno speravo di rivivere quella sensazione, avevo la mano sempre lì, pronta. Forse è anche successo, una volta, ma non è stato come con te. È stato meno dolce, più pungente, come quando vai a fare l'esame del sangue, vedi la siringa, con l'infermiera che ti disinfetta il braccio e tu lo sai che sta per arrivare, poi te la sventola davanti agli occhi mentre borbotta che non riesce a trovare la vena e tu pensi 'cacciamelo dentro e basta', e poi la sensazione dell'ago che entra nella vena, quel pizzicore intenso dell'acciaio che penetra nella carne, violandola. È stato bello all'inizio, ma non era quello che cercavo. Cercavo amore, non sofferenza, e quello è stato ed è tutt'ora. Anzi, non so neanche io cos'è, ormai. Ma davvero, credimi, io sono sempre stata convinta che quel periodo che abbiamo vissuto, quando eravamo amiche, culminato con quel tocco quasi casuale delle nostre mani, sia stato qualcosa di importante e vero. Forse chiamarlo amore è riduttivo, non so, ma è certamente stata la sensazione più forte che ho provato nella mia vita."

Non so che mi è preso. Non sto più parlando a loro, ma a me stessa. Solo che dovrei farlo a casa, sul divano. Magari al buio, in modo da non rendermi conto di cosa sto facendo. Non certo in centro a Milano, in mezzo a qualche decina di persone che credono stia recitando una poesia e davanti a una vecchia compagna di classe. Dio, perché Adam non mi chiama e mi libera da questa miseria? Alzo lo sguardo, le due donne sono sempre lì, si sono strette l'una all'altra, quasi spaventate dal fiume di parole condito da vapori etilici. Martina apre la bocca, come per dire qualcosa, e fa un passo verso di me, allungando un braccio. È strano, è come se il tempo fosse rallentato, passano diversi secondi prima che riesca a sentire il contatto della sua mano sulla spalla. Quando arriva, sussulto.

"Ho sempre avuto un caro ricordo di te, della nostra amicizia. È stata veramente importante per me. Ti invidiavo, anzi a volte odiavo, per la tua intelligenza. Ti riusciva sempre così facile tutto, io invece dovevo faticare anche solo per capire cosa stessi dicendo. In questi anni, ho seguito le tue peripezie, i tuoi successi, mi arrabbiavo a vedere come eri cambiata. Dalle foto che trovavo su internet sembravi arrogante, strafottente, con quel sorriso sempre stampato in faccia. Quando mi hai chiamato, ho avuto un tuffo al cuore."

Mi abbraccia, dolcemente.

"Cosa ti è accaduto?"

Mi metto a piangere e ricambio l'abbraccio, stringendola con forza. Il contatto con il suo corpo mi calma e libera dalla tensione. Piango, per non so quanto. Roberta e la strada, il bar, la notte, neanche i piccioni, non esiste più niente, solo io e Martina. Mi fa così bene venire compatita. È stata Martina, ma poteva essere chiunque con un minimo di pietà umana. Mi riprendo e mi stacco da lei, dolcemente. La guardo negli occhi, scorgo compassione e tristezza, persino disponibilità. Prima, quando l'ho toccata, non ho sentito niente. Non ho bisogno di farlo, ma le prendo la mano, gliela accarezzo. È caldissima, morbida e ben curata, come tutto in lei. La sua pelle ha un buon profumo, di pulito e fresco, nonostante la giornata lavorativa. Da ragazzina non era così. Mi guarda. La sua espressione è più dolce, ora, quasi materna. Torce la testa leggermente, come per osservarmi da un'altra angolazione, mi sistema una ciocca di capelli e poi mi accarezza col dorso dell'indice la guancia. Quanto mi fa bene questo contatto, questo calore, ma non sento niente. Nessun bruciore o pressione al cuore. Non è questo di cui ho bisogno, e neanche lei, in fondo. La curiosità è stata dissipata, ora potrà anche andare a casa, soddisfatta al pensiero che l'amica che aveva invidiato per tutti questi anni sia ridotta a un rottame alcolizzato. Peggio di così non poteva vedermi e un regalo più grande non potevo farglielo. Arriverà a casa, svolazzando come una farfalla, poi a cena si troverà con il suo innominato marito e i suoi innominabili figli e dirà: "Sai la mia compagna di classe del liceo, Anita. Te ne ho parlato, no?". Lui, atletico e con i capelli leggermente brizzolati, annuirà, masticando con gusto il riso indiano che si sono fatti portare a casa e si verserà un bicchiere di acqua frizzante. Uno dei bambini, il maschio, urlerà: "Anch'io, anch'io!", Martina gli scompiglierà i capelli ridendo e continuerà: "Mi ha chiamato, oggi pomeriggio e ha insistito per vedermi. Mi è venuto un colpo, devi vedere com'è ridotta, puzzolente d'alcol. Fa paura.". Lui sorriderà all'altro figlio, la femmina, e farà il mimo di un mostro che sbuca da sotto il tavolo. Rideranno tutti di gusto, e la loro vita continuerà, forse più leggera e felice.

Le accarezzo la spalla brevemente.

"Ciao Martina, grazie. È stato bello."

Rivolgo un breve cenno a una sconvolta Roberta, mi volto e mi incammino. All'improvviso mi colpisce un pensiero e torno velocemente sui miei passi. Mi avvicino a Martina, che mi guarda stupita.

"Anch'io ho un figlio, si chiama Adam."

Le sorrido e la saluto con la mano.

8

Il fine settimana a Parigi si era rivelato un incubo. Debbie si figurava la nostra vita in una villetta, con bambini e forse cane scodinzolante. Io mi immaginavo fughe dall'albergo nel cuore della notte, magari calandomi dalla grondaia, poi chiedere a John di trovarmi un lavoro da qualche parte, Honk Kong o Stati Uniti, e scomparire per sempre da quella situazione. Non so cosa mi fosse successo, ma nel momento in cui Debbie mi aveva mostrato i suoi progetti di vita, che avrebbero dovuto combaciare con quanto io stessa le avevo detto, avevo capito che non era quello che volevo. Anzi, era proprio l'unica cosa che non volevo. E la sofferenza più grande era che in questo modo il nostro rapporto, da meraviglioso e solare, era diventato una grande bugia. Alla fine, non ero scappata e non mi ero cercata lavori in altri continenti, ma qualcosa in me si era rotto.

Nelle settimane successive, infernali, avevo trascorso quanto più tempo possibile in ufficio, cercando al contempo di evitare John. La sua freddezza aveva iniziato a corrodermi, ed ero assalita, anzi dilaniata, da dubbi di tutti i tipi. Poi, quando tornavo a casa, cercavo di non stare sola con Debbie, invitandola sempre fuori a cene con amici, concerti o al cinema. Qualunque cosa, pur che tenesse quei dannati fogli lontano da me. Non ero più la stessa. Avevo sempre la mia fida giacca di pelle e il mio girocollo, ma era come se non facessero più effetto. Le mie amiche mi domandavano se non avessi qualche problema, affermando che avevo lo sguardo sfuggente, gli occhi segnati e anche la mia postura, in genere sicura e spavalda, studiata per risultare sensuale, era cambiata. Mi ero ingobbita, camminavo rasente al muro e cercavo di evitare la gente, persino il gruppetto di mie seguaci in azienda. Anche il mio lavoro ne aveva risentito. Non riuscivo ad applicarmi con quella devozione e creatività che mi avevano sempre contraddistinto. Trascorrevo ore a fissare lo schermo del computer sputarmi una serie di parole scritte in un codice che mi risultava improvvisamente estraneo, senza riuscire a muovere un dito. Per fortuna John non aveva l'ardire di avvicinarmi, quindi se non altro riuscivo ad evitare rimproveri per il mio scarso impegno, ma credevo davvero di essere a un passo da un esaurimento nervoso.

Pensavo che non avrei mai avuto la forza di oppormi agli eventi. Non avevo detto niente a Debbie, non avevo compilato o firmato moduli, ma ero sicura che lei stesse procedendo come uno schiacciasassi verso il suo obbiettivo. La cara, dolce Debbie si era rivelata una forza della natura, un maremoto di fronte al quale non ero riuscita a opporre la seppur minima resistenza. Poi una mattina John era apparso alla porta del mio ufficio. Era un ufficio fantastico, enorme, con tre lati finestrati e un'incantevole vista sul Tamigi. Lo spettacolo della Londra pulsante sotto di me, soprattutto di sera, non mancava mai di consolarmi, facendomi dimenticare anche solo per un istante le mie angosce. Era dal mio rifiuto che John non si arrischiava a presentarsi al mio cospetto, non avevamo più neanche fatto le nostre riunioni serali con birra e vino. Così, quando l'avevo visto, mi ero stupita. Quel mattino, sembrava molto più sicuro di sé. Mi guardava fisso negli occhi e si era piazzato al centro dell'ufficio, a gambe larghe, immobile. Gli avevo chiesto se ci fosse qualcosa di cui voleva parlarmi e lui aveva urlato un nome, con arroganza da capo.

"Kevin!"

Avevo guardato verso la porta, ed era apparso un ragazzo alto e magro, che aveva sorriso ed era entrato a passi svelti, molto più corti di quanto le sue lunghe gambe suggerissero. Ero rimasta senza fiato. L'avevo seguito con lo sguardo scivolare in silenzio sul parquet finché si era fermato davanti a me. Mi sembrava di essere al cospetto di un dio pagano, e stavo quasi per inginocchiarmi. Lui aveva allungato il braccio nella mia direzione e a malapena ero riuscita a stringergli la mano, alitando il mio nome.

"Anita."

Tempo dopo, ripensandoci, avevo compreso l'atteggiamento di John. Imbarazzato per quanto era successo tra noi, aveva evitato di incontrarmi per tutto questo tempo, struggendosi e soffrendo in silenzio per le sue personalissime pene d'amore. Improvvisamente, si era accorto del mio cambiamento che, nella sua ingenuità, aveva creduto fosse dovuto a un mio ripensamento. Secondo lui, io mi ero accorta di essere innamorata di lui e come una tredicenne mi ero rinchiusa nella mia depressione, mordendomi le unghie per l'occasione persa. Nel suo egocentrismo, mi credeva pentita di averlo rifiutato e incapace di recuperare la mia vita, ormai a pezzi. Ma lui, magnanimo, voleva farmi recuperare la fiducia in me stessa perduta, così mi aveva affidato un aiutante, un genio dell'informatica di nome Kevin, che avrebbe fatto il mio lavoro mentre noi avremmo vissuto appieno la nostra storia d'amore.

Per me, tutto questo non esisteva. Niente esisteva, oltre a Kevin. E nei giorni successivi, avendocelo sempre vicino, mi ero scordata anche dei motivi che mi avevano portato alla depressione.

Kevin era effettivamente un genio, un ragazzo appena uscito dal suo dottorato e approdato al cospetto di una promettente azienda *high tech*. Avevamo subito legato e insieme eravamo andati ben oltre quello che si era augurato quello stolto di John. Estasiata dalla vastità della sua mente, ero riuscita a superare lo shock della sua incredibile bellezza e avevo creato un legame intellettuale che mi appagava più di qualunque contatto fisico. In pochi mesi, avevamo ideato una piattaforma innovativa, a disposizione di chiunque per un utilizzo semplice e intuitivo dell'apprendimento automatico. Era stato un lavoro immane, creato in pochissimo tempo non solo grazie alla competenza del ragazzo, ma anche alle sue conoscenze, migliaia di programmatori conosciuti sui forum di settore, entusiasti e instancabili, che lavoravano come muli in cambio del loro nome come collaboratori in un progetto *open source* che secondo tutti noi avrebbe cambiato il modo di affrontare la realtà. Le chiavi d'accesso all'intelligenza artificiale, disponibili a chiunque, anche a chi non ne sapeva niente di programmazione. Qualunque entità, singolo ricercatore o anche privato cittadino, avrebbe potuto accedere al nostro sito, presentare il suo problema, caricare i propri dati, e con un processo piuttosto intuitivo darlo in pasto a una serie di algoritmi che avrebbero fatto le previsioni desiderate. La struttura era formata, le idee solide, eravamo tutti al settimo cielo, e io ero tornata quella di una volta.

Debbie, accortasi del mio accanimento al lavoro, doveva aver messo in pausa i suoi progetti, e John, al corrente delle nostre idee, aveva accettato un po' freddamente, forse preoccupato degli inattesi sviluppi. Io avevo sempre il portatile in mano e mi facevano male le dita da quanto scrivevo, ma la vicinanza di Kevin riusciva a farmi scordare ogni fatica. A lungo andare, anche il nostro legame intellettuale aveva iniziato a non bastarmi più. Ero un carnivoro vorace e insaziabile, e avevo iniziato a desiderare sempre più il suo contatto, la sua pelle profumata, il suo sguardo profondo che mi bucava il cranio. Tutto in lui alimentava in me un fuoco inestinguibile. Poi, era successo quello che doveva succedere e avevamo iniziato una relazione.

A mia discolpa, posso dire che, nonostante la mia età, non avessi molta esperienza. O meglio, mi ero sempre affidata ad altri. Sì, certo, sapevo come organicamente funzionassero queste cose, avevo letto e visto e tutto. All'atto pratico, però, quando si era lì, a letto, non avevo mai pensato che bisognasse fare qualcosa o che avrei dovuto organizzarmi. Era un'eventualità totalmente estranea ai miei pensieri, come se andare a letto con una persona e fare un figlio fossero stati due atti totalmente diversi, come giocare a pallavolo e andare al cinema. Nessuno si preoccupa di portare il pallone per andare a vedere un film, sono proprio due cose diverse.

Da parte sua, Kevin forse è stato un po' impulsivo, per non dire sprovveduto. Lui aveva sempre chiarito, sin dall'inizio, di essere innamorato di me. Me lo aveva detto la sera stessa che mi aveva baciato, davanti allo schermo del suo computer, dopo essere riuscito a risolvere un problema che ci aveva tenuto bloccati per una settimana. Mi aveva detto di amarmi e che avrebbe desiderato fare un figlio con me. Così, all'improvviso. Io lo avevo baciato, ridendo e senza darci peso. Quando lo aveva ripetuto anche in altre circostanze, avevo sempre pensato che fossero frasi dettate dall'entusiasmo e dalla giovane età, anche se in realtà avevamo solo pochi anni di differenza. E persino mentre facevamo l'amore mi sussurrava nelle orecchie che per lui era un atto riproduttivo, più che un piacere fisico, che voleva proprio fecondarmi, insomma, ma io stupida non avevo creduto che intendesse realmente quanto stava dicendo. Sì, vedevo che ci metteva una certa foga, e in fondo non trovavo del tutto spiacevole l'atto grazie a questo suo impegno, però pensavo fosse dovuto al suo scompiglio ormonale, così lo abbracciavo intenerita. Ero attratta dalla sua bellezza da togliere il fiato e dalla sua mente eccezionale, ma non ne ero innamorata. In realtà, non pensavo neanche che fossimo legati da un qualche tipo di rapporto sentimentale. Eravamo colleghi e avevamo una relazione fisica abbastanza soddisfacente, per me il discorso finiva lì.

In realtà Kevin pensava veramente quanto mi continuava a ripetere. Voleva riprodursi per davvero e non prendeva alcuna precauzione. Io, beh, pensavo che sapesse cosa stesse facendo, quindi non mi ponevo il problema e nella mia ignoranza, ero convinta che i bambini si facessero in altro modo.

Poco tempo dopo, il pancione che cresceva a vista d'occhio indicava a tutto il mondo quanto superficiale fossi stata.

Cammino nelle strade illuminate sotto un cielo nero. Non so bene dove mi trovi in questo momento, o dove sia casa mia, cerco di orientarmi grazie a vaghi ricordi, frammenti che ogni tanto mi appaiono nella mente come flash dal passato, molto rovinati ma in qualche modo informativi. Un palazzo dalla forma familiare, un ristorante di fronte a un'aiuola, l'insegna impolverata di un barbiere. Non so se per l'alcol o cosa, ma ho l'impressione che le pareti delle case siano curve, il marciapiede inclinato e le luci dei lampioni sembrano volteggiare nell'aria come le luminarie di una festa di paese in balia del maestrale. Qui e là immagini di altri luoghi in cui ho vissuto si sovrappongono alla mia esperienza attuale, tanto che a tratti non riesco bene a comprendere se sto sognando o sono sveglia. Poi un rumore di gomme che stridono sull'asfalto, fortissimo e a poca distanza da me. Mi copro le orecchie, accucciandomi, e vengo investita da un insistente suono di clacson seguito da una raffica di insulti che mi riportano alla realtà. Alzo la testa e scorgo i fanali posteriori di un'auto che si allontana rombando. Qualcuno, non so da dove, mi grida contro. Sono sveglia, ora, e mi rendo conto di essere in mezzo alla strada, praticamente in ginocchio. Mi alzo velocemente e mi appoggio al muro di una casa per riprendere fiato.

Dio, come sono ridotta.

Per fortuna sono così confusa da non riuscire neanche a provare paura. Lo scampato pericolo mi ha ridato quella lucidità che mi serviva per capire dove fossi. Mi rimetto in cammino, attenta a mettere un piede davanti all'altro e procedo determinata. Ripenso a Martina, alla nostra amicizia sfumata. Cosa pretendevo da lei? Che mollasse il marito e si mettesse con me così, su due piedi? E magari non è neanche lesbica, chissà perché do per scontato che chiunque possa essere lesbica. Mi spiace averle parlato di amore, o qualunque cosa del genere possa averle detto. Ho esagerato e non se lo meritava. Così come sono stata ingiusta a pensare di averla resa felice con le mie disgrazie. È stata una cattiveria che miracolosamente non ho urlato davanti a tutti e mi sono tenuta per me.

Dopo quello che mi pare un tempo infinito, con le gambe doloranti e la testa che mi gira, mi trovo a camminare lungo un vicolo buio che non ho mai visto e in cui non so proprio come sono arrivata. È così scuro che non riesco a capire bene dove metto i piedi, vedo solo alcune finestre illuminate, in alto, delle case ai miei lati e una forte luce davanti a me, che spero indichi una strada un po' più grande e che disegna lunghe ombre dietro a macchine e motorini sul mio cammino. Non sembra lontana, probabilmente una cinquantina di metri, ma copro la distanza che ci separa in un tempo incredibilmente lungo. Esausta, mi fermo all'angolo, per scoprire che sono sbucata sulla strada del cinema di Marisa, proprio di fronte all'ingresso.

Mi fermo a fissare l'insegna neon, piccola, vecchia e poco luminosa, come se la vedessi per la prima volta. Credo di non averla mai osservata con attenzione. La prima volta che sono passata di qui, sette anni fa, ero in cerca di un *kebap* o un posto dove mangiare qualcosa al volo. Erano le dieci di sera, avevo passato la giornata a sistemare l'appartamento in cui mi ero appena trasferita, dopo essere atterrata da Londra la settimana prima. Mentre camminavo, guardando sconsolata serrande abbassate dei negozi e sale di ristoranti troppo luminose o accoglienti per invitarmi a entrare, ero incappata in questa insegna che sormontava una porta a vetri sporca e malmessa. Avevo registrato mentalmente l'informazione che fosse un cinema e avevo proseguito la mia ricerca nella notte. Da quel momento in poi, è diventata la mia sala proiezioni, e ci entro come se fosse stato il portone di casa, camminando lungo il muro e infilandomi nella porta a vetri senza neanche guardare.

Ora che sono dall'altro lato della strada, invece, ho un'impressione strana. È familiare nel senso che è conosciuta, ma non perché sappia esattamente come sia fatta. Il colore, rosso sbiadito, è veramente datato, ma in generale avrebbe bisogno di una sistemata. Soprattutto, le dimensioni e l'intensità della luce. A vederla così, sembra quasi l'insegna di un club privato, di quelli equivoci, che vuole essere riconosciuto solo da clienti affezionati senza farsi notare da persone qualsiasi, certo non quella di un cinema dove si vorrebbero più ingressi possibile. Posso dargli atto di avere un certo fascino, da sala proiezioni di una volta, magari parigina, se proprio si vuol essere generosi. E quando fanno le rassegne su Chabrol o Malle effettivamente si ha questa impressione. Ma tutti gli altri giorni, rimane una porta praticamente invisibile al pubblico.

Sono stravolta, mi scappa la pipì e mi butterei volentieri sul divano, ma il fatto di essere qui mi fa riflettere. Perché tornare a casa, magari danno un film che mi piace. Guardo l'ora, le otto. Forse per la prima volta riesco a entrare all'inizio di una proiezione e poterla scegliere io senza farmi comandare da Marisa.

Sto per incamminarmi e attraversare la strada, attenta a non farmi investire, quando il telefono nella borsa si mette a vibrare e suonare come se qualche demone se ne fosse impossessato, scambiandolo per una dolce ragazzina dai capelli lunghi. Lo afferro, pensando che sia stato un miracolo non averlo perso nel bar, con tutto il casino che ho combinato. È Chiara, ma stranamente non ho il mio solito tuffo al cuore alla vista del suo *avatar*. È una foto che le ho scattato una sera che eravamo insieme, rilassate e quasi felici, in uno dei rari momenti in cui ho pensato che lei volesse realmente passare la sua vita con me. Per il resto, il nostro rapporto sono solo parentesi che mi concede. Quando ha visto la foto che ho associato al suo numero di telefono, Chiara ovviamente si è arrabbiata. Vuole essere lei a decidere cosa associare al suo nome, anche sul mio telefono. Per una volta, mi sono opposta. Mi piace, quella foto, e quando la vedo in genere sono presa dalla frenesia di rispondere, con mani tremanti e una fibrillazione nervosa che

rischia sempre di farmi cadere il telefono di mano.
Adesso, chissà perché, sono tranquilla. Osservo la
foto oscillare, mentre l'apparecchio mi invita a
rispondere alla chiamata, e mi prendo del tempo
prima di far finalmente scorrere il dito sull'icona
verde. All'ora di cena, una telefonata. Non è un buon
presagio e non sono nelle condizioni di sentirmi le
sue menate da svitata.

"Ciao Chiara, come va?"

"Cosa hai fatto, sei impazzita? Non ti permettere
mai più di comportarti in questo modo, capito?"

Devo staccare l'orecchio dall'altoparlante da
quanto urla. Le trema la voce dalla rabbia, non l'ho
mai sentita così. Mi appoggio al muro e cerco di
riordinare le idee. Sì, forse non avrò risposto alla sua
chiamata nel tono più gioviale possibile, avrò peccato
di indifferenza, ma questa reazione mi pare esagerata.
Dall'altro lato intanto Chiara continua imperterrita a
insultarmi.

"Perché ti blocco, hai capito che ti blocco, brutta
stronza?"

Non ho la minima idea di cosa stia parlando.
Controllo lo schermo una seconda volta per
assicurarmi che sia effettivamente Chiara.

"Scusa, ma davvero non so cosa stai dicendo. Non è che hai sbagliato numero e pensi di parlare con qualcun altro?"

L'altra continua, imperterrita. Me la vedo. Quando è così arrabbiata, le si stringono gli occhi, quegli occhi azzurri che fanno venire i brividi, li riduce a due fessure taglienti che trapassano il colpevole di turno. Le labbra, serrate all'inverosimile, iniziano a fremere, provocando un tremore che si diffonde alle sue gote leggermente scavate. Per il resto, il suo viso rimane impassibile, come di cera, ed è questo il maggior segnale di pericolo. Chiara, normalmente sempre così espressiva, quando è inviperita diventa di cemento, con un'immobilità da gelare il sangue.

"Io non posso gestire le vostre stronzate da isteriche gelose. L'account *Instagram* fa parte del mio lavoro, è un modo per recuperare clienti e contatti, non può essere un luogo dove chiunque sfoga le proprie frustrazioni, hai capito, pazzoide repressa che non sei altro?"

Una luce si accende all'improvviso nella mia mente annebbiata. Forse si sta riferendo alla mia ripicca nei confronti di *elleLove*. L'ho fatto presa da un impeto di rabbia, quando nel bar sono stata ignorata in modo così palese. Non ho minimamente pensato che Chiara potesse leggere i miei commenti. Nella capsula auricolare sento respirare affannosamente. È proprio arrabbiata, non sarà facile calmarla.

"Senti, ho capito. Ti chiedo scusa. Davvero, mi spiace, ma oggi è stata una giornata un po' pesante, e ero in un momento di debolezza."

"Cosa? Eri in un momento di debolezza? E che cazzo me ne frega a me? Hai i tuoi problemi del cazzo e vieni a sfogarti sul mio account? Tu sei proprio fuori di testa."

Adesso però sta esagerando. Nonostante la stanchezza, sento salire una leggera irritazione.

"Ti ho già chiesto scusa, comunque non erano frasi rivolte a te, ma a una persona che non so neanche chi sia e che si permette di farti scenate di gelosia."

"Non mi frega niente a chi fossero rivolte quelle frasi! Scrivile sul tuo, di account, o sul suo. Non certo sul mio!"

"Va bene, scusa. Quanto la fai lunga però."

"Decido io quando finire!"

L'urlo è acutissimo, ora, leggermente rauco. Faccio un balzo dallo spavento.

"E ti dico anche una cosa. Mi avete rotto, tu e quella pazza di *elleLove*. Vedete di non farvi vedere o sentire per un po' perché ne ho le palle piene. Di tutte e due."

"Scusa, perché ora mi associ a quella?"

"Non associo nessuno, io, siete voi che vi mettete a litigare. Se hai dei problemi, risolvili con lei."

Pausa, poi scoppia in un'improvvisa risata acida, come se le fosse venuto in mente in quel momento un modo per ferirmi.

"Anzi, visto che vi conoscete pure fatelo a voce."

Mi manca il respiro. Io? Conoscere *elleLove*?

"Ma... ma io non conosco nessuno. Ma che rapporto avete voi due?"

"Non mi rompere, non devo rendere conto certo a te, quindi non prenderti libertà che non ti spettano, capito?

"Come libertà? Ma non stiamo insieme?"

"Tu sei pazza. Sei solo una che mi ronza intorno. E poi senti che voce, perché biascichi? Hai bevuto, vero?"

Stacco il telefono dal viso e lo osservo con freddezza. Sono abituata a essere trattata in questo modo da parte di Chiara. In passato mi ha detto diverse volte, all'apice della rabbia, che non mi considerava la sua compagna e che se non mi fossero andate bene le cose avrei potuto dirglielo e finirla lì. Poi, in un modo o nell'altro, ci siamo sempre riappacificate. Chiara mi disprezza profondamente, e non tenta neanche di nasconderlo, però, in un suo modo malato e perverso, non riesce neppure a lasciarmi andare. Ogni volta che ci lasciamo, poi torna da me. Non per chiedermi scusa o cercare di chiarire una questione irrisolta, ma così, come se ci fossimo salutate cordialmente solo poche ore prima. In genere piomba all'ora di cena, quando sa che sono sempre a casa, entra a grandi passi e si piazza in mezzo al salotto. La colpa è mia, che le ho dato le chiavi, ma quando l'ho fatto speravo di legarla a me, dividendo con lei ogni mia cosa, con la speranza di averla a casa mia più spesso e, forse, che potesse considerare la possibilità di andare a vivere insieme. Ovviamente, niente di tutto questo è mai successo. Chiara arriva nel mio appartamento solo in queste situazioni, mi saluta come se niente fosse successo e inizia a parlare, magari continuando un discorso che aveva iniziato al momento della lite, oppure raccontando un aneddoto divertente che le è successo durante il periodo in cui non ci siamo sentite e che pensa debba essermi persa perché si è scordata di dirmelo. Non si parla del contrasto, anzi, le prime volte che mi è capitato di accennarvi sono stata accusata di volerla colpevolizzare per ogni mio problema, e mi sono beccata altre due settimane di sospensione dalla sua vita.

No, ne ho sentite anche di peggio, e adesso queste parole non mi feriscono più di tanto. Quello che non capisco è cosa c'entri *elleLove*. Mi destabilizza, il fatto di scoprire che alle mie spalle si sia architettato qualcosa. Ma d'altronde anch'io mi sono comportata nello stesso modo, a suo tempo.

Quando mi ero accorta che qualcosa non andava con il mio corpo, presa dal panico ero corsa dalla mia dottoressa, una stimatissima e carissima professionista che niente aveva a che vedere con Debbie. Ero sicura che la parte organica di me, quella che non avevo mai voluto considerare, avesse deciso di presentarmi il conto per il mio stile di vita quantomeno disordinato, tra fumo, alcol, perenne carenza di sonno e malnutrizione. L'esito della visita era stato consolante e devastante al tempo stesso, e la mia espressione doveva riflettere il processo distruttivo che stava avvenendo nella mia mente. In ultimo, ero riuscita a balbettare un patetico "ma com'è possibile?". La cara donna, certamente professionale, ma dalle doti umane pressoché inesistenti nonostante la parcella da mille sterline, aveva ridacchiato scuotendo il capo.

"Immagino non sia programmato!"

Poi, come colta da un pensiero agghiacciante, si era rabbuiata in viso, il sorriso raggelato in una smorfia. Si era guardata intorno, come temendo di venire intercettata da qualche microfono nascosto e mi si era fatta vicino, abbassando la voce.

"Hai avuto un rapporto sessuale in questo periodo, vero?"

Io avevo annuito lentamente, a bocca aperta, ma questo non era sembrato dissipare le ombre che si erano accumulate sul suo futuro.

"Con uomini?"

Probabilmente aveva preso in considerazione le catastrofiche ripercussioni sulla sua carriera che un grossolano errore di valutazione avrebbe potuto causare, e voleva sincerarsi di liberare il campo da improbabili, ma pur sempre leciti, dubbi. Al mio successivo cenno di assenso lei aveva sospirato tutta l'aria e la tensione accumulate, e finalmente sollevata si era congratulata per l'evento. Risolte velocemente alcune questioni che sembrava le stessero particolarmente a cuore, soprattutto il divieto assoluto di fumare e bere, e l'obbligo di nutrirmi con maggiore attenzione, mi aveva indirizzato a una sua collega ginecologa insieme alla quale avrebbe seguito la mia gravidanza. Infine, mi aveva liquidato frettolosamente.

Ero uscita dallo studio a pezzi, incapace di comprendere dove avessi sbagliato, perché da qualche parte c'era stato un grosso errore, questo era indubbio. Era stata una sorpresa, a essere riduttivi, come camminare su un lago ghiacciato e trovarsi improvvisamente nell'acqua gelata.

Uno non si aspetta che accada una cosa del genere.

Curiosamente, però, sin da subito avevo constatato una certezza in mezzo alla confusione dei miei pensieri. Contrariamente ai discorsi che andavo blaterando da anni davanti a schiere di donne adoranti, avevo deciso che avrei tenuto il bambino. Anzi, non avevo neanche deciso, non mi ero proprio posta il problema, e quindi avrei seguito alla lettera le indicazioni della dottoressa per farlo crescere bene.

Non posso escludere di essere stata influenzata in questo da Kevin. La sua ossessione di avere un figlio con me e tutto il resto, doveva pur avermi contagiato in qualche modo, però in quel momento potevo solo seguire questa sensazione viscerale. Quando glielo avevo detto, mentre respiravo profondamente fuori dal palazzo della dottoressa, seduta sotto uno sparuto albero in mezzo a un mare di cemento, mi aveva quasi perforato il timpano con l'urlo che aveva cacciato. Era entusiasta, continuava a ridere e gridare, e avevo dovuto minacciare di chiudere la comunicazione se non avesse smesso. Però il suo fervore quasi religioso aveva finito per confortarmi, almeno parzialmente, e mi aveva dato la lucidità necessaria per fargli promettere solennemente di non dire a nessuno della situazione, almeno in ufficio. Avevo sempre cercato di tenere segreta la nostra relazione e proprio non volevo doverlo fare perché costretta dall'evidente attesa, neanche fosse stato un dramma italiano del dopoguerra. Quella sera, approfittando della provvida assenza di Debbie, avevo cercato di rimettere insieme i frammenti in cui mi ero sgretolata e mi ero resa conto che, volente o nolente, avrei dovuto cambiare qualcosa della mia vita. Soprattutto, affrontare questioni che avevo accuratamente evitato fino a quel momento, pensando di poter vivere in un limbo per il resto della mia vita.

Prima di tutto, Debbie fremeva per realizzare i suoi progetti. Li aveva fermati momentaneamente, constatando il mio momento di grande impegno lavorativo, ma non era disposta a lasciar perdere o peggio facilitarmi una via d'uscita. Io per qualche giorno avevo cercato di evitarla completamente, arrivando a casa dopo che lei era andata a letto e uscendo prestissimo al mattino. In ufficio dovevo mantenere a bada l'eccitazione di Kevin, evitare John, che si era fatto più gagliardo che mai e che per qualche strana ragione volevo tenere all'oscuro, e riflettere su come sarebbe potuta diventare la mia vita. Immaginavo che mi sarei dovuta trovare una casa, ma non sapevo ancora se insieme a Kevin, che continuava a dirmi di andare a vivere da lui, o meno. Dopo una settimana, esausta, avevo deciso che lo avrei detto a Debbie, e poi si sarebbe visto. Ero tornata a casa nel tardo pomeriggio, depressa e senza un progetto, e mi era venuto un colpo. Lei era lì, sorridente, con la tavola apparecchiata, candele e le dannate cartellette in bella vista. Come se mi avesse letto nel pensiero, aveva preparato una cena speciale proprio quella sera per affrontare l'argomento "casa & adozione". Io avevo rifiutato un bicchiere di vino che lei mi aveva messo in mano e lei aveva capito immediatamente, scrutandomi con occhi seri.

"Sei incinta?"

Avrei voluto sprofondare. Non tanto per essere stata smascherata così velocemente, o per li soprannaturale acume della mia compagna. Piuttosto, per il fatto che un diniego da parte mia a bere vino potesse avere un significato così profondo.

Mi ero seduta e le avevo raccontato tutto, evitando di incrociare il suo sguardo. Inaspettatamente, Debbie l'aveva presa con entusiasmo. Era schizzata in piedi, felice, e voleva assolutamente conoscere Kevin.

"Devi invitare al più presto quest'uomo eccezionale, lo voglio conoscere!"

Continuava ad accarezzarmi la pancia, a domandarmi se avessi fatto delle visite, da chi e perché non mi ero confidata con lei. Io avevo cominciato a subodorare la presenza di un grosso malinteso, finché Debbie aveva preso le cartellette e ne aveva fatta cadere una sul tavolino da caffè.

"Questa non ci serve, più. Peccato, sai ci tenevo tanto ad adottare quel bambino!"

Si era stretta nelle spalle e mi aveva sorriso, radiosa.

"Però non sai quanto sono felice all'idea di crescerne uno tutto nostro! Magari faremo un'adozione più avanti, quando ci saremo sistemate."

Stavo per dire qualcosa ma mi aveva fatto stendere sul divano e aveva iniziato a organizzare il soggiorno per farmi una visita. Lì, sul momento. Mi ero sentita svenire.

Non riuscivo a capire se fosse sinceramente convinta che questa gravidanza fosse stato un mio modo per accelerare la realizzazione dei suoi progetti o se lo faceva per rivoltare la situazione a suo favore. Debbie era la bontà in persona, però a volte si fissava su alcune idee, quindi era difficile per me capire quale fosse il motivo. La guardavo affrettarsi canticchiando, andare a lavarsi le mani, tirarsi su le maniche. Sembrava proprio nel suo ambiente naturale.

Alla fine, l'avevo lasciata fare, che credesse pure quello che le faceva più comodo. Non avevo la forza morale di oppormi, il mio futuro era incerto, e la mia gravidanza, che già mi sembrava di aver affrontato con filosofia, sembrava riempire completamente il mio essere. Nei mesi successivi continuavo a controllare, con un misto di orrore e soddisfazione, lo sviluppo del ventre, che rappresentava una sorta di scadenza, un momento in cui una serie di nodi sarebbero venuti al pettine. Nel frattempo, cercavo di tenere lontani Debbie e Kevin, soprattutto alle ecografie di controllo, e fantasticavo sul mio nuovo ruolo di madre *single*, cosa che forse avrebbe rilanciato le mie quotazioni di idolo femminista, una volta recuperato il peso pre-maternità. L'idea mi dava coraggio, e il pensiero di non avere problemi economici mi concedeva se non altro una base su cui appoggiarmi. Non avevo più dubbi che avrei risolto in questo modo la mia complicata situazione familiare, anche se per il momento permettevo a Debbie di prendersi cura di me. Lei adempieva a questi compiti con gioia, preparandomi da mangiare e coccolandomi come se fossi stata un'ammalata, mentre in ufficio avevo deciso di mantenere una distanza professionale da Kevin, con grande sollievo di John.

Poi, quando non ero più riuscita a nascondere la pancia, mi ero licenziata e avevo lasciato Debbie.

Alla fine, decido di entrare, attraverso la strada e mi fermo davanti all'ingresso a osservare il cartellone. Nella sala principale, in cui sarò stata massimo tre volte in tutti quegli anni, danno un film italiano che non ho mai visto, ma molto pubblicizzato come capolavoro dell'anno. In genere ho grossi preconcetti verso questo tipo di pellicole, soprattutto se nazionali, probabilmente per un condizionamento da parte del forum di cinefili. Lì ci sono due fazioni: quelli, a cui mi sento più vicina, che considerano i film di grande diffusione, per quanto apprezzabili, una bieca operazione commerciale con nessun valore artistico, indipendentemente dal paese di provenienza. E quelli, i nazionalisti, che apprezzano gli investimenti nel cinema italiano, soprattutto per film che loro giudicano di spessore, con sceneggiature di rilievo e registi o cast di primo piano. Questo film, di cui ho letto fiumi di pagine, tanto da averne già dato un giudizio pur senza averlo mai visto, è uno di quelli che genera maggiori contrasti tra detrattori ed estimatori. Ne ho scritto anch'io, molte volte, sul forum, definendolo un'arrogante espressione di ignoranza confezionata *ad hoc* per le masse. Ne ho irriso la trama, che conoscevo a grandi linee, per la sua vergognosa semplicità. Ho scritto decine di *post* criticando gli attori, che a mio avviso si prendono eccessivamente sul serio e pretendono di mostrare a tutti i costi la loro intensità, con sguardi, gesti e voce. Infine, ho ridicolizzato il regista, che ha abusato dei fondi a disposizione, creando scenografie e atmosfere cupe, marcando l'effetto con colori ad altro contrasto, pesanti, per mascherare la mancanza totale di idee.

Senza considerare il difetto per me più grande: è un film italiano. Mentre guardo la locandina, mi rendo conto che non so neanche il nome del protagonista, i cui occhi mi stanno accusando dalla superficie di carta. Come posso essere stata così arrogante? Ognuno è libero di dire quello che vuole, ma perché mi permetto di dare giudizi senza conoscere quello di cui sto parlando? Sarà la confusione mentale, la stanchezza o forse il fatto di aver raggiunto un nuovo minimo nella stima per me stessa, ma sento le lacrime scorrermi per le guance. Senza neanche asciugarle, spingo la porta a vetri e mi trascino dentro, decisa a ravvedermi e quanto prima pubblicare *post* riparatori nel *forum*.

Mi accorgo subito che c'è qualcosa di strano. Ho intravisto lo sguardo di Marisa, da fuori, che come al solito esaminava il possibile cliente, e non prometteva un'accoglienza festosa. Dal suo punto di osservazione, è implacabile nel giudicare gli spettatori, ancora prima che entrino. Ha una sorta di tabella che compila velocemente per tirare a indovinare che film sceglieranno, se si metteranno ad aspettare qualcuno, e in caso se quest'ultimo si presenterà o meno, se creeranno problemi sulla qualità dell'audio, la pulizia, la scomodità delle

sedute o persino per aver causato o subito molestie.
Una volta, in un raro momento di empatia nel mondo
reale, mi ha confidato di voler aprire un vero e
proprio *blog* in cui descrivere i comportamenti umani
dal punto di vista di un cinema. Mi ha persino chiesto
un aiuto per gestire statistiche e grafici, ma ho
tergiversato, offesa dal fatto di essere sicuramente
inserita in quelle tabelle, e visto il numero di volte
che mi reco lì in rapporto al totale degli spettatori, di
avere un certo peso nel risultato finale.

Ovviamente Marisa non è un osservatore
imparziale, la sua predisposizione varia dalla blanda
curiosità (coppia di donne sui quarant'anni vestite in
maniera informale) al vero e proprio odio (uomo di
mezza età solo, categoria che per la sua esperienza dà
in un modo o nell'altro più problemi).

Io non so bene a che gruppo appartengo, ma temo
che i clienti abitudinari, indipendentemente dal
livello del loro supporto economico, non siano tenuti
in grande considerazione. Lo sguardo di Marisa,
comunque, appena registrato la mia presenza, ha
allargato gli occhi, per poi stringerli in una smorfia
corrucciata, come un gatto irritato. Al mio ingresso
mi trovo davanti una figura quasi irriconoscibile, con
la fronte corrugata, la bocca stretta e il capo

leggermente incassato sotto un casco di capelli quasi elettrici, da tanto sono vaporosi. Tutto il suo corpo in effetti è ingobbito sul bancone della biglietteria, come se fosse pronta a spiccare un balzo mortale verso di me.

Mi avvicino con cautela, incerta se tornare a casa o meno.

"Ciao Marisa, come va?"

Pensavo che al mio ingresso avesse spostato lo sguardo sul bancone, come per evitare il contatto visivo, invece mi accorgo ora che mi sta fissando intensamente, protetta dal cono d'ombra formato dalle sue arcate sopraccigliari. La sua immobilità è veramente inquietante, e mi fermo a debita distanza.

"Pensavo di vedermi quel film in sala uno. Ne abbiamo anche parlato, ricordi?"

"Ma certo."

La sua voce è roca, graffiante, il tono ha un che di sarcastico.

"Bene, quindi, ecco qui."

Mi allungo e le appoggio la carta sul bancone, poi faccio un passo indietro, istintivamente.

"Mi sembrava l'avessi visto."

"Ah sì?"

"Sì, ne hai scritto pure una recensione."

"Eh, davvero. Ma sai, non me lo ricordo molto bene. Oggi ho finito prima al lavoro e mi sono detta, 'perché non vado a rilassarmi e rivedere quel film di cui ho tanto parlato male? Magari mi sono fatta una cattiva impressione'."

Marisa annuisce lentamente, senza staccare lo sguardo da me.

"Le tue vicende amorose, come vanno?"

Questo devo dire mi sorprende. Non parliamo mai delle nostre acrobazie sentimentali nella vita reale. Solo in *post* privati, filtrati dall'illusorio anonimato dei *nickname*, ci lasciamo andare a confidenze. Ma oggi è veramente strana, avrà avuto dei problemi. Inclino la testa da un lato.

"Tutto a posto, Marisa? Mi sembri strana."

Si alza di scatto, così velocemente da farmi prendere un colpo.

"Strana? Io? No, tutto a posto. Grazie!"

Prende la mia carta, la fissa per qualche istante e me la tira addosso.

"E tu? Tutto a posto, cara?"

Provo a schivare l'oggetto, ma la mia reattività, già non fulminea, è rallentata dall'alcol.

"Ma cosa fai, sei pazza?"

Marisa gira intorno al bancone e mi affronta, piena di rabbia.

"Ti dico io chi è la pazza. Come ti permetti a trattarmi così, eh? Davanti a tutti, per di più."

Mi pianta un dito sullo sterno, con tanta forza da farmi indietreggiare. Non riesco a capire di cosa stia parlando, oggi mi sembrano tutte svitate.

"Ma guarda che ti sbagli, io non ho fatto niente contro di te."

"Ah no, eh? E poi, cosa ti credi? Di essere la fidanzatina, la prescelta?"

Accompagna le ultime parole, pronunciate in falsetto, con delle moine, ancheggiando e alzando le braccia come se facesse un balletto. Il punto dove mi ha colpito con il dito mi duole ancora.

"Ma la prescelta di chi?"

Marisa avanza, feroce.

"Di chi? Ma tu cosa pensi? Che Chiara veramente ci tenga a te? Sei patetica."

Mi osserva schifata, squadrandomi da capo a piedi.

"E poi come sei conciata? Fai schifo, guardati, con gli occhi rigati e questo tanfo di alcol. Vai a nasconderti che qui non ti faccio certo entrare."

"Ma cosa c'entra Chiara?"

Mi guarda sarcastica, le mani sui fianchi, annuendo, poi si rivolge verso l'ingresso con un breve sorriso di ghiaccio. In quel momento sento la porta aprirsi. Mi volto e vedo una famigliola, madre padre e bambino, entrare. Ci fissano avanzando lentamente, ognuno dei genitori tenendo per mano il figlio come in una catena. Arrivati a noi, l'uomo si china e mi porge la carta, spostando lo sguardo da me a Marisa.

"È sua, questa?"

Annuisco e la prendo, cercando di sorridere. Lui la molla e si allontana subito, come se avesse a che fare con uno zombie. Marisa sorride nuovamente ai nuovi venuti e fa cenno di andare alla biglietteria come se fosse in fondo a un corridoio, e non un metro alle sue spalle.

"Arrivo subito, signori. Avete già scelto il film?"

Non mi sembrano tipi interessati al mio stesso spettacolo. Chissà come li catalogherà Marisa. Lui è piuttosto formale, dev'essere uscito dal lavoro, con gli occhiali, un giaccone sopra la giacca da ufficio, una cravatta colorata. Potrebbe essere un avvocato, o forse uno che lavora nel marketing. Comunque mi sembra avere un buon reddito, a giudicare dai suoi abiti e da quelli dei congiunti. La moglie, poi, bella pettinatura, borsa elegante e non taroccata. Cosa ci fanno qui? Probabilmente Marisa li metterà tra quelli che si lamentano per l'assenza di popcorn e per la scarsa igiene dei servizi. Richiamata dal suo sguardo, torno a fissarla. Non sembra intenzionata a mollare, nonostante l'intrusione. Non capisco cosa c'entri Chiara. Sa chi sia perché gliene ho parlato anzi, scritto, tempo fa. Ma perché tirarla fuori adesso?

"Chiara c'entra eccome. Non ti vuole, hai capito, non vuole stare con una come te."

Mi sento girare la testa. E se fossi in trance come prima, quando stavo per essere investita dall'auto? E poi è capitato realmente? Se adesso vedessi apparire mia nonna alle spalle di Marisa e sgridarmi perché sono una bambina invidiosa e viziata, non mi stupirei certamente.

"Ma tu cosa ne sai?"

Mi trema la voce. La sua, invece, è un ruggito. Alle sue spalle, i due adulti ci stanno fissando con gli occhi spalancati, mentre il bambino, sdraiato a terra, fa girare un'automobilina tra i loro piedi.

"Non preoccuparti che lo so. La conosco bene, mi ha raccontato un sacco di cose su di te. E ti dico una cosa, tu con lei hai chiuso, capito? Lei ama me, me l'ha detto. Quindi da oggi non solo non voglio più vederti qui, ma non voglio neanche che la contatti o che scrivi sui suoi account *social*."

Mi si avvicina a pochi centimetri dal viso e urla con quanta più forza ha nei polmoni.

"Capito?"

Mi guardo intorno, incapace di decifrare le informazioni che mi sono arrivate. Un urlo acutissimo mi riporta alla realtà. La coppia ha preso il bambino e lo sta trascinando verso l'uscita, ma lui continua a gridare che gli avevano promesso di andare al cinema. Non ho la minima idea di che film possa aver voluto vedere quel bambino tra i tre in programmazione. Forse il film in costume che ho abbandonato a metà ieri? Guardo Marisa negli occhi, senza capire. Vedo che mi odia, ma come fa a dire queste cose? Chiara la ama? Mi sembra assurdo. Il mio sguardo la irrita ancora di più.

"Sono io *elleLove*, hai capito ritardata che non sei altro? Io e Chiara siamo in contatto da anni, è da non so quanto che voglio dirtelo, ma lei ha sempre chiesto di non farlo. Già ultimamente non ti sopportavo più, ma avevo deciso di ignorarti e continuare la mia relazione con Chiara di nascosto. Oggi, però con la tua trovata, non ci ho più visto. ci siamo sentite e ha scelto. Hai capito? Ha detto che vuol stare con me. È finita, togliti dai piedi!”

Inizia a spingermi fuori, dietro alla coppia appena scappata. Io e il bambino, nella stessa situazione, ci opponiamo a una forza irresistibile, ma teniamo fede ai nostri ideali.

“Ma che relazione? Tu e Chiara vi frequentate?”

“Sì, ci frequentiamo alle tue spalle, siamo innamorate. Te l’ho detto, è anni che ci sentiamo, e lei ha scelto me. Che sollievo, vai via e non farti più vedere.”

Marisa mi dà un’ultima spinta e per uno strano miracolo del mio corpo, riesco a non finire lunga stesa con la faccia sul marciapiede. Mi ritrovo in piedi a fissare la strada, senza neanche la forza di voltarmi verso il cinema. Alla mia destra, l’ululato del bambino si va attenuando, smorzato dalla distanza e dall’umidità. Riesco a intravvedere un’ultima volta i tre svoltare l’angolo, poi più niente. Niente film in costume, stasera. Forse se faranno in tempo lo porteranno a vedere un cartone animato. Sono più lucida, ora. Sconvolta, ma lucida. Chissà perché, riesco solo a pensare a quel bambino, i cui programmi sono saltati allo stesso modo dei miei. Probabilmente era tutto il pomeriggio che fantasticava su quel film, continuando a guardare l'orologio nella speranza di vedere arrivare il fatidico momento. Me lo immagino all'arrivo del padre, schizzare fuori di casa, non senza essersi ficcato in tasca la fida macchinina. Avrà gridato di gioia e la madre avrà faticato non poco per calmarlo, così eccitato e speranzoso. Saranno partiti alla volta del cinema, il viaggio in auto, interminabile, il traffico e la ricerca del parcheggio. E dopo tutto questo, lo trascinano via senza spiegazioni.

Uguale a me. I miei progetti, crollati, uno dopo l'altro. La mia vita sentimentale, cancellata. Oggi mi sono scordata di chiamare Adam, l'ho pensato, ma non l'ho chiamato, e lui è troppo rispettoso per disturbarmi. Vorrei salutare quel bambino però, trasmettergli almeno la mia solidarietà, così oggi avrò fatto qualcosa di buono.

Per fortuna sono andati nella direzione di casa, mi incammino seguendo i loro passi nella speranza di raggiungerli prima che scompaiano dalla mia vita.

9

Pace, serenità, forse persino gioia.

Incuriosita, mi guardo intorno. Sto camminando su un prato fiorito, il cielo sopra di me è limpido, azzurro e macchiato da poche nuvole sparse, bianchissime. L'erba è così soffice da darmi l'impressione di camminare su uno strato di ovatta, la stessa ovatta che usavo da bambina per far crescere le piantine. Chissà se Kevin l'abbia regalata a Adam, non gliel'ho mai chiesto. Persone dall'aria familiare mi sorridono e salutano con calore. Ricambio, toccata dalla loro gentilezza. Più avanti, a pochi metri da me, vedo un ruscello, e subito oltre un bosco, i cui alberi ondeggiano invitanti. Sono incantata dalla purezza di questo luogo, che tempra il mio spirito e mi infonde una nuova voglia di affrontare la vita. Siedo sul tappeto di margherite che costeggia la sponda e immergo una mano nell'acqua limpida. Mi è sempre piaciuta, l'acqua, ricordo da ragazzina com'ero felice quando andavo con i miei cuginetti in piscina. Osservo la mia mano, a mollo fino al polso, gioco un poco con la corrente, ne avverto la forza sensuale che mi spinge e accarezza, ma non sento il freddo che mi sarei attesa. È come se l'acqua avesse la mia stessa temperatura corporea. Non è spiacevole, ma inatteso. Alzo la testa verso il sole, chiudendo gli occhi, decisa a bearmi al tepore dei raggi, ma non percepisco niente, è come essere in una camera iperbarica, vedo il vento muovere i rami, il sole sopra di me, ma non ho sensazioni tattili.

Non so che ore siano, forse mezzogiorno, ma in fondo cosa mi importa? Sarei tentata di stendermi e magari dormire, quando un ronzio arriva mie orecchie. È un bombo, che sta saggiando attentamente i gialli pistilli di un iris ad una trentina di centimetri da me. Li esplora, annusa, gratta, ci si struscia contro come neanche una danzatrice di pole dance. Ammirandolo, accarezzo le margherite, indecisa, ne colgo una e la porto alle narici, chiudendo le palpebre piena d'aspettativa. Riapro gli occhi, interdetta. Non sento alcun profumo. Getto il fiore e nel compiere il gesto mi accorgo all'improvviso di essere sospesa a mezz'aria, ad un metro scarso dal suolo. Sto fluttuando, leggera come un colibrì ed elegante come una nuvola, ma non sono per nulla sorpresa. Mi volto verso il bosco, e, forte delle mie nuove abilità, mi ci dirigo, decisa ad esplorarlo, come se galleggiare nell'etere fosse diventata una mia seconda natura. Assaporo con gioia la nuova sensazione, mi guardo intorno, saluto, azzardo delle acrobazie, cerco con lo sguardo il bombo di poc'anzi come per invitarlo ad una gara. Il gorgoglio dell'acqua mi arriva come attutito, non così fresco e squillante, anche il fruscio dell'erba, o il ronzio degli insetti, sembrano ovattati, distanti, tutti, come se la mancanza di contatto con il suolo cambiasse in qualche modo la propagazione delle onde sonore o la loro percezione. Inizio ad avvertire alle mie spalle, in lontananza, un rumore estraneo, ritmico, ma non vi faccio caso, perché qualcosa mi frustra enormemente. Nonostante stia volando, procedo ad una lentezza incredibile. Arranco, mi sforzo, per quanto un essere umano si possa sforzare a volare, ma impiego un'infinità di tempo ad attraversare il ruscello, neanche fosse il Reno, e perdo pure quota, tanto che inizio a temere di finirci dentro. Se succedesse, sono convinta che affogherei di certo, mi viene l'ansia di morire così, in un ruscello profondo sì e no trenta centimetri. L'assurdità della cosa, più del fatto che stia volteggiando in aria o che mi trovi in quel posto mai visto senza sapere come ci sia arrivata, risveglia la mia consapevolezza. Sto dormendo, ora me ne rendo conto finalmente. Ma la cosa non mi sorprende e per qualche motivo, pur essendo in una situazione affatto piacevole, mi sprona a continuare a dormire – e sognare. Sto dormendo, sono in un sogno, il mio sogno, e cazzo, quindi dovrei proprio riuscire a volare come desidero. Invece no, per un motivo che non comprendo non ho il controllo della mia nuova abilità. Desidererei librarmi nel cielo, sfrecciare a velocità supersoniche, salire fino alla stratosfera e buttarmi in picchiata nell'oceano, invece non riesco neanche a superare un rigagnolo di un metro di larghezza. È come se stessi nuotando in un bidone di melassa. Nel frattempo, come approfittando delle mie distrazioni, il suono ritmico si fa sempre più forte. Non è più alle mie spalle, ma mi circonda, è così forte da frastornarmi. Con un colpo di reni, stremata, riesco ad arrivare al bosco, gli alberi sono a portata di mano, allungo un braccio e... all'improvviso sono avvolta nel buio.

Apro gli occhi, ansimando. Sono in penombra, ora, nella mia stanza, un rumore assordante mi rimbomba nel cranio. Allungo la mano dietro alla testa e premo un pulsante.

Finalmente, silenzio, o meglio, avverto un tubare insistente, da qualche parte oltre la finestra, ma almeno non è quel terribile suono elettronico.

Odio essere strappata al sonno, soprattutto da una sveglia. Raccolgo la mia rabbia e la proietto mentalmente verso quel sadico idiota che ha ideato questo suono terribile. Gli auguro i peggiori incubi, animati da sveglie dotate di denti che lo rincorrono per sbranarlo. Qualche tempo fa, in ufficio mi avevano regalato una sveglia con una pallina di spugna in cima. Quando suonava, non dovevo far altro che prendere la pallina e scaraventarla contro il muro per far cessare il suono. Dalle illustrazioni, sembrava un ottimo metodo antistress per sfogarsi dalla frustrazione del risveglio. Purtroppo, nonostante fosse stata creata in modo da non fare danni, i geniali ideatori non avevano previsto a che livello potesse arrivare la tensione di una persona appena sveglia. Innescato dalla mia furia, l'oggetto volava come un proiettile verso suppellettili e quadri, liberando la sua energia cinetica in modo distruttivo su qualunque cosa con cui venisse in contatto. E anche se per puro caso non colpivo niente, lasciava curiose e sgradevoli macchie grigie sulle pareti. Il mio malumore peggiorava sensibilmente appena udivo un rumore di vetri rotti o di oggetti che cadevano, frantumandosi. Per non parlare, appena aprivo le persiane, della vista di un delicato pois grigio sulla parete di fronte al mio letto. Tutti indistintamente, dai progettisti al negoziante, per arrivare ai miei colleghi, erano stati oggetto di reiterate maledizioni, finché, sconfitta, non avevo gettato la sveglia nella pattumiera.

Osservo il soffitto mentre il cervello mi rimbomba nel cranio come se volesse trovare una via d'uscita da quella gabbia ossea. E quel tubare insistente, che fastidio. È come se un volatile avesse deciso di impiegare tutte le sue energie per bucare con le onde sonore la mia finestra. Cerco con la mano il telefono, sempre al mio fianco. Non ci sono messaggi, né aggiornamenti sull'account di Chiara. Scorro un po' di pagine a caso, ripensando a quello che mi ha detto ieri Marisa. Che stronza, io mi confidavo e lei ne approfittava alle mie spalle. E quando mi raccontava le sue disavventure sentimentali, allora erano tutte balle. Era lei *elleLove*, quella schifosa. Però non riesco a credere che Chiara si possa mettere con una così, non è possibile. Non che io sia una bellezza, però sono un po' meglio di Marisa, e forse sono anche un pelo più interessante. No, Chiara non si mette di certo con una così. E allora? Che Marisa abbia mentito su tutto? No, che *elleLove* sia lei non c'è dubbio, forse non hanno il rapporto che dice di avere. Perché ha ragione Chiara, *elleLove* è proprio una pazza.

Ma in fondo cosa posso farci. Avrei bisogno di sentire Adam, il mio caro Adam. Mi manca, la sua voce, e soprattutto ho bisogno dei suoi consigli. Chissà cosa avrà sognato, stanotte.

Quando la pancia aveva iniziato a notarsi e non potevo più nasconderla, ero andata nell'ufficio di John. Avevo evitato ogni contatto superfluo con lui da mesi, ed ero un po' tesa all'idea di trovarmi faccia a faccia nel suo ufficio. Quando avevo bussato alla sua porta, però, avevo percepito la tensione palpabile nel suo sguardo. Mi era venuto incontro e facendo mille cerimonie, esagerate e fuori luogo, mi aveva fatto sedere. Si era accertato che fossi comoda, e non era tornato al suo posto finché non aveva trovato dei cuscini che mi offrissero un adeguato sopporto lombare e non mi aveva cacciato in mano un bicchiere d'acqua di ghiacciaio alpino. Io lo guardavo affannarsi, rabbioso ma cortese, comprendendo che, nonostante le mie paranoiche attenzioni, era già al corrente da tempo della mia situazione. D'altronde, il mio fisico si era trasformato radicalmente dopo aver smesso di colpo di fumare e bere. In un attimo avevo preso più di dieci chili, anche grazie all'attento regime alimentare di Debbie, e questo era impossibile nasconderlo alle più intriganti delle mie colleghe, che parlavano già da settimane di un mio stato interessante. Qualcuna più zelante, forse nella speranza di un avanzamento di carriera, gli aveva probabilmente offerto lo scoop e lui era in attesa che gli spiattellassi tutto.

Così avevo fatto, o meglio, gli avevo raccontato poco più dello stretto indispensabile. Della relazione con Kevin, della gravidanza inattesa e della mia decisione di crescere il bambino da sola. Probabilmente avrei potuto semplicemente dire che ero incinta e tanto gli sarebbe bastato, ma non sapevo esattamente fino a che punto fosse a conoscenza dei miei affari e non volevo pensasse che gli nascondessi qualcosa.

Mentre gli esponevo i fatti, nella speranza che questo avrebbe sancito un ritorno alla normalità nel nostro rapporto, diventato ormai insostenibile, pensavo a cosa quell'uomo significasse per me. Ma sopratutto, che cosa si aspettasse, o peggio, pretendesse.

Ci stimavamo e volevamo bene, questo era un fatto. Sapevo che per un certo periodo aveva persino creduto di essere innamorato di me. Avevo notato quanto avesse sofferto per la fine della nostra relazione, e le speranze che aveva riposto in un riavvicinamento. Gli ultimi mesi erano stati difficili, per entrambi, e non dubitavo che la notizia della mia relazione con Kevin gli avrebbe dato un brutto colpo. Insomma, mi aspettavo una reazione di gelosia, ma immaginavo che il nostro rapporto potesse superare questo genere di ostacoli, e soprattutto che la notizia della mia gravidanza sarebbe stato un evento così importante da cancellare ogni egoismo. Per questo motivo, non mi aveva sorpreso vederlo diventare paonazzo e deformare il viso in una smorfia di rabbia al nominare Kevin.

"Quindi, dimmi, avete scopato? Perché è questo che è successo, vero?"

Mi aveva interrotto, balbettando. Io avevo sospirato, paziente.

"Sì, certo, immagino sia successo anche questo."

Mi era sembrata una situazione da film, quasi comica per quanto grottesca. Alla fine del mio racconto, sembrava che gli avessi messo in ogni narice un cucchiaio da minestra di wasabi[8]. Aveva abbassato il capo, in silenzio, come faceva la professoressa di italiano alle medie quando facevamo troppo chiasso. Attendeva così, a capo basso, finché noi non smettevamo di parlare, incuriositi, o meglio dire spaventati, dal suo comportamento. Con il senno di poi, eravamo stati troppo bravi. Bambini meno rispettosi se ne sarebbero fregati e l'avrebbero bersagliata senza pietà con gomme e matite. In quel momento, avevo iniziato a indispettirmi. Perché avrei dovuto giustificarmi con lui, uomo sposato e con figli, che tradiva la moglie con chiunque gli capitasse a tiro in ufficio? Gli avevo mai chiesto di lasciare la moglie per me, o di rendere conto del fatto che andasse a letto con le mie colleghe?

Avevo sbagliato, avevo sbagliato tutto.

Non avrei dovuto permettere a John di prendersi certe libertà. Più guardavo il suo capo abbassato e più sentivo montare la rabbia. Avessi avuto una gomma a portata di mano, gliela avrei tirata in testa per vendicarmi della mia inerzia passata e presente, ma avevo solo un bicchiere e non volevo spargere sangue. Alla fine avevo inspirato profondamente e mi ero alzata, decretando la fine della chiacchierata, ma lui era scattato in piedi come una molla.

Gli occhi erano sporgenti e arrossati, le labbra strette e afferrava con forza il bordo della scrivania in vetro. Riuscivo a vedere le vene delle mani gonfiarsi, tanto che avevo temuto potesse romperla. Faceva paura, ed ero indietreggiata di un passo.

"Ma ti sei impazzita? Hai fatto un figlio, con quello?"

Io l'avevo guardato, ora mi aveva stufato.

"Ti ho detto che è stato un incidente, e poi cosa vuoi? Ti ho solo raccontato i fatti miei in onore della nostra amicizia, ma non ti devo dare nessuna spiegazione."

Mi ero voltata e mi ero incamminata velocemente verso la porta. Lui aveva iniziato a picchiare manate sul tavolo, con forza, facendo volare le penne e ballare il monitor del computer, sbraitando e sputando. Sembrava posseduto.

"Dove vai? Ma ti rendi conto? Hai fatto un figlio, sei sporca! Io non ti voglio più toccare. Ma che dico, vedere! Mi fai schifo! Sei una puttana, ecco quello che sei! Una puttana lesbica!"

Mi ero bloccata con la mano sulla maniglia, illuminata dall'ultima frase.

Ecco qual era il suo problema. Lui poteva fare quello che voleva, ma io no. Mi considerava una cosa sua, che andava bene finché avessi avuto relazioni con altre donne, ma ora ero stata sporcata dalla maternità. Mi ero voltata a fissarlo, furente. Sapevo quello che stava pensando. Sapevo bene che c'era dell'altro, e mi facevo schifo per non averlo mai capito.

"Non è tutto qui, vero? C'è dell'altro. Dillo, se hai coraggio. Dillo, schifoso che non sei altro."

Al di là della porta si era raggruppato un capannello di persone. La segretaria aveva bussato gentilmente.

"Tutto a posto, John? Hai bisogno?"

Ci era andato a letto, anche con quella. Lo sapevo per certo. Schifoso. Maschilista e razzista.

"Lo so quello che pensi, e mi fai venir voglia di vomitare."

Non mi ero mai arrabbiata così tanto, e non avevo mai provato una così forte tentazione di spaccare la testa a qualcuno. Se avessi avuto ancora in mano quel bicchiere, che avevo appoggiato prima di alzarmi, glielo avrei sicuramente lanciato addosso. Lui mi aveva guardato, terrorizzato dai suoi stessi pensieri, e si era accasciato sulla poltrona, esausto.

Nonostante il malessere e il mal di testa, decido di chiamare Adam. Ho bisogno di sentire la sua voce. A quest'ora non dovrebbe ancora essere a scuola, spero di non interromperlo mentre sta facendo colazione.

"Ciao."

"Anita! Come stai?"

Come al solito, risponde immediatamente. Vive sul cellulare, quel ragazzo. La sua voce e il suo entusiasmo, però, mi infondono un senso di benessere e tranquillità, una sensazione così improvvisa e calda che mi stringe il petto, riempiendomi gli occhi di lacrime. Le caccio indietro a forza.

"Bene, ti disturbo?"

"No figurati, stiamo facendo colazione. Papà e mamma ti salutano. Ma cos'è quel rumore?"

"Grazie, tesoro. Ricambia. Ma niente, dev'essere un piccione sul cornicione della mia finestra, qui di fianco. Volevo solo sentire se era tutto a posto. Ieri poi non sono riuscita a chiamarti."

"Immaginavo. Senti, ma sei sicura di stare bene? Hai bisogno? Aspetta che vado di là, così ti puoi confidare."

Povero ragazzo, chissà perché è così dolce. Mi sono sempre appoggiata a lui, con tutto il mio peso. Sempre, e non l'ho mai voluto incontrare, neanche una volta, nonostante lui insista per conoscermi e mi supplichi di trascorrere le vacanze con me, o almeno passare di qui anche solo per un'ora. Il tubare del piccione è veramente insistente, però. Lancio un cuscino contro la finestra, nella speranza di spaventarlo, invano.

"Ma no, è che ieri sono stata licenziata e sono un po' giù, ecco tutto."

"Cosa, e come si sono permessi? Ma lo sanno chi sei, cos'hai fatto?"

"Sì, ma ormai è passato tanto tempo."

"Senti, perché non vieni qui? Papà non vedrebbe l'ora di assumerti, me lo dice sempre. Ti rendi conto che con tutti gli algoritmi che hai ideato, senza di te l'intelligenza artificiale com'è ora non esisterebbe? Dovresti tenere conferenze, insegnare all'università, dirigere aziende, non stare lì a leccare il culo a dei pezzenti."

Mi fa bene sentire queste cose, soprattutto dette da mio figlio, ma non riesco a crederci. È come se tutto quello che ho fatto nella mia vita avesse perso ogni collegamento con me nel momento stesso della separazione. Esattamente come lui.

Quando me lo avevano messo in grembo, appena nato, avevo paura. Lì di fianco a me c'era mia madre, sorridente e commossa, nonostante la situazione surreale a cui aveva dovuto assistere. Certo non si augurava questo, per la sua unica figlia. Avevo guardato con timore oltre il lembo di tessuto, e avevo visto Adam per la prima volta. Dormiva tranquillo, con la pelle già tesa, non raggrinzita come mi sarei aspettata, lucida e di un magnetico color ambra. I capelli erano già foltissimi, di un nero incredibile, e le dita, con le unghie, minuscole e perfette. Ero scoppiata a piangere per quanto era bello. Come richiamato dal mio amore, lui aveva aperto gli occhi, neri, profondissimi, ci eravamo guardati e lui aveva fatto un movimento con le labbra, come se avesse cercato di parlare. In quel momento, avevo deciso che il mio destino fosse essere sua madre, prima di qualunque altra cosa.

Due giorni dopo, a casa mia, circondata dai miei genitori e Kevin, che era venuto a stare da me poco prima del parto, avevo guardato Adam durante l'ennesima poppata e avevo avuto il terribile sospetto che forse mi ero sbagliata, dopotutto. Mi sembrava di allattare quel bambino bellissimo per conto di qualcun altro, come se lui non avesse nulla a che fare con me. Avevo passato notti insonni, presa dalla disperazione e dall'ansia. Sapevo della depressione post parto e ne avevo parlato con la mia dottoressa, che mi aveva portato da un suo collega specialista in materia. In capo a un mese, avevo capito due cose: non avevo nessuna depressione e non ero proprio fatta per essere madre. Avevo continuato così per tre mesi, resistendo ai miei istinti più profondi, poi avevo iniziato a chiamare mia madre perché lo tenesse mentre io andavo al cinema, o in giro per la città. Una volta fuori, mi sembrava di riprendere a vivere, aspiravo l'aria a pieni polmoni, correvo e ridevo come una pazza, come se mi avessero liberato dalle catene. Kevin era tornato a casa sua, poveraccio, preda dell'ansia a sapere suo figlio in balia di una schizzata senza istinti materni. Glielo portavo di quando in quando, la sera, mentre io uscivo per locali, persino a ballare, anche da sola, tutto pur di non restare a casa con quel bambino che adoravo ma che non potevo concepire essere mio. Infine, avevo preso la decisione più drastica. Mi ero accordata con Kevin, che intanto aveva rinunciato a me e aveva iniziato a frequentare una ragazza meravigliosa, perché tenesse lui il bambino. Gli avevo lasciato tutti i miei soldi, la liquidazione che mi ero fatta dare da John il giorno del nostro litigio, dopo essermi licenziata. Avrei potuto lasciare lo schifoso senza azienda, accampare diritti su tutto, ma gli volevo ancora troppo bene per fargli del male, così mi ero accontentata di quello che voleva concedermi e l'avevo salutato con un misto di rabbia e dispiacere nel vedere com'era realmente una persona che aveva contato tanto nella mia vita. Con quei soldi, Kevin si era comprato una casa per sé e per il bambino e aveva creato la società su cui fondare il nostro comune progetto, che ormai era diventato giustamente tutto suo. Debbie, invece, non l'avevo più sentita dal giorno in cui mi ero licenziata. Quella sera stessa, invece di tornare a casa ero andata in un albergo e le avevo scritto una breve mail, cercando di motivare qualcosa che non riuscivo a comprendere bene neanch'io, ma che si riduceva al fatto che non fossi innamorata di lei.

Poi ero tornata in Italia, per ricominciare da zero la mia vita. Negli anni successivi, avevo continuato a sentirmi con Kevin, che mi informava quotidianamente sulla crescita e i progressi di nostro figlio. Era felice, si era sposato e sua moglie adorava Adam. Io avevo continuato a deplorarmi per il mio comportamento e forse per punirmi non avevo più voluto andare su a Londra a vederlo, nonostante le insistenze di Kevin e sua moglie e, più tardi, dello stesso Adam. Gli avevano raccontato la verità molto presto, e lui incredibilmente non me ne aveva mai voluto.

Povero ragazzo, si era sempre accontentato di un rapporto telefonico con sua madre biologica, convinto che se avevo fatto quella scelta era per qualcosa più forte di me, qualcosa che non potevo controllare e che nulla aveva a che vedere con il mio amore per lui.

Adesso, però comincio a sentire qualcosa, un desiderio dal profondo che mi spinge a desiderarlo qui, di fianco a me, accarezzargli i capelli e guardarlo negli occhi, di persona, per dirgli quanto gli voglio bene. Sospiro, sentendo il suo fiato leggero al di là dell'auricolare.

"Adesso vai a scuola?"

"Sì, tra poco esco. Allora che ne dici? Avverto papà di organizzarsi?"

Sorrido, permettendo alle lacrime di scorrere liberamente. Il tubare continua, imperterrito. Adesso esco e stacco la testa a quel dannato piccione.

"Non so, dammi qualche tempo per rifletterci. Invece, stavo pensando che forse un fine settimana, se i tuoi sono d'accordo, potremmo organizzarci e fare in modo che veniate qui, così magari vedete Milano, che dici?"

La voce di mio figlio esplode con entusiasmo.

"Dici davvero? Certo, sicuramente! Adesso lo dico subito a papà e mamma, grazie! Che bello, non posso crederci!"

Lo sento gridare di gioia, correre e avvisare i suoi. Immagino la faccia di Kevin, guarderà un attimo la moglie, serio, preoccupato di una sua reazione. Mi sento in colpa, ma ormai il dado è tratto. Le mie lacrime e le grida di Adam hanno rianimato il mio mal di testa, ma non vi bado.

"Allora siamo d'accordo, eh? Ora devo andare ma organizziamo tutto e poi ci vediamo, capito?"

"Certo tesoro, buona giornata."

Metto giù la comunicazione, stordita dal mal di testa, dal tubare martellante e delle sensazioni che mi stanno sconquassando. Resto a fissare il soffitto per qualche minuto, indecisa se passare la giornata a letto a compatirmi o alzarmi e pensare a qualcosa di costruttivo. Il telefono lancia un suono che rimbomba nella stanza buia, distogliendomi dal dubbio amletico. È un messaggio di Adam.

"Non è che ci ripensi, vero? Io muoio dalla voglia di abbracciarti."

Sorrido, le dannate lacrime mi appannano nuovamente la vista. Non mi curo neanche di asciugarle.

"Anch'io tesoro, a presto."

Decido di buttarmi giù dal letto, tanto i nervi non mi si calmano neanche con una fiala di diazepam. Evito il bagno, non ho voglia di scorgere allo specchio il mostro della palude, anche se solo in penombra, e mi infilo direttamente in cucina. Mentre scaldo l'acqua per il tè, sgranocchio una fetta biscottata integrale. Detesto queste schifezze falsamente salutari, ma non riesco a non abboccare alle pubblicità che vogliono descriverle come mezzo per diventare alta, magra, giovane e bella. Accendo la televisione e inizio a passare mentalmente in rassegna gli impegni che mi attendono. Spedire i telefoni, mettere in vendita quelli che restano. Allungo lo sguardo verso il soggiorno, dove scatole di cellulari giacciono ammassate in ordine sparso. Saranno almeno una ventina, a occhio e croce un anno di affitto, forse di più. Al telegiornale, video di banconote che scorrono veloci su rulli di stampa e operai che infilano dadi, una voce fuori campo afferma che siamo nella merda e che lo saremmo ogni giorno di più. Noi al di qua dello schermo, loro al di là. Breve video di persone che camminano su un marciapiede, qualunque cosa voglia dire, primo piano del culo di una ragazza. Un paio di facce ben pasciute in giacca e cravatta ribadiscono con fervore che loro sì che saprebbero come risolvere tutti i problemi, ma che nessuno li ascolta.

Li guardo annoiata, decisa a cambiare canale, poi mi blocco, sentendo una fitta acuta al pensiero che sono le nove passate. Dovrei essere al lavoro, e per di più avrei dovuto presentare dei progetti. Con le mani tremanti per il panico, cerco di ricordare perché sia ancora a casa e non li abbia neanche preparati, poi mi viene in mente che sono stata licenziata. Prendo fiato, rilassandomi per lo scampato pericolo. La presentazione di un progetto a Riccardo è sempre un incubo, vuoi per il suo atteggiamento disfattista e supponente, vuoi perché se non è soddisfatto chiama sempre qualcun altro, in genere Stefano, per avere un parere. Almeno, con me è sempre successo così. A quel punto, devo ricominciare l'esposizione dall'inizio, farmi interrompere più volte dai commenti sarcastici del capo e sorbirmi anche quelli di Stefano, che non può essere da meno. Se va proprio male, Riccardo si alza, va a chiamare altri colleghi e li raccoglie davanti a me, descrivendo l'assurdità delle mie idee e istigandoli a irridermi, cosa che in genere tutti fanno con entusiasmo.

Sono felice, felice di non vivere più in quell'ambiente tossico, di non dover più chinare il capo davanti a gente così odiosa. E felice di aver preso in giro Riccardo, quella sera di anni fa. Almeno per un volta l'ho trattato da pari e non da subordinata timorosa.

Getto via l'insipida fetta biscottata, prendo il pacco di biscotti ripieni al cioccolato e mi concentro sulle notizie dell'economia disastrosa e del governo allo sbando. Vorrei che occhi-da-cerbiatto apparisse, giusto per risollevarmi il morale, ma stamattina c'è solo un giovane e grigio conduttore dalla voce monotono e dal sorriso beffardo, che legge notizie di cronaca come se fossero il resoconto di una festa di paese. Il tubare di prima mi distrae dall'indignazione. Doveva aver smesso, esausto, e tra la telefonata a Adam e le mie crisi di panico me ne ero completamente dimenticata. Corro in camera da letto sconquassata dalle fitte al cranio e apro finestra e scuri, nella speranza che sia volato via. La luce del mattino mi colpisce in viso, così come freddo e umidità. Resto così, a occhi chiusi, a lasciarmi cullare dalle sensazioni, aspettando l'affievolirsi dell'emicrania, quando un battito d'ali mi costringe a riaprirli. È un piccione, lo stesso di prima immagino, che è atterrato proprio sul cornicione, a una ventina di centimetri da me.

"Creatura temeraria"

Sibilo facendo un passo indietro per lo schifo. Mi guarda, torcendo la testa da destra a sinistra in modo da inquadrarmi con un occhio. Mi sta scrutando, l'invadente. Mi sembra quasi una femmina, ora che lo osservo meglio. Piccola, con il collo sinuoso, sono abbastanza sicura che non sia un maschio, ormai me ne intendo. Almeno ha le penne a posto e non sembra in procinto di tirare le cuoia, ma sarà piena di zecche, sicuro. Decido di cacciarla via, mi manca solo di riempirmi il letto di parassiti, farmi mordere e finire in ospedale. Poi vaglielo a spiegare, a Adam.

"Ma perché non vai su un ramo, tu che puoi?"

La mia finestra è al primo piano, di fianco a un albero. Glielo indico, nella speranza di una comunicazione intra-specie, ma seguita a guardarmi, con quella curiosa alternanza occhio sinistro, occhio destro. Mentre penso a come allontanarla, continuandolo a fissare negli occhi, mi trovo a meravigliarmi a come siano inespressivi, a essere generosi. Due puntini neri in palle di vetro arancione.

Si sente sempre dire che gli occhi siano lo specchio dell'anima, almeno per noi, forse per qualche animale domestico su cui proiettiamo le nostre speranze e frustrazioni. Ma per i piccioni? Questi animali grigi, che consideriamo parte indesiderata dell'arredo urbano cercando di allontanarli con file e file di punte acuminate neanche fosse filo spinato, ce l'hanno un'anima? Ho visto lo sguardo di quelli che mi si sono avvicinati, ieri. Erano arruffati e claudicanti, di certo sofferenti ma i loro occhi erano sempre uguali, fissi, neri e arancioni. È sufficiente lo sguardo per determinare l'intelligenza di una creatura? E i pesci allora? Prendo il cuscino che avevo gettato poco prima e lo faccio volteggiare in aria. L'animale lancia un ultimo sguardo inespressivo e si libra nell'aria con una certa goffaggine, per atterrare sul marciapiede, a tre, quattro metri da dove mi trovo.

Sto per chiudere la finestra, soddisfatta, quando un movimento cattura la mia attenzione. A pochi passi dal volatile, un cane beige, alto e slanciato, tenuto distrattamente al guinzaglio da un uomo, lo sta fissando intensamente. Il piccione è sempre rivolto verso di me, continuando il suo curioso ondeggiamento, come se questo gli consentisse una migliore visione delle mie grazie.

Non sarà così idiota.

Il cane si abbassa, in posizione da caccia, e a corti passi felpati si avvicina fino a neanche mezzo metro. Il padrone è concentrato sul suo telefono, il guinzaglio nella mano semiaperta.

"Attento!"

Il mio urlo, lancinante, è praticamente un segnale per il cane, che scatta e afferra il volatile, con tanta irruenza da scontrarsi contro il tronco dell'albero a causa dello slancio. Mi metto a gridare con tutto il fiato che ho in gola, mentre il proprietario del quadrupede, colto alla sprovvista, si lascia scappare di mano il cellulare e cerca di capire cosa sia successo. Guardo inorridita il piccione, la testa penzolante dalla bocca del suo predatore, lo sguardo fisso. Non prova neanche a divincolarsi, come se avesse ormai accettato il proprio destino. Questa supina accettazione di una forza maggiore irresistibile, mi gela il sangue nelle vene. Il padrone intanto, schifato, dopo una breve lotta riesce a estrarglielo dalle fauci e lo getta a terra senza cerimonie. Il volatile rimbalza e ruota su se stesso, poi si adagia, con le ali scomposte. Vorrei correre in strada e intervenire, ma sono troppo sconvolta per muovermi. Resto lì a fissarlo, come istupidita, poi improvvisamente l'uccello alza la testa e si volta nella mia direzione. So che me ne dovrei andare, chiudere la finestra e iniziare a preparare i pacchi per i telefoni, ma non riesco. Ci guardiamo negli occhi per qualche istante, il nostro legame visivo interrotto soltanto a tratti da qualche passante indifferente. Provo una fitta, non per pietà, ma perché in quell'attimo intuisco cosa sta per accadere. Lui si alza, sempre con gli occhi fissi su di me, e zoppicando si dirige nella mia direzione, come se seguisse quella linea del campo magnetico terrestre che passa esattamente sotto il mio culo. Lo osservo arrivare sotto la mia finestra, sistemare l'ala scomposta in qualche modo e accucciarsi come un fedele segugio, con la schiena appoggiata al muro.

Restiamo così per un po', io a fissare il cranio tondo e grigio, lui il mondo davanti a sé, come se fosse finalmente dove avrebbe voluto essere sin dall'inizio. Cane e uomo responsabili dello scempio non sono più in vista, il sole è scomparso dietro una nuvola. Mi stacco dalla finestra e mi dirigo finalmente verso il soggiorno, ricoperta da una sensazione di disgusto, appiccicosa e calda. Dopo pochi passi mi volto. Un raggio di sole illumina la finestra, non lo vedo, ma so che è lì sotto, la testa voltata in avanti, a sbattere le palpebre.

Come vorrei che Adam mi chiamasse mamma.

Note

[1] – paradigma di programmazione che permette di definire oggetti software in grado di interagire gli uni con gli altri attraverso lo scambio di messaggi (cit. Wikipedia).

[2] – in informatica, in sistemi di controllo di versione, il commit rappresenta gli ultimi cambiamenti che si effettuano sul codice e viene aggiunto al repository, la struttura di dati che contiene i metadati per un insieme di file o una directory (cit. Wikipedia).

[3] – duplicazione di un oggetto in sistemi di controllo di versione, così che possano avvenire modifiche in parallelo lungo multipli branch (cit. Wikipedia).

[4] – Fear Of Missing Out (paura di essere tagliati fuori), forma di ansia sociale caratterizzata dal desiderio di rimanere perennemente in contatto con le altre persone, e dalla paura di essere esclusi da eventi, esperienze o contesti sociali gratificanti (cit. Wikipedia).

[5] – corrente artistico letteraria nell'ambito della fantascienza in cui scienze avanzate come la

cibernetica sono accoppiate a tematiche di ribellione e cambiamento dell'ordine sociale (cit. Wikipedia).

[6] – sito usato da sviluppatori per caricare i codici sorgente dei loro programmi per renderli disponibili gratuitamente ad altri sviluppatori, per collaborazioni o progetti indipendenti (cit. Wikipedia).

[7] – Nel football americano, giocatore destinato a portare palla nei giochi di corsa (cit. Wikipedia).

[8] – Nella cucina giapponese, pasta verde piccante preparata dalla radice di ravanello giapponese.

Ringraziamenti

Grazie

a Barbara, per l'amore, i sorrisi e la vita.

a mia madre, per l'impegno ad affrontare una lettura dolorosa.

a mio padre, per gli elogi nonostante l'evidenza.

a Susanna, per la possibilità di lavorare insieme.

E grazie a te, lettore, che mi hai permesso di condividere i miei pensieri